APPRENDRE EST L'ESSENCE DE LA VIE

Né en Inde en 1895, Jiddu Krishnamurti fut pris en charge très jeune par la société théosophique qui voyait en lui « l'instructeur du monde » dont elle avait proclamé la venue. Mais faisant preuve d'indépendance d'esprit, il se détacha de tout ordre religieux en 1929. Il apparut dès lors comme un penseur de premier ordre, intransigeant et inclassable, convaincu que l'on cesse d'approcher la vérité dès lors que l'on suit le chemin tracé par les autres. Il est notamment l'auteur de *La Nature de la pensée* et *Vivre dans un monde en crise*.

Paru dans Le Livre de Poche :

À propos de Dieu
Cette lumière en nous
De la vérité
De l'amour et de la solitude
L'Esprit et la Pensée
Krishnamurti en questions
Le Livre de la méditation et de la vie
La Première et Dernière Liberté
La Révolution du silence
Se libérer du connu

KRISHNAMURTI

Apprendre est l'essence de la vie

Lettres aux enseignants, aux parents et aux élèves

PRÉFACE DE JEAN-LOUIS DEWEZ

PRESSES DU CHÂTELET

Titre original :

THE WHOLE MOVEMENT OF LIFE IS LEARNING

Publié en accord avec Krishnamurti Foundation Trust.

ISBN : 978-2-253-13341-4 – 1re publication LGF

Préface

Ce livre est associé au second entretien que m'ait accordé Jiddu Krishnamurti en 1978. Le premier de ces deux entretiens posait la question de la nature de la pensée. Il a fait l'objet d'une publication[1]. J'y expliquais, en introduction, le contexte de ces rencontres et citais les amis qui permirent ces dialogues. Ce même jour de 1978, dans l'après-midi, nous avions un second dialogue qui portait sur la préoccupation éducative dans ce qu'il est convenu d'appeler l'enseignement de Krishnamurti.

Krishnamurti est connu pour sa vision pénétrante et sa liberté de ton. Il l'est certainement moins pour ses questionnements sur l'éducation. Il a mis en garde contre les religions, les sectes et les gourous de toutes obédiences. Il a lui-même dissous une organisation religieuse à la tête de laquelle on avait espéré le maintenir. Les seules structures qu'il ait jamais véritablement créées sont des écoles. Krishnamurti est un éducateur.

---

1. Krishnamurti, *La Nature de la pensée*, préface de Charles Juliet, Presses du Châtelet, 2005.

Partout dans le monde, les écoles semblent participer de la compétition économique dans laquelle sont engagés les différents pays. L'objectif des parents s'adapte à cette évolution des contraintes de l'économie. Nous en arrivons à penser qu'il faut tout d'abord que nos enfants maîtrisent les savoirs qui leur permettront de trouver leur place dans le monde de l'emploi, dans l'organisation sociale et dans la culture. Devant la croissance exponentielle de la production des savoirs, l'école répond généralement par une spécialisation précoce des formations. Dans bien des pays industrialisés, la pression scolaire sur les jeunes confine maintenant aux limites du supportable.

Dans le même temps, nous entendons les spécialistes nous mettre en garde contre les effets négatifs de notre civilisation industrielle : changement climatique, croissance exponentielle de la population, destruction alarmante des espèces vivantes, consommation effrénée des ressources naturelles...

Nous préparons nos enfants à être les ouvriers d'un mode de rapport au monde dont il faudra bien que nous changions rapidement. Nos enfants devront-ils avoir, à notre place, l'intelligence nécessaire au changement ? C'est cette intelligence dont nous devons permettre l'épanouissement. C'est cette question de l'éveil de l'intelligence que pose Krishnamurti.

Krishnamurti a toujours mis en garde contre les interprètes de son enseignement. Ses livres sont nombreux et chacun peut s'y référer. C'est donc, tout d'abord, à leur lecture que je vous invite, et plus particulièrement de celui-ci.

Si nous ne pouvons prétendre parler au nom de Krishnamurti, il nous a cependant appelés à prendre nos responsabilités. C'est ainsi que les enseignants des écoles qu'il a fondées sont amenés à parler en leur nom aux élèves qui leur sont confiés.

Je suis moi-même enseignant, père et grand-père. Je me sens également responsable de ce que je pressens comme devant devenir une phase dangereuse de l'histoire de l'humanité. C'est aussi à moi, tout particulièrement dans cette préface, de poser les questions et si possible d'ouvrir les perspectives.

Qu'il me soit donc permis de poursuivre cette préface en écrivant ce que je crois comprendre de l'interrogation qui devrait, aujourd'hui, traverser notre système scolaire. Nous n'avons que quelques décennies pour changer radicalement notre rapport au monde. Ce sont les enfants que nous éduquons maintenant qui assureront et vivront ce changement. L'école d'aujourd'hui est au centre de la problématique de ce changement.

Il va de soi que nous devons à ces enfants la transmission des savoirs que l'humanité a su créer à ce jour. L'école doit tout d'abord être celle de la qualité de cette transmission. Krishnamurti a toujours appelé ses écoles à l'excellence académique.

Au-delà d'une école de l'instruction des savoirs fondamentaux, existe-t-il un espace de développement de la liberté et de l'intelligence de nos enfants ?

J'ai toujours été surpris de constater que l'école se préoccupait d'acquisition des savoirs, mais guère de l'épanouissement de l'intelligence. Peut-être la mesure du QI nous tient-elle lieu de constat. Un enfant serait ou ne serait pas intelligent ! Il serait possible de le mesurer. D'ailleurs, les résultats scolaires ne sont-ils pas considérés comme une forme de cette mesure ? L'école ne pourrait donc que constater ce fait. L'épanouissement de l'intelligence ne serait pas réellement de son ressort.

Voyez la tentative de définition de l'intelligence proposée par Wikipédia : « dérivé du latin *intellegere* signifiant « comprendre », et dont le préfixe *inter* (entre), et le radical *legere* (choisir, cueillir) ou *ligare* (lier) suggèrent essentiellement l'aptitude à relier des éléments qui sans elle resteraient séparés. [...] L'intelligence est également admise comme étant ce qu'en fait elle permet : la faculté d'adaptation. »

Au-delà de la maîtrise des savoirs fondamentaux, n'est-ce pas cette intelligence que chaque parent souhaite voir s'épanouir chez ses enfants ? N'est-ce pas de cette faculté d'adaptation que notre société aura le plus besoin face aux défis qui se présentent ? Nous avons besoin de l'intelligence de chacun de ces jeunes. L'école n'est pas destinée à conditionner les jeunes afin qu'ils deviennent les rouages de notre société. L'école est au service de la liberté de ces jeunes afin qu'ils créent leur société.

Peut-être, à ce point de ma préface, attend-on de moi que je fasse des propositions ? Qu'il me soit tout d'abord permis de prendre quelques précautions. J'ai conscience du fait que l'intelligence ne saurait se définir aussi simplement. J'ai conscience du fait que l'éducation ne se réduit certes pas à l'école, que le rôle des parents est primordial et que l'ensemble des rapports sociaux est fondateur. Peut-être faudrait-il même que celui qui fait ces propositions fût d'abord intelligent lui-même avant de s'avancer sur ce terrain. Soit, j'en conviens, et je poursuis !

Si l'intelligence est l'aptitude à relier des éléments qui sans elle resteraient séparés, la première exigence vis-à-vis de l'école, telle qu'elle est aujourd'hui, me semble être celle du questionnement des savoirs eux-mêmes. Comment pourrait-on être libre des savoirs qui vous sont transmis sans se voir communiquer les moyens de les considérer eux-mêmes comme des objets critiquables, d'en étudier la nature et les interrelations ?

Une école du questionnement des savoirs

Je sais, bien sûr, qu'une partie des questions formulées ci-dessous, dont je souhaite qu'elles soient posées par l'école, sont déjà traitées dans certaines classes. Je crois toutefois nécessaire de les rappeler, car elles sont propres à en amener d'autres qui, elles, sans aucun doute, ne sont pas considérées : pourquoi certains savoirs nous sont-ils transmis ? Comment est-il possible que certains savoirs d'hier soient jugés faux aujourd'hui ? Quels sont les effets induits par l'application de ces savoirs sur notre environnement ?

Mais encore, puisque vous nous apprenez des savoirs, qu'est-ce donc qu'un savoir ? Une théorie ? Un raisonnement ? Une observation ?

Quelle est la distance entre une observation et le réel ? Quelle est la distance entre la théorie et l'observation ?

Si toutes ces questions ne surprendront pas les enseignants, au moins admettront-ils que le temps qui peut leur être consacré, quand c'est le cas, est insignifiant.

Dans ce questionnement des savoirs, je voudrais en arriver à une question posée par Krishnamurti et qui me semble au cœur de son enseignement : qu'est-ce donc que penser ? Et qui pense ?

Ce penseur, est-il libre de son expérience, de sa mémoire ? Le penseur, si une telle entité existe, est-il toujours présent ? Sinon, quelle est la nature du silence entre deux pensées ?

Si l'école traditionnelle enseigne à « bien penser », ni l'école ni notre culture occidentale ne questionnent volontiers le processus de la pensée lui-même. Nous sommes définis, dans cette culture, comme des êtres pensants. C'est là ce que questionne l'enseignement de Krishnamurti. Ce fut le thème de notre premier entretien et le sujet du livre *La Nature de la pensée*.

Ainsi posée, la question de la pensée reste encore très intellectuelle. Une école se préoccupant d'éveiller l'intelligence de ses élèves devrait certainement aller au-delà de ce plan intellectuel.

Supposons (pour simplifier, rassurez-vous) que nous nous considérions un instant comme un instrument de mesure du monde avec lequel nous interagissons. Comment pourrions-nous évaluer correctement ce monde, tandis que nous ne connaissons pas cet instrument et que nous en ignorons les perturbations ? Comment connaître l'autre alors même que l'émotion qui colore notre regard est absente de notre conscience ?

Une école du savoir sur soi

Pourquoi ma pensée s'évade-t-elle de cette leçon ? Comment puis-je observer, dans l'instant, les causes de mes difficultés ? Quel rôle joue l'émotion dans cette décision que je viens de prendre ? Pourquoi est-ce que je perçois un tel ressentiment vis-à-vis de cet enseignant ou de cet élève ? Avais-je même perçu ce ressentiment avant cet instant ?

Pourquoi sommes-nous si souvent absents à nous-mêmes, plongés dans nos pensées ? D'où vient qu'il m'apparaît que mes réactions ne sont pas toujours intelligentes ? Comment puis-je être libre de mes conditionnements ?

Qu'est-ce que cette conscience que j'ai de moi et qui est l'observateur dans cette conscience de soi ?

Ces questions ne font pas partie de nos préoccupations pédagogiques, n'est-ce pas ? Il ne saurait, cependant, y avoir d'intelligence de la relation sans observation de soi et de l'état intérieur qui évolue avec cette relation. Il ne saurait y avoir d'intelligence sans démarche de connaissance de soi.

À ce stade, j'ai évoqué trois types de préoccupations pédagogiques dont les objectifs peuvent se superposer les uns aux autres : l'école traditionnelle, préoccupée de la transmission pédagogique des savoirs fondamentaux ; une école de « second ordre », qui se préoccuperait en plus de favoriser le questionnement de ces savoirs et le questionnement du processus de la pensée lui-même ; enfin, appuyée sur les deux niveaux précédents, une école de « troisième ordre », qui appellerait l'élève à une observation de lui-même et de ses changements intérieurs dans sa relation au monde, aux autres et aux savoirs.

Je souhaite que la proposition d'introduire ces deux derniers niveaux dans l'école d'aujourd'hui soit recevable par celle-ci. Je crois que cela serait de nature à donner aux nouvelles générations une partie de l'intelligence qui a manifestement manqué à leurs aînés. Je souhaite que ce sujet soit débattu et je vous invite à y participer.

Vous dirai-je ce que je crois que Krishnamurti a apporté à l'éducation ? Nul ne saurait être son interprète, aussi est-ce à vous, en dernier ressort, d'affronter cette question. Je ne souhaite cependant pas esquiver la difficulté. Je terminerai donc en présentant ce que je crois être l'essence de son apport sur l'éducation.

Qu'il me soit tout d'abord permis de rappeler certaines des questions mises en évidence ci-dessus : quelle est la juste place de la pensée ? Qu'est-ce que l'observation de soi ? Qu'est-ce que l'intelligence ?

Ces questions sont posées par Krishnamurti dans chacune de ses interventions ou presque. Cependant, l'éducation selon Krishnamurti ne se réduit pas à un traitement intellectuel de ces questions.

Une école de la « co-naissance » de soi

En fait, ici s'arrête ce qu'il est possible de décrire et de transmettre en termes de savoir. Dans cet espace ouvert par Krishnamurti, enseignant et élève sont à égalité devant ce qui ne s'acquiert pas, faute de pouvoir se posséder ; une observation sans observateur ; une action juste sans acteur ; un éveil de l'intelligence, une « co-naissance » de soi dans le miroir de la relation.

J'ai posé la question du nécessaire changement de direction de notre société, qui atteint les limites supportables par l'environnement. La question que Krishnamurti nous pose est précisément celle du changement radical, d'une révolution de soi capable d'engendrer d'autres rapports humains et, partant, un autre monde dont nous avons l'impérieuse nécessité. Krishnamurti pose, sans aucune injonction moralisante, la question d'un « être autrement au monde ».

Il n'y a rien que je puisse dire ici de cette dimension-là de l'école que vous ne deviez d'abord lire entre les lignes de ses livres.

Vous êtes, vous-même, cette quête. Personne, pas même Krishnamurti, ne saurait répondre aux questions qu'il pose, car il n'y a personne pour recevoir la réponse à une question qui force le silence de la pensée et l'énergie de l'intelligence.

Jean-Louis Dewez

AVERTISSEMENT

Cette nouvelle édition des *Lettres aux écoles* de Jiddu Krishnamurti comprend les lettres originellement publiées par le Krishnamurti Foundation Trust dans le volume I (1981) et dans le volume II (1985), accompagnées de lettres inédites datant d'une époque antérieure.

Les *Lettres bimensuelles* du volume I, numérotées de 1 à 37 dans cette édition, correspondent à la période du 1er septembre 1978 au 1er mars 1980.

Les *Lettres* du volume II, numérotées de 38 à 55, sont datées comme suit : quatre lettres mensuelles entre novembre 1981 et février 1982, dix lettres bimensuelles entre le 1er octobre 1982 et le 15 février 1983, et quatre lettres bimensuelles en octobre et novembre 1983.

Les lettres nouvellement incluses dans la présente édition portent les numéros 56 à 72. Celles datées de janvier à mai 1968 sont numérotées de 56 à 64 et celles, bimensuelles, rédigées entre le 1er mars et le 1er juillet 1973 portent les numéros 65 à 72. Ces lettres supplémentaires, bien qu'écrites antérieurement aux lettres 1 à 55, figurent en fin de volume.

À l'origine, les lettres ont été dictées à une secrétaire, qui les a dactylographiées, puis polycopiées, un exemplaire étant envoyé à chaque école.

Nos remerciements vont à M. K. Krisnamurthi pour ses précieux conseils éditoriaux.

Ray McCoy

Introduction

Il convient de lire ces lettres avec grand sérieux, et non lorsqu'on dispose d'un bref moment de répit entre d'autres activités. Car ces lettres ne doivent pas être considérées comme un divertissement. Elles ont été écrites avec sérieux. Si vous souhaitez les lire, faites-le dans l'intention d'étudier ce qui est dit, comme vous étudieriez une fleur en la regardant très attentivement – ses pétales, sa tige, ses couleurs, son parfum et sa beauté. De même ces lettres doivent-elles être étudiées. Il ne s'agit pas d'en lire une le matin pour l'oublier le reste de la journée. Il convient d'y consacrer du temps, de jouer avec, de la remettre en question, de l'explorer sans l'accepter. Il faut vivre avec elle pendant quelque temps, l'assimiler afin qu'elle devienne vôtre et cesse d'être l'œuvre de l'auteur.

Jiddu KRISHNAMURTI

I

Lettres aux écoles

(1978-1983)

Avant-propos

Comme je voudrais rester en contact avec toutes les écoles en Inde, avec celles de Brockwood Park en Angleterre, d'Oak Grove à Ojai, en Californie, et de Wolf Lake au Canada, je me propose de leur adresser une lettre chaque quinzaine, et cela le plus longtemps possible. Il m'est difficile de communiquer avec chacune d'entre elles et c'est pourquoi je tiens beaucoup à écrire ces lettres pour préciser, si vous le permettez, ce que ces écoles devraient être, et indiquer à tous ceux qui en ont la responsabilité qu'elles ne doivent pas se contenter d'exceller sur le plan scolaire mais doivent aller bien au-delà. Il faut qu'elles se préoccupent de cultiver l'être humain dans sa totalité. Ces centres d'éducation doivent aider l'élève et l'éducateur à s'épanouir naturellement. L'épanouissement est quelque chose de vraiment très important, sinon l'éducation devient simplement un processus mécanique orienté vers une carrière, une profession quelconque. Dans la société telle qu'elle existe actuellement il est inévitable de se préoccuper de carrière et de profession mais, si nous leur consacrons tous nos efforts, alors la liberté de s'épanouir s'étiolera peu à peu. Nous avons accordé bien trop d'importance aux examens et aux diplômes. Ce n'est pas là le but essentiel pour lequel ces écoles ont été fondées, ce qui ne veut pas dire que le niveau scolaire des élèves sera moins bon. Au contraire, l'épanouissement du professeur et de l'élève, la carrière et la profession prendront leur juste place.

1. Une éducation totale

Ces écoles doivent cultiver l'être humain tout entier

1er septembre 1978

La société, la culture qui est la nôtre exigent que l'élève soit orienté de telle sorte qu'il puisse être assuré d'un travail et d'une sécurité matérielle. Cela a été l'exigence constante de toutes les sociétés, la carrière d'abord et tout le reste ensuite, c'est-à-dire l'argent d'abord, les complexités de notre vie quotidienne passant au second plan. Nous essayons de renverser ce processus, car l'argent seul ne peut rendre l'homme heureux. Quand l'argent devient la préoccupation dominante de la vie, il s'ensuit un déséquilibre dans notre activité quotidienne. Je voudrais donc demander à tous les éducateurs de vraiment bien comprendre cela et d'en voir toute l'importance. Si l'éducateur en comprend l'importance et lui a donné sa juste place dans sa propre vie, il peut alors aider l'élève, forcé par ses parents et la société à considérer la carrière comme la chose la plus importante. C'est pourquoi je voudrais insister sur ce point et que l'on fasse en sorte qu'en tout temps il existe dans ces écoles un mode de vie qui cultive l'être humain tout entier.

Notre éducation consiste, pour une large part, à acquérir du savoir, ce qui nous rend de plus en plus mécaniques ; nos esprits s'enferment dans la routine, que ce soit en acquérant un savoir scientifique, philosophique, religieux, commercial ou technologique. Nos modes de vie, à la maison ou au-dehors, et le fait de nous spécialiser dans une profession donnée rendent nos esprits de plus en plus étroits, limités et incomplets. Tout cela mène à un mode de vie mécanique, à une standardisation des esprits et c'est ainsi que, progressivement, l'État, même un État démocratique, nous dicte ce que nous devons devenir. Naturellement, bien des gens réfléchis ont conscience de cela, mais, malheureusement, ils semblent l'accepter et vivre avec. C'est donc devenu un danger pour la liberté.

La liberté est une question très complexe et, pour en comprendre la complexité, l'épanouissement de l'esprit est nécessaire. Naturellement, chacun donnera, de ce qu'il entend par l'épanouissement de l'homme, une définition différente, selon sa culture, son éducation, son expérience, sa superstition religieuse, en un mot, son conditionnement. Nous ne nous occupons pas ici d'opinions ou de préjugés, mais essayons plutôt de comprendre, au-delà des mots, les implications et les conséquences de l'épanouissement de l'esprit. Cet épanouissement, c'est la culture et le développement total de notre esprit, de notre cœur et de notre bien-être physique, ce qui signifie vivre dans une harmonie complète où n'existent ni opposition ni contradiction entre ces éléments. Il ne peut y avoir épanouissement de l'esprit que lorsqu'il y a une perception claire, objective, impersonnelle et débarrassée de toute contrainte. Il ne s'agit pas de ce qu'il faut penser mais de comment penser clairement. Depuis des siècles, la propagande et tout le reste nous poussent à savoir « que penser ». En général l'éducation moderne consiste en cela et non pas à examiner tout le mouvement de la pensée. L'épanouissement sous-entend la liberté et, comme les plantes, il a besoin de liberté pour croître.

Dans chaque lettre, au cours de l'année, nous traiterons de l'éveil du cœur, qui n'est ni sentimental ni romantique ou imaginaire, mais dépend de la bonté qui est née de l'affection et de l'amour ; nous traiterons de l'éducation du corps, de l'alimentation correcte et des exercices appropriés qui engendreront une sensibilité profonde. Quand ces trois éléments, à savoir l'esprit, le cœur et le corps, sont en complète harmonie, alors l'épanouissement se produit tout naturellement, facilement et de façon parfaite.

Voilà quelles sont notre tâche et notre responsabilité à nous autres, éducateurs, et c'est ainsi que l'enseignement est la profession la plus noble qui soit.

2. La bonté

La liberté est essentielle pour la splendeur de la bonté

15 septembre 1978

La bonté ne peut fleurir que dans la liberté. La persuasion n'est pas un terrain où elle peut croître, pas plus d'ailleurs que la contrainte. Elle n'est pas non plus le fruit de la récompense. Elle n'apparaît pas tant qu'il y a la moindre trace d'imitation ou de conformisme et elle ne peut exister quand il y a la peur. La bonté se révèle dans le comportement et ce comportement émane de la sensibilité. Cette bonté s'exprime dans les actes. Le mouvement total de la pensée n'est pas la bonté. Il faut comprendre la pensée, qui est si complexe, et cette compréhension même lui révèle ses propres limites.

La bonté n'a pas de contraire. Beaucoup d'entre nous considèrent la bonté comme le contraire de la méchanceté ou du mal et, ainsi, dans l'histoire de toutes les cultures, la bonté a été considérée comme l'autre face de la cruauté. C'est ainsi que l'homme a toujours lutté contre le mal afin de devenir bon ; mais la bonté ne peut jamais naître s'il existe la moindre forme de violence ou de lutte.

La bonté se révèle dans le comportement, dans les actes et dans la relation. Généralement, notre comportement quotidien est fondé sur l'imitation de certains modèles mécaniques, et donc superficiels, ou obéit à un mobile résultant d'une soigneuse réflexion où intervient la notion de récompense et de punition. Donc, consciemment ou inconsciemment, notre comportement est calculé. Ce n'est pas là un bon comportement. Lorsqu'on s'en rend compte, pas simplement de façon intellectuelle ou en alignant des mots, le vrai comportement naît de cette négation totale.

Le bon comportement est, par essence, l'absence d'ego, du moi. Il se manifeste par la politesse, par le fait d'être attentif aux autres ou de céder sans perdre son intégrité. Le comportement devient ainsi extraordinairement important. Ce n'est pas quelque chose à prendre à la légère ni un jouet pour un esprit sophistiqué. Il émane de la profondeur de votre être et fait partie de votre existence quotidienne.

La bonté se révèle dans les actes. Il nous faut distinguer entre l'action et le comportement. Agir correctement est une des choses les plus difficiles qui soient. C'est quelque chose de très complexe et cela doit être examiné de très près sans impatience ni conclusion hâtive.

Dans notre vie quotidienne, l'action est un mouvement continu issu du passé, interrompu à l'occasion par une nouvelle série de conclusions. Ces conclusions deviennent alors le passé et on agit en conséquence. On agit en fonction d'idées ou d'idéaux préconçus, de sorte qu'on agit toujours ou bien en fonction du savoir accumulé, ce qui est le passé, ou en fonction d'un futur idéal, d'une utopie. Nous acceptons une telle action comme étant normale. L'est-elle ? Nous la mettons en question une fois qu'elle a eu lieu ou avant, mais cette mise en question se fait en fonction de conclusions antérieures ou de récompenses ou de punitions futures. Si je fais ceci, j'obtiendrai cela, et ainsi de suite. C'est pourquoi, maintenant, nous mettons en question toute l'idée d'action telle que nous l'avons acceptée.

Nous agissons après avoir accumulé du savoir ou de l'expérience. Ou bien nous agissons et apprenons grâce à cette action, qu'elle soit agréable ou désagréable, et ce que nous avons appris devient une nouvelle accumulation de savoir. Ces deux actions sont donc, l'une comme l'autre, basées sur le savoir, elles ne sont pas différentes. Le savoir est toujours du passé et ainsi nos actions sont toujours mécaniques.

Existe-t-il une action qui ne soit pas mécanique, répétitive, routinière et n'engendre donc pas de regret ? Il est réellement très important pour nous de le comprendre car, là où existe la liberté et où s'épanouit la bonté, l'action ne peut jamais être mécanique. Écrire est mécanique, de même qu'apprendre une langue, conduire une voiture ; acquérir des connaissances techniques quelles qu'elles soient et agir en fonction de ces connaissances est mécanique. Là encore, il peut y avoir interruption de cette activité mécanique et pendant cette interruption une nouvelle conclusion se forme qui, à son tour, devient mécanique. Il faut avoir constamment présent à l'esprit que la liberté est essentielle pour la splendeur de la bonté. Il existe une action qui n'est pas mécanique mais il vous faut la découvrir. On ne peut pas vous dire ce qu'elle est, on ne peut pas vous l'enseigner, vous ne pouvez pas l'apprendre d'après des exemples car, à ce moment, cela devient de l'imitation et du conformisme. Vous avez alors complètement perdu la liberté et il n'y a pas de bonté.

3. Le loisir

L'esprit n'apprend qu'en situation de loisir

1er octobre 1978

La relation avec un autre être humain est une des choses les plus importantes de la vie. La plupart des gens ne mettent pas beaucoup de sérieux dans leurs relations car chacun s'intéresse à soi-même d'abord, puis à l'autre quand cela l'arrange, le contente ou satisfait ses sens. D'une certaine façon, nous considérons la relation d'assez loin et non pas comme une chose dans laquelle nous nous investissons totalement.

Nous ne nous dévoilons presque jamais à l'autre car nous n'avons pas pleinement conscience de nous-mêmes et ce que nous manifestons dans notre relation est possession, domination ou soumission. Il y a l'autre et il y a moi, deux entités séparées entretenant une division incessante jusqu'à la mort. L'autre s'intéresse à lui-même ou à elle-même et cette division subsiste ainsi tout au long de la vie. Bien entendu, on peut aussi manifester de la compréhension, de l'affection, donner du réconfort, mais le processus de division se poursuit. Cela engendre des incompatibilités, l'affirmation des personnalités et des désirs, d'où la peur et l'acceptation. Il peut y avoir entente sexuelle, mais cette relation particulière, quasiment statique du vous et du moi, subsiste avec les querelles, les souffrances, les jalousies et tous les tourments habituels. C'est pourtant ce que l'on appelle, généralement, une bonne relation.

La bonté peut-elle s'épanouir dans un tel climat ? Et, cependant, la relation est la vie, et s'il n'y a pas une relation quelconque, on ne peut exister. L'ermite, le moine, même s'ils se retirent du monde, emportent le monde avec eux. Ils peuvent le refuser, le refouler, ils peuvent se torturer, mais ils n'en gardent pas moins une certaine relation avec lui car ils sont le résultat de milliers d'années de tradition, de superstition et de tout le savoir que l'homme a accumulé durant des millénaires. Ainsi on ne peut absolument pas y échapper.

Il y a la relation entre l'éducateur et l'élève. L'enseignant affirme-t-il, sciemment ou non, son sens de supériorité, se plaçant ainsi sur un piédestal et donnant à l'élève un sentiment d'infériorité, le sentiment d'être celui à qui l'on doit enseigner quelque chose ? De toute évidence, dans ce cas, il n'y a pas de relation. Cela crée, chez l'élève, de la peur, de la contrainte et de la tension, si bien que, dès sa jeunesse, il fait l'apprentissage de ce qu'est cette forme de supériorité. On lui donne le sentiment d'être inférieur et c'est ainsi que, tout au long de sa vie, il deviendra agressif ou sera continuellement soumis et servile.

Une école est un lieu de loisir où l'enseignant et l'enseigné apprennent tous les deux. Telle est la caractéristique essentielle de l'école, apprendre. Par loisir nous n'entendons pas avoir du temps pour soi, bien que cela soit aussi nécessaire ; ce n'est pas prendre un livre et s'asseoir sous un arbre ou dans sa chambre pour lire à l'occasion. Ce n'est pas avoir un état d'esprit placide ; ce n'est certainement pas être oisif ou passer son temps à rêvasser. Le loisir s'entend d'un esprit qui n'est pas constamment occupé par quelque chose, un problème, un divertissement, un plaisir sensoriel quelconque. Le loisir sous-entend un esprit qui a infiniment de temps pour observer ce qui se passe autour de soi et en soi ; avoir le loisir d'écouter, de voir clairement. Le loisir sous-entend la liberté, ce que l'on traduit généralement par faire comme bon vous semble ; c'est d'ailleurs ce que font les êtres humains, causant ainsi beaucoup de malheur, de misère et de confusion. Le loisir sous-entend un esprit calme, pas de motif et donc pas de direction. Voilà ce qu'est le loisir et c'est seulement dans cet état de loisir que l'esprit peut apprendre, non seulement les sciences, l'histoire, les mathématiques, mais aussi apprendre sur soi-même. On ne peut apprendre sur soi-même que dans la relation.

Tout cela, peut-on l'enseigner dans nos écoles ? Ou bien est-ce un sujet de lecture que vous gardez en mémoire ou que vous oubliez ? Mais, quand l'enseignant et l'enseigné ont à cœur de comprendre vraiment l'importance extraordinaire de la relation, ils établissent alors entre eux, dans l'école, une relation juste. Cela fait partie de l'éducation et a une autre dimension que le simple enseignement des matières scolaires.

La relation requiert beaucoup d'intelligence. On ne l'acquiert pas en achetant un livre et on ne peut pas l'enseigner. Elle n'est pas la somme d'une grande expérience. Le savoir n'est pas l'intelligence. Le savoir peut être astucieux, brillant et utilitaire mais ce n'est pas l'intelligence. L'intelligence peut se servir du savoir. L'intelligence apparaît naturellement et facilement quand on perçoit toute la nature et la structure de la relation. C'est pourquoi il importe d'avoir du loisir afin que l'homme et la femme, le maître et l'élève puissent calmement et sérieusement parler de leur relation dans laquelle ils percevront leurs vraies réactions, leurs susceptibilités et les barrières qui les séparent, au lieu de les imaginer et de les déformer pour se faire plaisir mutuellement ou bien de les supprimer pour amadouer l'autre.

Tel est certainement le rôle d'une école : aider l'élève à éveiller son intelligence et à apprendre combien il est important d'établir une relation juste.

4. La peur

La bonté ne peut s'épanouir en présence de la peur

15 octobre 1978

Il semble que la plupart des gens passent beaucoup de temps à discuter simplement de la clarté verbale sans paraître saisir la profondeur et le contenu au-delà du mot. En essayant de rechercher une clarté verbale, ils rendent leur esprit mécanique, leur vie superficielle et très souvent contradictoire. Ce dont nous nous préoccupons dans ces lettres, ce n'est pas de la compréhension au niveau des mots, mais des événements quotidiens de notre vie. C'est le point essentiel de toutes ces lettres, non pas l'explication verbale du fait, mais le fait lui-même. Quand notre objet est la clarté verbale et, partant, la clarté de nos idées, notre vie quotidienne se situe au niveau des concepts et non des faits. Toutes les théories, tous les principes, les idéaux sont des concepts. Les concepts peuvent être malhonnêtes, hypocrites et illusoires. On peut avoir bon nombre de concepts ou d'idéaux, mais ils n'ont absolument rien à voir avec les événements quotidiens de notre vie. Les gens sont nourris d'idéaux ; plus ceux-là sont chimériques, plus on les croit nobles ; mais, une fois encore, la compréhension du quotidien est plus importante que les idéaux. Si notre esprit est encombré de concepts, d'idéaux, etc., nous ne pouvons jamais affronter le fait, l'événement réel. Le concept devient un blocage. Quand on comprend tout cela très clairement – non pas intellectuellement, ou au niveau du concept – saisir combien il est important d'affronter un fait, d'affronter le réel, le présent, devient le point central de notre éducation.

La politique est une sorte de maladie universelle qui a pour cause les concepts. Quant à la religion, c'est quelque chose de romantique qui appartient au domaine de l'imaginaire et de l'émotivité. Lorsque vous observez ce qui se passe réellement, vous voyez que tout cela est l'indication d'une pensée conceptuelle, d'une fuite devant la misère quotidienne, la confusion et les tourments de notre existence.

La bonté ne peut s'épanouir dans un climat de peur. Il existe toutes sortes de peurs, la peur immédiate et les peurs à venir. La peur n'est pas un concept, mais l'explication de la peur est conceptuelle et ces explications varient d'un spécialiste à l'autre ou d'un intellectuel à l'autre. L'explication n'est pas importante, ce qui compte c'est d'affronter le fait même de la peur.

Dans toutes nos écoles, l'éducateur et ceux qui ont la responsabilité des élèves, en classe, sur le terrain de jeux ou dans les chambres, ont la charge de faire en sorte qu'il n'y ait pas apparition de la peur, sous quelque forme que ce soit. L'éducateur ne doit pas éveiller la peur chez l'élève. Ce n'est pas là un concept car l'éducateur lui-même comprend, et pas seulement intellectuellement, que la peur, sous toutes ses formes, rend l'esprit infirme, entraîne la destruction de la sensibilité et un rétrécissement des sens. La peur est le lourd fardeau que l'homme a toujours porté. Elle a donné naissance à diverses formes de superstition – religieuse, scientifique et du domaine de l'imaginaire. On vit dans un monde de faux-semblants et le monde conceptuel dans son essence est né de la peur. Nous avons dit précédemment que l'homme ne peut vivre sans la relation, non seulement la relation dans sa vie privée, mais, s'il est éducateur, la relation directe avec l'élève. Si, dans cette relation, il existe la moindre crainte, l'éducateur ne peut absolument pas aider l'élève à se libérer de la peur. L'élève arrive avec tout un arrière-plan dans lequel existent la peur, l'autorité et toutes sortes d'impressions et de tensions imaginaires et réelles. L'éducateur, lui aussi, a ses tensions et ses peurs. Il ne sera pas capable de faire comprendre la nature de la peur si lui-même n'a pas découvert la racine de ses propres peurs. Cela ne veut pas dire qu'il doit d'abord être libéré de ses propres peurs afin d'aider l'élève à se libérer des siennes, mais, dans leur relation quotidienne, dans leurs conversations, en classe, l'enseignant montrera que lui aussi a peur, tout comme l'élève et, ainsi, ils peuvent, ensemble, explorer toute la nature et la structure de la peur.

Il ne s'agit pas, précisons-le, d'une confession de la part de l'enseignant. Il mentionne simplement un fait, sans y mettre quoi que ce soit d'émotif ou de personnel. Il s'agit, en quelque sorte, d'une conversation entre bons amis. Cela exige une certaine honnêteté et de l'humilité. L'humilité n'est pas la servilité. L'humilité ne comporte aucun sentiment de défaitisme ; l'humilité ne connaît ni arrogance ni orgueil.

L'enseignant a donc une énorme responsabilité, et sa profession est la plus noble qui soit. Il doit donner au monde une génération nouvelle, ce qui, d'ailleurs, est un fait et non un concept. Vous pouvez transformer un fait en concept et vous perdre ainsi dans les concepts, mais le réel demeure toujours. Affronter le réel, le présent et la peur est la plus haute fonction de l'éducateur. Il lui appartient non pas de promouvoir seulement un excellent niveau scolaire mais, ce qui est encore bien plus important, de donner à l'élève et à lui-même la liberté psychologique.

Quand vous comprenez la nature de la liberté, vous éliminez alors toute compétition, que ce soit sur le terrain de jeux ou dans la salle de classe. Est-il possible d'éliminer complètement l'évaluation comparative sur le plan scolaire et sur le plan éthique ? Est-il possible d'aider l'élève à ne pas penser en termes de compétition dans le domaine scolaire, tout en excellant dans ses études, ses actes et sa vie quotidienne ? Veuillez garder présent à l'esprit que notre objet est l'épanouissement de la bonté et que cet épanouissement est impossible là où existe la moindre compétition. La compétition n'existe que lorsqu'il y a comparaison et la comparaison n'engendre pas l'excellence. Ces écoles existent essentiellement pour aider à la fois l'élève et l'éducateur à s'épanouir dans la bonté. Cela exige l'excellence dans le comportement, les actes et les relations. C'est ce vers quoi nous tendons et c'est pourquoi ces écoles ont été créées, non pas pour former de simples carriéristes, mais pour promouvoir l'excellence de l'esprit.

5. Le savoir

L'accumulation du savoir ne conduit pas à l'intelligence

1er novembre 1978

Le savoir ne conduit pas à l'intelligence. Nous accumulons beaucoup de savoir sur bien des choses, mais il semble presque impossible d'agir intelligemment selon ce que nous avons appris. Les écoles, les collèges et les universités cultivent les connaissances sur notre comportement, l'univers, la science, ainsi que la technologie sous toutes ses formes. Ces établissements d'enseignement aident rarement un être humain à exceller dans la vie de tous les jours. Les savants soutiennent que les êtres humains ne peuvent évoluer que grâce à de vastes accumulations d'informations et de connaissances. L'homme a vécu des milliers et des milliers de guerres ; il a amassé beaucoup de connaissances sur les diverses façons de tuer ; cependant, ce sont précisément ces connaissances qui l'empêchent de mettre fin à toutes les guerres. Nous acceptons la guerre comme une façon de vivre, et toutes les brutalités, la violence et le meurtre comme faisant partie du cours normal de notre vie. Nous savons que nous ne devons pas tuer notre prochain. Mais le fait de le savoir reste totalement étranger à l'acte de tuer. Le savoir n'empêche pas de tuer les animaux et de détruire la terre. Le savoir ne peut pas fonctionner au moyen de l'intelligence, mais l'intelligence peut fonctionner sur la base du savoir. Savoir, c'est ne pas savoir, et comprendre que jamais le savoir ne peut résoudre nos problèmes humains, c'est l'intelligence.

L'éducation, dans nos écoles, ce n'est pas seulement l'acquisition de connaissances mais, et cela est beaucoup plus important, c'est l'éveil de l'intelligence qui, alors, utilisera les connaissances. Ce n'est jamais l'inverse. Dans toutes ces écoles, notre souci est l'éveil de l'intelligence, et se pose alors l'inévitable question : « Comment éveiller cette intelligence, quel est le système, la méthode, la pratique ? » Cette question même sous-entend qu'on fonctionne encore au niveau du savoir. Se rendre compte que c'est une fausse question, c'est le commencement de l'éveil de l'intelligence. La pratique, la méthode, le système, dans notre vie quotidienne, mènent à la routine, à l'action répétitive, donc à un esprit mécanique. Le mouvement continu du savoir, aussi spécialisé soit-il, pousse l'esprit dans une ornière, vers un genre de vie étriqué. Apprendre à observer et à comprendre toute cette structure du savoir, c'est commencer à éveiller l'intelligence.

Nos esprits vivent dans la tradition. Le sens même de ce mot – transmettre – nie l'intelligence. Il est facile et confortable de suivre la tradition, qu'elle soit politique, religieuse ou de sa propre invention. On n'a pas besoin, dans ce cas, d'y penser, on ne la met pas en question ; accepter et obéir font partie de la tradition. Plus la culture est ancienne, plus l'esprit est attaché au passé, vit dans le passé. Lorsqu'une tradition disparaît, une autre vient s'imposer, inévitablement. Un esprit qui a derrière lui plusieurs siècles d'une certaine tradition refuse de rompre avec elle et ne s'y résigne qu'en faveur d'une autre tradition, également satisfaisante et sécurisante. La tradition sous toutes ses diverses formes, de la tradition religieuse à la tradition scolaire, nie forcément l'intelligence. Celle-ci est illimitée. Le savoir, aussi vaste soit-il, est limité, comme la tradition. Dans nos écoles, il nous faut observer le mécanisme de l'esprit générateur d'habitudes et, dans cette observation, il y a activation de l'intelligence.

Accepter la peur fait partie de la tradition humaine. Nous vivons dans la peur, l'ancienne génération comme la nouvelle. La plupart des gens ne se rendent pas compte qu'ils vivent dans la peur. C'est seulement dans le cas d'une crise bénigne ou d'un incident bouleversant qu'ils prennent conscience que cette peur existe en permanence. La peur est là. Certains en sont conscients, d'autres veulent l'ignorer, la tradition dit : « Maîtrisez la peur, fuyez-la, supprimez-la, analysez-la, agissez sur elle, ou bien acceptez-la. » Depuis des millénaires, nous vivons avec la peur et arrivons tant bien que mal à nous en accommoder. Il est de la nature de la tradition d'agir sur la peur ou de la fuir ; ou bien de l'accepter sentimentalement et d'avoir recours à quelque agent extérieur pour lui trouver une solution. Les religions naissent de cette peur, de même que la dévorante soif de pouvoir des politiciens. Toute forme de domination d'un être sur un autre est de la nature de la peur. Lorsqu'un homme ou une femme possèdent quelqu'un d'autre, la peur est là, en arrière-plan, et détruit toute forme de relation.

C'est le rôle de l'éducateur d'aider l'élève à affronter cette peur, que ce soit la peur des parents, de l'éducateur ou d'un garçon plus âgé, ou bien la peur d'être seul ou encore la peur de la nature. Le point essentiel pour la compréhension de l'essence et de la structure de la peur, c'est de l'affronter. L'affronter, non pas à travers l'écran des mots, mais observer le fait même de la peur sans le moindre mouvement de fuite. Le mouvement de fuite devant le fait camoufle celui-ci. Notre tradition et notre éducation encouragent la maîtrise, l'acceptation ou le refus, ou une très astucieuse rationalisation. En tant qu'enseignant, pouvez-vous aider l'élève, et ainsi vous-même, à affronter chaque problème qui surgit dans la vie ? Quand il s'agit d'apprendre, il n'y a ni maître ni élève, il y a seulement le fait d'apprendre. Afin de saisir tout le mouvement de la peur, il faut l'approcher avec une curiosité qui a sa propre vitalité. Il y a, comme chez un enfant très curieux, de l'intensité dans cette curiosité. La voie de la tradition, c'est conquérir ce que nous ne comprenons pas, l'abattre, le piétiner ou bien l'adorer. La tradition c'est le savoir, et là où finit le savoir naît l'intelligence.

Alors, si l'on se rend compte qu'il n'y a ni enseignant ni enseigné, mais seulement l'acte d'apprendre de la part de l'adulte et de l'élève, peut-on, par la perception directe de ce qui se passe, apprendre ce qu'est cette peur et tout ce qui s'y rapporte ? On le peut, si on laisse la peur raconter sa vieille histoire. Écoutez-la attentivement et sans intervenir, car elle vous raconte l'histoire de votre propre peur. Lorsque vous l'écouterez ainsi, vous découvrirez que cette peur n'est pas distincte de vous-même. Vous êtes précisément cette peur, cette réaction, avec un mot qui lui est associé. Le mot n'est pas important, le mot est « savoir », « tradition » ; mais le réel, ce qui se passe au moment même, c'est quelque chose de totalement nouveau, c'est la découverte de la nouveauté de votre propre peur. Affronter le fait de la peur, sans le moindre mouvement de la pensée, c'est la fin de la peur. Cette observation désintègre, non une peur particulière, mais la racine même de la peur. Il n'y a pas d'observateur, il n'y a que l'observation.

La peur est quelque chose de très complexe. Elle est aussi vieille que les montagnes, aussi vieille que l'humanité, et elle a une histoire vraiment extraordinaire à raconter. Mais il vous faut connaître l'art de l'écouter, et il y a une grande beauté dans cette écoute. Il n'y a plus rien d'autre que l'écoute et l'histoire n'existe pas.

6. La responsabilité

Tout être humain est la totalité de l'humanité

15 novembre 1978

Il faut comprendre toute la signification du mot responsabilité. Il vient du verbe répondre ; réagir non pas partiellement mais totalement. Le mot implique aussi se référer au passé : réagir à ce qui constitue votre arrière-plan, c'est-à-dire se référer à votre conditionnement. La responsabilité, telle qu'on la comprend généralement, est l'action de notre conditionnement humain. Naturellement, la culture, la société dans laquelle nous vivons, conditionne l'esprit, que cette culture soit celle du pays natal ou celle d'un pays étranger. Nous réagissons à partir de ce passé et cette réaction limite notre responsabilité. Si nous sommes nés en Inde, en Europe, en Amérique ou dans quelque autre pays, notre réaction dépendra de superstitions religieuses – toutes les religions sont faites de superstition –, du nationalisme ou de théories scientifiques. Ces facteurs, qui sont toujours limités, restreints, conditionnent notre réaction. En conséquence, il y a toujours contradiction, conflit et l'on voit naître la confusion. Cela est inévitable et crée la division entre êtres humains. La division, sous toutes ses formes, engendre forcément, non seulement le conflit et la violence, mais, en fin de compte, la guerre.

Si l'on comprend le vrai sens du mot « responsable » et ce qui se passe dans le monde aujourd'hui, on voit que la responsabilité est devenue irresponsabilité. En percevant ce qui est irresponsable, nous commencerons à comprendre ce qu'est la responsabilité. Comme le mot l'implique, la responsabilité s'applique à la totalité et concerne, non pas soi-même, sa famille, des concepts ou des croyances, mais l'humanité tout entière.

Nos diverses cultures ont mis l'accent sur la séparation que nous appelons individualisme, avec pour conséquence que chacun fait ce qui lui plaît ou est absorbé par son petit talent particulier, quelque profitable ou utile qu'il puisse être à la société. Cela ne signifie pas, comme les régimes totalitaires veulent nous le faire accroire, que l'État et les autorités qui le représentent ont seuls de l'importance et pas les êtres humains. L'État est un concept, mais un être humain, bien qu'il vive dans le cadre de cet État, n'est pas un concept. La peur est une réalité et non un concept.

Psychologiquement, un être humain est la totalité de l'humanité. Non seulement il la représente, mais il est la totalité de l'espèce humaine. Il est, par essence, toute la psyché de l'humanité. Diverses cultures ont recouvert cette réalité de l'illusion que chaque être humain est différent. L'humanité est prisonnière de cette illusion depuis des siècles et cette illusion est devenue une réalité. Si nous observons attentivement notre propre structure psychologique, nous découvrirons que nous souffrons, comme l'humanité tout entière souffre à différents degrés. Peut-être êtes-vous seul, mais toute l'humanité connaît aussi cette solitude. Tous, nous connaissons la détresse, la jalousie, l'envie et la peur. Par conséquent, psychologiquement, intérieurement, nous sommes semblables à un autre être humain. Il peut exister des différences d'ordre physique, biologique ; on est grand ou petit et ainsi de suite, mais, fondamentalement, on est représentatif de toute l'humanité. Ainsi, psychologiquement, vous êtes le monde ; vous êtes responsable de l'humanité tout entière et non pas de vous seul comme étant un être humain distinct des autres, ce qui est une illusion psychologique. En tant que représentant de la race humaine tout entière, votre réaction est totale et non partielle. La responsabilité a alors un sens complètement différent. Il nous faut apprendre l'art d'être ainsi responsable. Si nous saisissons pleinement ce que signifie n'être qu'un psychologiquement avec le monde, la responsabilité devient un amour auquel rien ne résiste. Alors nous prendrons soin de l'enfant, non seulement dès son plus jeune âge, mais nous veillerons aussi à ce que, tout au long de sa vie, il comprenne ce qu'est la responsabilité. Le comportement, nos habitudes de pensée et l'importance de l'action juste sont inclus dans cet art. Dans nos écoles, la responsabilité à l'égard de la terre, de la nature, à l'égard des uns et des autres fait partie de l'éducation et l'on ne met pas seulement l'accent sur les matières scolaires, encore que celles-ci soient nécessaires.

Nous pouvons alors demander : qu'enseigne le maître, que reçoit l'élève ? Et d'une façon plus générale, que signifie apprendre ? Quel est le rôle de l'éducateur ? Est-ce simplement d'enseigner l'algèbre et la physique ou bien d'éveiller chez l'élève, et par conséquent en lui-même, cet énorme sens de la responsabilité ? Les deux choses peuvent-elles aller de pair ? C'est-à-dire l'enseignement des matières scolaires qui l'aideront dans une profession et l'éveil de cette responsabilité envers l'humanité tout entière et envers la vie. Ou bien faut-il séparer les deux choses ? Si elles sont séparées, il y aura alors contradiction dans la vie de l'élève ; il deviendra hypocrite et, inconsciemment ou délibérément, divisera sa vie en deux compartiments distincts. L'humanité vit dans cette division. Chez lui, l'homme se comporte d'une certaine façon et, à l'usine ou au bureau, il prend un visage différent. Nous avons demandé si les deux choses pouvaient aller de pair. Est-ce possible ? Quand on pose ce genre de question, il faut en examiner les implications au lieu de chercher à savoir si cela est possible ou non. La façon dont vous abordez cette question est donc de la plus grande importance. Si vous l'abordez avec votre conditionnement limité – et tout conditionnement est limité –, vous ne saisirez que partiellement les implications de la question. Vous devez aborder cette question avec un esprit neuf. Vous découvrirez alors combien la question même est futile car, en l'abordant avec un esprit neuf, vous verrez que les deux choses se rejoignent comme deux rivières qui se mêlent en un fleuve immense qui est votre vie, votre vie quotidienne faite de responsabilité totale.

Est-ce là ce que vous enseignez, en vous rendant compte de la noblesse de cette tâche ? Il ne s'agit pas simplement de mots mais d'une réalité permanente que l'on ne doit pas ignorer. Si vous ne sentez pas la vérité de tout cela alors, vraiment, vous devriez exercer une autre profession, et vous vivrez dans les illusions que l'humanité a créées à son usage.

Nous posons donc de nouveau la question : « Qu'enseignez-vous et qu'apprend l'élève ? » Créez-vous cette atmosphère étrange où l'on apprend véritablement ? Si vous avez compris l'immensité de la responsabilité et son immense beauté, vous assumez alors totalement la responsabilité de l'élève – des vêtements qu'il porte, de ce qu'il mange, de sa façon de parler et ainsi de suite.

Cette question en amène une autre : « Qu'est-ce qu'"apprendre" ? » Il est probable que la plupart d'entre nous n'avons même pas soulevé la question ou, si nous l'avons fait, notre réponse est venue de la tradition qui est du savoir accumulé, ce savoir dont nous nous servons avec plus ou moins d'habileté pour gagner notre pain quotidien. C'est ce que l'on nous a appris, c'est la raison d'être de toutes les écoles traditionnelles, les collèges, les universités et ainsi de suite. Ce qui passe en premier, c'est le savoir, qui est un de nos conditionnements les plus forts et, de ce fait, le cerveau n'est jamais libéré du connu. Il ajoute sans cesse à ce qui est déjà connu. Ainsi, le cerveau est pris dans le carcan du connu et n'est jamais libre de découvrir un mode de vie qui ne serait absolument pas fondé sur le connu. Le connu mène à une ornière large ou étroite et l'on y reste, pensant y être en sécurité. C'est précisément ce savoir limité qui détruit cette sécurité. Tel a été, jusqu'à présent, le cours de la vie humaine.

Existe-t-il donc une façon d'apprendre qui n'enferme pas la vie dans une routine, dans une ornière étroite ? Alors qu'est-ce qu'apprendre ? Il nous faut saisir clairement le mécanisme du savoir : d'abord acquérir du savoir et puis agir à partir de ce savoir, technologique et psychologique, ou bien agir et à partir de l'action, acquérir du savoir. Dans les deux cas, il y a acquisition de savoir. Le savoir est toujours le passé. Existe-t-il une façon d'agir sans l'énorme poids du savoir que l'homme a accumulé ? Oui. Ce n'est pas l'acte d'apprendre comme nous l'avons connu, c'est l'observation pure, ce n'est pas l'observation non continue et qui alors devient mémoire, mais l'observation d'instant en instant. L'observateur est l'essence du savoir et plaque sur ce qu'il observe ce qu'il a acquis par l'expérience et par diverses formes de réactions sensorielles. L'observateur manipule toujours ce qu'il observe et ce qu'il observe est toujours réduit au savoir. Ainsi, il est toujours prisonnier de la vieille tradition génératrice d'habitudes.

Apprendre est donc de l'observation pure – non seulement de ce qui se passe en dehors de vous, mais aussi de ce qui se passe en vous, c'est observer sans l'observateur.

7. Apprendre

Tout le mouvement de la vie, c'est apprendre

1er décembre 1978

Tout le mouvement de la vie, c'est apprendre. Il ne se passe jamais un moment sans que l'on apprenne. Dans chaque action, dans chaque relation, il y a le mouvement d'apprendre. L'accumulation de connaissances que nous appelons apprendre et à quoi nous sommes tellement habitués est nécessaire dans une certaine limite. Mais cette limitation nous empêche de nous comprendre nous-mêmes. Le savoir est plus ou moins mesurable, mais pour ce qui est d'apprendre, il n'y a pas de mesure. Il est vraiment très important de le comprendre, surtout si l'on veut bien saisir pleinement ce que signifie une vie religieuse. Le savoir est mémoire et, si vous avez observé le réel, le présent n'est pas de la mémoire. Dans l'observation il n'y a pas de place pour la mémoire. Le réel est ce qui se passe en fait dans l'instant. La seconde d'après est mesurable et c'est là le cheminement de la mémoire.

Observer le mouvement d'un insecte demande de l'attention – à supposer qu'observer un insecte ou n'importe quoi d'autre vous intéresse. Là encore, cette attention n'est pas mesurable. C'est à l'éducateur qu'il appartient de comprendre toute la nature et la structure de la mémoire, d'observer cette limitation et d'aider l'élève à la voir. Nous apprenons dans les livres ou grâce à un professeur très informé sur un sujet donné, et nos cerveaux s'emplissent de cette information. Cette information concerne les choses, la nature, tout ce qui est au-dehors de nous et, quand nous voulons apprendre sur nous-mêmes, c'est encore à des livres que nous avons recours. Ainsi le processus se poursuivant indéfiniment, nous devenons peu à peu des êtres humains de seconde main. C'est un fait que l'on peut observer dans le monde entier. Telle est notre éducation moderne.

Comme nous l'avons souligné, l'acte d'apprendre est un acte de pure observation et cette observation ne se situe pas dans les limites de la mémoire. Nous apprenons à gagner notre vie mais jamais nous ne vivons. Gagner notre vie occupe la plus grande partie de notre existence et nous n'avons pratiquement pas de temps pour le reste. Nous trouvons du temps pour bavarder, nous divertir, jouer, mais ce n'est pas là vivre. Il existe tout un domaine, celui de la vie réelle, qui est totalement négligé.

Pour apprendre l'art de vivre, il nous faut du loisir. Le mot loisir est très mal compris. En général, on entend par loisir ne pas être occupé par les choses que nous sommes obligés de faire, comme de gagner notre vie, aller au bureau, à l'usine et ainsi de suite, et c'est seulement une fois ces tâches terminées que l'on a du loisir. Pendant ce prétendu temps de loisir, vous voulez vous divertir, vous détendre, faire ce que vous aimez vraiment ou ce qui fait appel à vos plus hautes capacités. Gagner votre vie – quelle que soit votre occupation – est l'opposé de ce prétendu loisir. Par conséquent, il y a toujours tension, contrainte, puis on veut échapper à cette tension et le loisir est là lorsque vous ne vous contraignez pas. Durant ce temps de loisir, vous prenez un journal, ouvrez un roman, bavardez, jouez et ainsi de suite. Tel est le fait réel. C'est ce qui se passe partout. Gagner sa vie, c'est nier la vie.

Le loisir tel qu'on le conçoit est un répit dans l'activité contraignante du gagne-pain. En général nous considérons la contrainte du gagne-pain ou toute autre contrainte comme une absence de loisir, mais il y a en nous une contrainte beaucoup plus grande, consciente ou inconsciente, qui est le désir.

L'école est un lieu de loisir. C'est seulement quand vous avez du loisir que vous pouvez apprendre. En d'autres termes, on ne peut apprendre que lorsqu'il n'existe aucune contrainte quelle qu'elle soit. Quand vous êtes confrontés à un serpent ou à un danger, vous apprenez grâce, en quelque sorte, à la tension créée par la réalité de ce danger. Apprendre du fait de cette tension, c'est cultiver la mémoire qui vous aidera à reconnaître un danger futur et apprendre ainsi devient une réaction mécanique.

Le loisir implique un esprit qui n'est pas occupé. C'est alors seulement qu'il y a un état où l'on apprend. L'école est un lieu où l'on apprend et pas simplement un lieu où l'on amasse des connaissances. Cela, il est vraiment important de le comprendre. Comme nous l'avons dit, le savoir est nécessaire et a sa propre place dans la vie, une place limitée. Malheureusement, il a envahi toute notre vie, ne nous laissant aucun espace pour apprendre. Gagner notre vie nous occupe tellement que cela absorbe toute l'énergie nécessaire au mécanisme de la pensée, si bien que, à la fin de la journée, nous sommes épuisés et avons besoin d'être stimulés. Nous nous remettons de cet épuisement à l'aide du divertissement, religieux ou autre. Telle est la vie des êtres humains. Les êtres humains ont créé une société qui dévore tout leur temps, toute leur énergie, toute leur vie. Il n'y a pas de loisir pour apprendre et, ainsi, leur vie est devenue mécanique et n'a pratiquement plus de sens. C'est pourquoi, il nous faut bien comprendre ce que veut dire le mot loisir : il veut dire un moment, une période où l'esprit est libre de toute occupation quelle qu'elle soit. C'est le temps de l'observation. Seul un esprit qui n'est pas occupé peut observer. L'observation libre est le mouvement d'apprendre. Ce mouvement empêche l'esprit d'être mécanique.

L'enseignant, l'éducateur, peut-il alors aider l'élève à comprendre la totalité du problème : gagner sa vie, avec toutes les contraintes qui s'y attachent, apprendre en vue de pouvoir trouver un emploi, avec toutes les peurs, les anxiétés et la terreur du lendemain ? Ayant lui-même compris ce qu'est la nature du loisir et de l'observation pure, de sorte que gagner sa vie ne devienne pas une torture, un grand tourment tout au long de l'existence, l'éducateur peut-il aider l'élève à avoir un esprit qui ne soit pas mécanique ? Faire s'épanouir la bonté dans le loisir, c'est la responsabilité absolue de l'éducateur. C'est la raison d'être de ces écoles. L'éducateur a pour tâche de faire éclore une nouvelle génération afin de changer la structure sociale, pour que gagner sa vie ne soit plus la préoccupation exclusive.

Enseigner devient alors un acte sacré.

8. Un changement radical

L'éducation est la culture de la responsabilité totale

15 décembre 1978

Dans nos précédentes lettres, nous avons dit que la pleine responsabilité est amour. Cette responsabilité ne concerne pas une nation, un groupe, une communauté ou une divinité en particulier, ni une forme quelconque de programme politique ou votre gourou, mais elle concerne toute l'humanité. Il nous faut bien le comprendre et le sentir très profondément. Cela est la responsabilité de l'éducateur. Nous tous, ou presque, nous sentons responsables de notre famille, de nos enfants, etc., mais nous n'avons pas le sentiment d'être totalement concernés et responsables à l'égard de notre environnement et de la nature, ni d'être pleinement responsables de nos actes. Cette prise en charge absolue est amour. Sans cet amour, rien ne peut changer dans la société. Les idéalistes, même s'ils aiment leur idéal ou leurs concepts, n'ont pas créé une société radicalement différente. Les révolutionnaires, les terroristes n'ont, en aucune façon, changé fondamentalement le modèle de nos sociétés. Les révolutionnaires qui ont recours à la violence physique ont parlé de liberté pour tous les hommes par l'instauration d'une société nouvelle, mais tous les jargons et tous les slogans ont torturé plus encore l'esprit et aussi l'existence. Ils ont déformé le sens des mots pour les adapter à leur vision étroite. Aucune forme de violence n'a apporté à la société de changement vraiment fondamental. De grands dirigeants, s'appuyant sur une minorité, ont apporté une sorte d'ordre dans la société. Même les régimes totalitaires ont établi superficiellement un semblant d'ordre, par la violence et la torture. Ce n'est pas de cet ordre-là dont nous parlons.

Nous disons, de façon très catégorique, et en insistant sur ce point, que seule la pleine responsabilité envers toute l'humanité – responsabilité qui est amour – peut transformer fondamentalement l'état actuel de la société. Quel que soit le système existant dans les différentes parties du monde, il est corrompu, dégénéré et totalement immoral. Il vous suffit de regarder autour de vous pour le constater. Dans le monde entier, on a dépensé des millions et des millions pour l'armement et, partout, les politiciens parlent de paix tout en préparant la guerre. Les religions ont proclamé maintes et maintes fois la sainteté de la paix, mais elles ont encouragé les guerres et des formes subtiles de violence et de torture. Il existe d'innombrables divisions et d'innombrables sectes avec les prêtres, leurs rituels et toutes les absurdités qui se pratiquent au nom de Dieu et de la religion. Là où il y a division, il y a forcément désordre, lutte et conflit – que ce soit dans le domaine religieux, politique ou économique. Notre société moderne est fondée sur l'avidité, l'envie et le pouvoir. Quand vous constatez tous ces faits dans leur réalité – ce mercantilisme écrasant –, tout indique la dégénérescence et une immoralité fondamentale. Nous détruisons la terre et, pour notre agrément, on détruit tout ce qui s'y trouve. Changer radicalement la structure de notre vie, qui est la base de toute société, est la responsabilité de l'éducateur.

L'éducation, ce n'est pas simplement enseigner différentes matières scolaires, mais c'est aussi cultiver chez l'élève le sens de la pleine responsabilité. L'éducateur n'a pas toujours conscience qu'il travaille à la naissance d'une nouvelle génération. La plupart des écoles se préoccupent seulement de dispenser des connaissances. Elles ne se soucient absolument pas de transformer l'homme et sa vie quotidienne. Il faut que vous, qui êtes éducateurs dans nos écoles, ayez cet intérêt profond et le souci de cette pleine responsabilité.

De quelle façon pouvez-vous alors aider l'élève à ressentir cette qualité d'amour dans toute sa plénitude ? Si vous ne le ressentez pas vous-mêmes, profondément, parler de responsabilité n'a aucun sens. Vous autres, éducateurs, pouvez-vous sentir la vérité de cela ? Percevoir cette vérité engendrera, tout naturellement, cet amour et cette totale responsabilité. Il vous faut y réfléchir et l'observer journellement dans votre vie, dans vos relations avec votre femme, vos amis et vos élèves. Dans vos rapports avec les élèves, vous en parlerez avec votre cœur – sans rechercher seulement une clarté verbale. Le sentiment de cette réalité est le don le plus précieux que l'homme puisse avoir et, une fois qu'il brûle en vous, comme une flamme, vous trouverez le mot juste, l'action juste et le comportement correct. En observant l'élève, vous vous apercevez qu'il vient à vous sans être le moins du monde préparé à tout cela. Il vient à vous, craintif, nerveux, anxieux de plaire ou sur la défensive, conditionné par ses parents et la société dans laquelle il a vécu ses brèves années. Il vous faut déceler son conditionnement, vous préoccuper de ce qu'il est réellement et ne pas lui imposer vos opinions, conclusions et jugements. En observant ce qu'il est, vous découvrirez ce que vous êtes et, ainsi, vous vous apercevrez que l'élève c'est vous.

Et maintenant, pouvez-vous, tout en enseignant les mathématiques, la physique, etc. – qu'il lui faut connaître pour gagner sa vie –, pouvez-vous lui faire sentir qu'il est responsable de l'humanité tout entière ? Même s'il travaille en vue d'un métier, pour son propre mode de vie, cela ne lui rendra pas l'esprit étroit. Il verra le danger de la spécialisation avec tout ce que cela comporte de limitation et d'incroyable brutalité. Il vous faut l'aider à voir tout cela. L'épanouissement de la bonté ne réside pas dans le fait de connaître les mathématiques et la biologie ou de passer des examens et de faire une belle carrière. Il existe en dehors de cela et, quand il y a cet épanouissement, le métier et les autres activités nécessaires sont transformés par sa beauté. Actuellement nous accordons de l'importance à l'un en négligeant entièrement l'autre, c'est-à-dire l'épanouissement.

Dans nos écoles, nous essayons de mener les deux choses de front, non pas artificiellement ni selon un principe ou un modèle, mais parce que vous voyez comme une absolue vérité que ces deux choses doivent aller de pair pour que l'homme puisse se régénérer. Pouvez-vous le faire ? Non pas parce que vous êtes tous d'accord sur ce point après en avoir discuté et avoir abouti à une conclusion, mais bien plutôt parce que vous en percevez intérieurement l'extraordinaire gravité, parce que vous le percevez vous-mêmes. Alors, ce que vous dites aura vraiment un sens. Vous deviendrez un centre de lumière qui n'a pas été éclairé par un autre. Comme vous êtes toute l'humanité – ce qui est une réalité et non une simple affirmation verbale –, vous êtes entièrement responsables de l'avenir de l'homme.

Je vous en prie, ne considérez pas cela comme un fardeau. Si vous le faites, ce fardeau est un assemblage de mots dépourvu de toute réalité. C'est une illusion. Cette responsabilité a sa propre gaieté, son propre humour et son propre mouvement, et elle n'est pas alourdie par le poids de la pensée.

9. La diligence

Se libérer de l'activité égocentrique engendre une profusion d'énergie

1er janvier 1979

Puisque nous nous préoccupons d'éducation, il y a, semble-t-il, deux facteurs que nous devons toujours garder présents à l'esprit : l'un est la diligence et l'autre la négligence. La plupart des religions ont parlé de l'activité de l'esprit que l'on doit contrôler et modeler selon la volonté de Dieu ou de quelque agent extérieur ; la dévotion à une divinité, créée par la main de l'homme ou par son esprit, exige une certaine qualité d'attention dans laquelle interviennent l'émotion, le sentiment et l'imagination romanesque. Telle est l'activité de l'esprit qui est la pensée. Le mot diligence implique de l'attention, de la vigilance, de l'observation et un sens profond de la liberté. La dévotion à un objet, à une personne ou à un principe est la négation de cette liberté. La diligence est une attention qui se traduit tout naturellement par une sollicitude infinie, le souci de l'autre et la fraîcheur de l'affection. Tout cela exige une grande sensibilité. Nous sommes sensibles à nos désirs, à nos blessures psychologiques, nous sommes sensibles à une personne en particulier, attentifs à ses désirs et réagissant rapidement à ses moindres besoins ; mais ce type de sensibilité est très limité et ne peut guère être qualifié de tel. La qualité de sensibilité dont nous parlons existe tout naturellement là où il y a totale responsabilité qui est amour. La diligence a cette qualité.

La négligence est indifférence et indolence ; indifférence pour notre organisme physique et notre état psychologique, indifférence aussi à l'égard des autres. Dans l'indifférence, il y a de l'insensibilité : l'esprit devient paresseux, l'activité de la pensée ralentit, il n'y a plus de vivacité dans la perception et la sensibilité est quelque chose d'incompréhensible. La plupart d'entre nous sommes parfois diligents mais le plus souvent négligents. La diligence et la négligence ne sont pas vraiment des opposés. Si elles l'étaient, la diligence serait encore de la négligence.

La plupart des gens sont diligents par intérêt personnel, que cet intérêt soit identifié à la famille, à un groupe, à une secte ou une nation particulière. Cet intérêt égocentrique porte en lui le germe de la négligence bien qu'il y ait constante préoccupation de soi. Cette préoccupation est limitée et elle est donc de la négligence. Cette préoccupation est de l'énergie confinée dans des frontières étroites. La diligence, qui rend libre de l'activité égocentrique, est créatrice d'une abondante énergie. Quand on comprend la nature de la négligence, la diligence naît sans effort. Quand nous comprendrons cela pleinement – sans nous contenter de définitions verbales de la négligence et de la diligence –, notre pensée, notre action et notre comportement auront un haut degré d'excellence.

Mais, malheureusement, nous n'exigeons jamais de nous-mêmes une très haute qualité de pensée, d'action et de comportement. Nous ne nous lançons guère de défis et, si jamais nous le faisons, nous nous trouvons diverses excuses pour ne pas les relever pleinement. Cela indique, n'est-ce pas, une indolence de l'esprit et une faible activité de la pensée. Le corps peut être paresseux mais jamais l'esprit avec sa vivacité de pensée et sa subtilité. La paresse du corps peut s'expliquer facilement. Elle peut être due au surmenage dans le travail, à l'abus des plaisirs ou à un excès de sport. Le corps a donc besoin de repos, ce que l'on peut considérer comme de la paresse alors qu'il n'en est rien. L'esprit attentif, qui est vigilant, sensible, sait quand l'organisme a besoin de repos et de soin.

Dans nos écoles, il est important de comprendre que la qualité d'énergie, qui est diligence, exige une alimentation et de l'exercice physique appropriés ainsi qu'un sommeil suffisant. L'habitude, la routine, que ce soit dans la pensée, l'action ou la conduite, est l'ennemie de la diligence. La pensée crée elle-même son propre modèle et s'y complaît. Quand ce modèle est remis en question, elle n'en tient pas compte ou elle crée un autre modèle sécurisant. Tel est le mouvement de la pensée : aller d'un modèle à l'autre, d'une conclusion, d'une croyance à l'autre. C'est précisément en cela que la pensée est négligence. L'esprit diligent n'a pas d'habitudes ; il n'a pas de réactions types. C'est un mouvement sans fin qui ne s'assimile jamais à l'habitude et n'est jamais prisonnier d'une conclusion. Le mouvement a une grande profondeur et un grand volume quand il ne se heurte pas aux frontières créées par la négligence de la pensée.

Puisque nous nous préoccupons actuellement d'éducation, de quelle façon l'éducateur peut-il faire comprendre ce qu'est cette diligence où il y a sensibilité, grande attention à l'autre, et où la paresse d'esprit n'a pas sa place ? Évidemment, il est bien entendu que l'éducateur prend à cœur cette question et voit l'importance de la diligence tous les jours de sa vie. Si tel est le cas, comment va-t-il s'employer à faire s'épanouir cette fleur de la diligence ? S'intéresse-t-il profondément à l'élève ? Assume-t-il vraiment la pleine responsabilité de ces jeunes dont il a la charge ? Ou bien est-il là seulement pour gagner sa vie ? Comme nous l'avons signalé, enseigner est la plus haute faculté de l'homme. Vous êtes là, face aux élèves. Est-ce à dire que vous soyez indifférents ? Est-ce à dire que vos ennuis personnels dans votre foyer consument votre énergie ?

Traîner avec soi, de jour en jour, des problèmes psychologiques, c'est perdre complètement son temps et son énergie, ce qui est signe de négligence. Un esprit diligent affronte le problème au moment où il se présente, il en observe la nature et le résout immédiatement. Traîner avec soi un problème psychologique ne le résout pas. C'est un gaspillage d'énergie et d'esprit. Quand vous résoudrez les problèmes au fur et à mesure qu'ils se présentent, vous découvrirez alors qu'il n'y a pas du tout de problèmes.

Il nous faut donc revenir à la question : en tant

qu'éducateur dans nos écoles ou dans n'importe quelle autre école, pouvez-vous cultiver cette diligence ? C'est seulement dans la diligence que la bonté peut s'épanouir. C'est là votre responsabilité totale et absolue, et, en elle, il y a cet amour qui saura tout naturellement trouver un moyen d'aider l'élève.

10. La sécurité

L'école est le foyer de l'élève

15 janvier 1979

Il est important que, dans nos écoles, l'éducateur se sente en sécurité tant sur le plan économique que sur le plan psychologique. Peut-être certains éducateurs seront-ils disposés à enseigner sans se soucier beaucoup de leur situation économique ; peut-être sont-ils venus là pour les enseignements et pour des raisons d'ordre psychologique, mais chaque éducateur devrait se sentir en sécurité, se sentir chez lui, pris en charge et sans soucis financiers. Si l'éducateur ne se sent pas lui-même en sécurité et n'a donc pas l'esprit libre pour consacrer son attention à l'élève et à la sécurité de celui-ci, il ne pourra pas être totalement responsable. Si l'éducateur ne se sent pas heureux, son attention sera divisée et il ne sera pas capable de donner le meilleur de lui-même.

Il est donc important de choisir les enseignants qui conviennent, en invitant les intéressés à séjourner un certain temps dans nos écoles afin de pouvoir apprécier si ils ou elles peuvent participer avec bonheur à ce qui s'y fait. Cette appréciation doit être mutuelle. Se sentant alors heureux, en sécurité et chez lui, le maître peut créer chez l'élève cette impression de sécurité, ce sentiment que l'école est son foyer.

Se sentir chez soi implique qu'on n'éprouve aucune peur, qu'on a le sentiment d'être physiquement protégé, qu'on prend soin de vous et qu'on est libre. La protection, même si l'élève peut s'élever contre l'idée d'être protégé, bien gardé, ne veut pas dire qu'on le maintient dans une prison, qu'il est enfermé et surveillé d'un œil critique. La liberté, de toute évidence, ne signifie pas faire ce qui vous plaît, et il est tout aussi évident qu'on ne peut jamais faire complètement ce qui nous plaît. Essayer de faire ce qui nous plaît – ce que l'on appelle la liberté individuelle et qui consiste à vouloir agir comme bon nous semble – a engendré dans le monde la confusion sociale et économique. La réaction à cette confusion est le totalitarisme.

La liberté est quelque chose de très complexe. Il faut l'aborder avec une extrême attention car la liberté n'est pas le contraire de l'esclavage, ce n'est pas non plus fuir les circonstances dans lesquelles on se trouve piégé. Ce n'est pas s'affranchir de quelque chose ou éviter la contrainte. La liberté n'a pas de contraire ; elle existe en soi, *per se*. La compréhension même de la nature de la liberté est l'éveil de l'intelligence. Il s'agit non pas de s'adapter à « ce qui est », mais de comprendre « ce qui est », et, ce faisant, de le dépasser. Si l'éducateur ne comprend pas la nature de la liberté, il ne fera qu'imposer à l'élève ses préjugés, ses limites et ses conclusions. Bien entendu, l'élève résistera ou acceptera par peur et deviendra un être humain conventionnel, timide ou agressif. C'est seulement en comprenant cette liberté de vivre – non pas l'idée de liberté ou l'acceptation du mot qui devient un slogan – que l'esprit a toute liberté pour apprendre.

Après tout, une école est un endroit où l'élève est d'abord heureux, où il n'est pas brimé, où il n'a pas peur des examens et où il n'est pas forcé d'agir selon un modèle ou un système. C'est un endroit où l'on enseigne l'art d'apprendre. Si l'élève n'est pas heureux, il est incapable d'apprendre cet art.

On considère que mémoriser, enregistrer des informations, c'est apprendre. Cela donne un esprit limité et donc fortement conditionné. L'art d'apprendre, c'est accorder une juste place à l'information, c'est agir efficacement selon ce qu'on a appris, mais, en même temps, c'est ne pas être psychologiquement prisonnier des limites du savoir et des images ou des symboles créés par la pensée. L'art implique que chaque chose soit mise à sa juste place et non selon un certain idéal. Comprendre le mécanisme des idéaux et des conclusions, c'est apprendre l'art de l'observation. Un concept élaboré par la pensée, en fonction du passé, ou en se projetant dans le futur, est un idéal, une idée que l'on projette ou un souvenir. C'est un jeu d'ombres chinoises, une abstraction de la réalité. Cette abstraction est une fuite devant l'événement présent. Esquiver le fait, c'est être malheureux.

Pouvons-nous, en tant qu'éducateurs, aider l'élève à être heureux dans le vrai sens du terme ? Pouvons-nous l'aider à s'intéresser à ce qui se passe vraiment ? C'est cela l'attention. L'élève qui regarde une feuille voleter dans le soleil est attentif. Le contraindre à revenir à son livre à ce moment-là, c'est décourager l'attention ; au contraire, l'aider à observer pleinement cette feuille le rend conscient de la profondeur de l'attention qui exclut toute distraction. De même, parce qu'il vient de voir ce que l'attention implique, il pourra revenir à son livre ou à ce qu'on est en train de lui enseigner à ce moment-là. Dans cette attention, il n'y a ni contrainte ni conformisme. Elle est cette liberté dans laquelle il y a observation totale. L'éducateur peut-il lui-même avoir cette qualité d'attention ? C'est seulement quand il l'a qu'il peut aider autrui.

La plupart d'entre nous luttons contre la distraction. La distraction n'existe pas. Supposez que vous rêvassiez ou que votre esprit vagabonde ; c'est ce qui se passe en réalité. Observez cela. Cette observation est attention. Il n'y a donc pas distraction.

Peut-on enseigner cela aux élèves, cet art peut-il s'apprendre ? Vous êtes entièrement responsables des élèves. Vous devez créer cette atmosphère dans laquelle on apprend, où il y a une gravité empreinte d'un sentiment de liberté et de bonheur.

11. La comparaison

L'imitation corrompt l'esprit

1er février 1979

Comme nous l'avons déjà plusieurs fois souligné dans ces lettres, les écoles existent avant tout pour amener une profonde transformation chez les êtres humains. C'est de cela que l'éducateur est totalement responsable. À moins que le maître ne prenne conscience de ce facteur essentiel, il ne fera qu'instruire l'élève pour le préparer à devenir un homme d'affaires, un ingénieur, un homme de loi ou un politicien. Il y a tant de ces gens qui paraissent incapables soit de se transformer eux-mêmes, soit de transformer la société dans laquelle ils vivent. Peut-être, eu égard à la présente structure de la société, faut-il des hommes de loi et des hommes d'affaires, mais quand ces écoles furent créées, ce fut, et cela reste, dans l'intention de transformer profondément l'homme. Il faudrait que, dans ces écoles, les enseignants comprennent cela réellement, non intellectuellement, non comme une idée, mais parce qu'ils en voient, avec tout leur être, la pleine implication. Notre objet est le développement total de l'homme et pas seulement l'accumulation du savoir.

Les idées et les idéaux sont une chose, et le fait, l'événement réel, en est une autre. Les deux ne peuvent jamais aller de pair. Les idéaux ont été surimposés aux faits et déforment l'événement de manière à le rendre conforme à ce qui devrait être, à l'idéal. L'utopie est une conclusion formulée à partir de ce qui se passe et elle sacrifie le réel, pour le rendre conforme à ce qui a été idéalisé. C'est le processus qui s'est poursuivi durant des millénaires et chaque élève et tous les intellectuels se complaisent dans les idéations. Esquiver ce qui est, c'est le commencement de la corruption de l'esprit. Cette corruption imprègne toutes les religions, la politique et l'éducation, tous les rapports humains. Comprendre ce processus de fuite et le dépasser, c'est là notre objet.

Les idéaux corrompent l'esprit : ils sont nés d'idées, de jugements et d'espoirs. Les idées sont des abstractions de « ce qui est », et toute idée ou conclusion au sujet de ce qui se passe réellement déforme ce qui se passe et ainsi, il y a corruption. L'idée détourne l'attention du fait, de « ce qui est », et ainsi dirige cette attention vers le chimérique. Ce mouvement pour esquiver le fait conduit aux symboles, aux images, qui prennent alors une importance dévorante. Ce mouvement pour s'écarter du fait, c'est la corruption de l'esprit. Les êtres humains se laissent aller à ce mouvement dans la conversation, dans leurs rapports, dans presque tout ce qu'ils font. Le fait est instantanément traduit en une idée ou une conclusion qui dicte alors nos réactions. Quand quelque chose est vu, la pensée le transpose immédiatement en une image, laquelle devient le réel. Vous voyez un chien et, instantanément, la pensée se tourne vers n'importe quelle image que vous pouvez avoir au sujet des chiens, et ainsi vous ne voyez jamais le chien.

Peut-on enseigner cela aux élèves, à savoir rester avec le fait, avec l'événement réel présent, qu'il soit psychologique ou extérieur ? Le savoir n'est pas le fait. Il concerne le fait et a sa juste place, mais le savoir fait obstacle à la perception de ce qui est réellement, et alors il y a corruption. Il est vraiment très important de comprendre cela. Les idéaux sont considérés comme nobles, élevés, ayant un sens profond et une haute importance, et ce qui se passe réellement est considéré comme purement sensoriel, temporel et de moindre valeur. Partout dans le monde, les écoles ont quelque dessein élevé, quelque idéal ; dès lors, dans l'éducation donnée aux élèves, il y a corruption.

Qu'est-ce qui corrompt l'esprit ? Par le mot « esprit », nous entendons les sens, la capacité de penser, et le cerveau qui emmagasine tous les souvenirs et toutes les expériences en tant que savoir. Ce mouvement total est l'esprit. Le conscient aussi bien que l'inconscient et le prétendu « superconscient » – tout cela est l'esprit. Nous demandons quels sont les facteurs, les germes de corruption dans tout cela ? Nous avons dit que les idéaux corrompent. Le savoir aussi corrompt l'esprit. Le savoir, particulier ou étendu, est le mouvement du passé et, quand le passé occulte le présent, il y a corruption. Le savoir, projeté dans le futur et orientant ce qui se passe dans le présent, est corruption. Nous nous servons du mot corruption pour indiquer ce que l'on fragmente, ce qui n'est pas pris dans sa totalité. Le fait ne peut jamais être fragmenté ; le fait ne peut jamais être limité par le savoir. La plénitude du fait ouvre la porte sur l'infini. La plénitude ne peut être divisée ; elle n'est pas en contradiction avec elle-même ; elle ne peut pas se diviser elle-même. La plénitude, la totalité, c'est le mouvement infini.

L'imitation, le conformisme sont parmi les principaux facteurs de la corruption de l'esprit ; l'exemple, le héros, le sauveur, le gourou représentent le facteur de corruption le plus destructif. Suivre, obéir, se conformer, c'est la négation de la liberté. La liberté est là, dès le commencement, non à la fin. Il ne s'agit pas de se conformer, d'imiter, d'accepter d'abord et de découvrir finalement la liberté. Cela, c'est l'esprit du totalitarisme, la cruauté, le caractère impitoyable du dictateur, de l'autorité, du gourou ou du grand prêtre.

Donc, l'autorité est corruption. L'autorité est la fragmentation de l'intégrité, de la totalité, de ce qui est complet – l'autorité d'un maître dans une école, l'autorité d'un but, d'un idéal, de celui qui dit « je sais », l'autorité d'une institution. La pression de l'autorité, sous quelque forme que ce soit, est le facteur déformant qui engendre la corruption. Fondamentalement, l'autorité nie la liberté. Instruire, attirer l'attention sur un point, informer, sans l'influence corruptrice de l'autorité, telle est la fonction d'un véritable éducateur.

L'autorité de la comparaison détruit. Quand un élève est comparé à un autre, tous les deux sont blessés. Vivre sans comparaison, c'est avoir l'intégrité.

Vous, l'éducateur, voulez-vous faire cela ?

12. Les blessures psychologiques

L'éducation doit libérer l'esprit de l'énergie limitée du moi

15 février 1979

Il semble que les êtres humains disposent d'énormes quantités d'énergie. Ils sont allés sur la lune, ils ont escaladé les sommets les plus élevés de la terre, déployé une énergie prodigieuse pour faire la guerre et pour produire des instruments de guerre, pour développer la technologie, pour accumuler le vaste savoir élaboré par l'homme, pour travailler chaque jour, pour construire les pyramides et pour explorer l'atome. Quand on considère tout cela, on est frappé de voir la quantité d'énergie que l'homme a dépensée. Cette énergie a servi à explorer le monde extérieur mais l'homme en a consacré très peu à l'étude de toute sa structure psychologique. L'énergie est nécessaire à la fois extérieurement et intérieurement pour agir ou pour être totalement silencieux.

L'action et la non-action requièrent une grande énergie. Nous avons utilisé de l'énergie dite positive en faisant la guerre, en écrivant des livres, en accomplissant des opérations chirurgicales et en travaillant sous les mers. La non-action nécessite beaucoup plus d'action que l'action prétendument positive. Agir positivement, c'est contrôler, soutenir, fuir. La non-action est la totale attention de l'observation. Dans cette observation, ce qui est observé subit une transformation. Cette observation silencieuse exige non seulement de l'énergie physique mais aussi une profonde énergie psychologique. Nous sommes habitués à la première et ce conditionnement limite notre énergie. Dans une observation complète, silencieuse, qui est non-action, il n'y a pas de dépense d'énergie et, par conséquent, l'énergie est sans limites.

La non-action n'est pas l'opposé de l'action. Aller travailler tous les jours, sans relâche, année après année, ce qui est peut-être nécessaire dans l'état actuel des choses, est une limitation, mais cela ne signifie nullement qu'en ne travaillant pas vous disposerez d'une énergie illimitée. L'indolence même de l'esprit, comme la paresse du corps, est un gaspillage d'énergie. Notre éducation dans n'importe quel domaine restreint cette énergie. Notre mode de vie, qui est une lutte constante pour devenir ou ne pas devenir, est une dissipation d'énergie.

L'énergie est hors du temps et ne se mesure pas. Mais nos actions sont mesurables et nous ramenons ainsi cette énergie illimitée dans le cercle étroit du moi, et, l'ayant circonscrite, nous cherchons alors l'incommensurable. Cette quête fait partie de l'action positive et elle est, par conséquent, un gaspillage d'énergie psychologique. Il existe ainsi un mouvement sans fin dans les archives du moi.

Pour nous, l'objet de l'éducation, c'est de libérer l'esprit du moi. Comme nous l'avons dit à maintes reprises dans ces lettres, notre rôle est de faire éclore une génération nouvelle libérée de cette énergie limitée qu'on appelle le moi. C'est, il nous faut le répéter, la raison d'être de ces écoles.

Dans notre précédente lettre, nous avons parlé de la corruption de l'esprit. La racine de cette corruption est le moi. Le moi est la représentation, l'image, le mot transmis de génération en génération, et l'on doit faire face au poids de la tradition du moi. Ce fait – non ses conséquences ni la façon dont il est né – c'est assez facile à expliquer. Mais l'observer avec toutes les réactions qu'il provoque, l'observer sans mobile qui le déforme, c'est là de l'action négative. Le fait s'en trouve alors transformé. Cela, il est important de le comprendre très profondément ; ne pas agir sur le fait mais observer « ce qui est ».

Tous les êtres humains sont blessés psychologiquement et physiquement. Il est relativement facile d'agir en ce qui concerne la douleur physique mais la douleur psychologique demeure cachée. La conséquence de cette blessure psychologique est que l'on construit un mur autour de soi, que l'on résiste à d'autres douleurs et que l'on devient ainsi peureux ou que l'on se réfugie dans l'isolement. La blessure a été causée par l'image du moi avec son énergie limitée. Parce qu'elle est limitée, on est blessé. On ne peut jamais porter atteinte à ce qui n'est pas mesurable ni le corrompre. Tout ce qui est limité peut être blessé mais ce qui est total est hors d'atteinte de la pensée.

L'éducateur peut-il aider l'élève à ne jamais être blessé psychologiquement, non seulement à l'école mais tout au long de sa vie ? Si l'éducateur voit les graves dommages qui résultent de cette blessure, comment va-t-il alors éduquer l'élève ? Comment va-t-il pratiquement s'y prendre pour faire en sorte que l'élève ne soit pas blessé tout au long de sa vie ? L'élève arrive à l'école en ayant déjà été blessé, ce dont il n'a probablement pas conscience. En observant ses réactions, ses peurs et son agressivité, l'éducateur découvrira le mal qui a été fait. Il va ainsi se trouver devant deux problèmes : tout d'abord libérer l'élève de ce passé et, ensuite, empêcher les blessures à venir.

Vous en souciez-vous ? Ou bien vous contentez-vous de lire cette lettre en la comprenant intellectuellement, ce qui équivaut à ne pas comprendre du tout et ainsi à ne pas se soucier de l'élève ? Mais si vous vous en souciez, comme vous le devriez, que ferez-vous devant cette réalité, devant le fait qu'il est blessé et que vous devez à tout prix empêcher d'autres blessures ? Comment abordez-vous ce problème ? Quel est l'état de votre esprit quand vous affrontez ce problème ? C'est aussi votre problème, et pas seulement celui de l'élève. Vous êtes blessé et l'élève aussi. Vous êtes donc concernés tous les deux, ce n'est pas un problème unilatéral ; vous êtes tout aussi impliqué que l'élève, et cela est le facteur essentiel à affronter et à observer. Désirer simplement être débarrassé de ses blessures passées et espérer ne plus être blessé est un gaspillage d'énergie. Une complète attention, l'observation de ce fait, non seulement vous révélera l'historique de la blessure, mais cette attention même chasse et efface le mal. L'attention est donc cette immense énergie qui est hors d'atteinte de toute blessure, de toute corruption.

Je vous en prie, n'acceptez pas d'emblée ce qui est dit dans ces lettres. L'acceptation détruit la vérité. Expérimentez-le, non à une date ultérieure mais expérimentez-le, en lisant cette lettre. Si vous le faites, non pas superficiellement, mais de tout votre cœur et de tout votre être, vous découvrirez par vous-même la vérité de tout cela. Alors, seulement, vous pourrez aider l'élève à effacer le passé et à avoir un esprit qui ne peut être blessé.

13. L'habitude

L'habitude rend l'esprit insensible

1er mars 1979

Ces lettres sont écrites dans un esprit d'amitié. Elles ne se proposent pas de régenter votre façon de penser ni de vous amener à vous conformer à la façon de penser et de sentir de leur auteur. Il ne s'agit pas de propagande. Il s'agit vraiment d'un dialogue entre vous et l'auteur, entre deux amis s'entretenant de leurs problèmes, et dans une bonne amitié il n'y a jamais d'esprit de compétition ni de domination. Vous avez dû, vous aussi, observer l'état du monde et de notre société et vous rendre compte qu'il fallait qu'intervienne une transformation radicale dans la façon de vivre des êtres humains, dans leurs relations les uns avec les autres, leur relation au monde dans son ensemble et de toutes les façons possibles. Nous dialoguons et sommes l'un et l'autre profondément préoccupés, non seulement de nous-mêmes en particulier, mais aussi des élèves dont vous êtes entièrement responsables.

Dans une école l'enseignant est la personne la plus importante car c'est de lui ou d'elle que dépend le bien futur de l'humanité. Ce n'est pas là une affirmation purement verbale, c'est un fait absolu, irrévocable. C'est seulement quand l'éducateur sentira lui-même tout ce qu'il y a de dignité et de respect implicite dans son travail qu'il se rendra compte que l'enseignement est la plus belle des vocations et que l'état d'enseignant est supérieur à l'état de politicien et à celui des princes de ce monde. Ce ne sont pas là des paroles en l'air, veuillez donc ne pas les rejeter, considérant qu'il s'agit là d'une exagération ou que l'on essaie de vous donner un sentiment de fausse importance. Vous et les élèves devez vous épanouir ensemble dans la bonté.

Nous avons exposé les facteurs de corruption ou de dégénérescence de l'esprit. La société se désintégrant, ces écoles doivent être des centres de régénération de l'esprit, non de la pensée. La pensée ne peut jamais être régénérée car elle est toujours limitée, mais il peut y avoir régénération de la totalité de l'esprit. Cette possibilité n'est pas un concept mais une réalité une fois qu'on a examiné en profondeur les processus de dégénérescence. Dans les lettres précédentes, nous en avons exploré quelques-uns.

Maintenant, il nous faut aussi étudier la nature destructive de la tradition, de l'habitude et des modes répétitifs de la pensée. Suivre ou accepter la tradition semble donner une certaine sécurité à notre vie, sécurité tant extérieure qu'intérieure. La recherche de la sécurité, de toutes les façons possibles, a été le mobile, le moteur de la plupart de nos actions. Le besoin de sécurité psychologique prend le pas sur le besoin de sécurité physique, rendant celle-ci aléatoire. Cette sécurité psychologique est le fondement de la tradition transmise d'une génération à l'autre, oralement, par les rituels, les croyances – religieuses, politiques ou sociologiques. Nous contestons rarement la norme établie mais quand nous le faisons, nous tombons invariablement dans le piège d'un nouveau modèle. Telle a été notre façon de vivre : rejeter un modèle et en accepter un autre. Le nouveau est plus séduisant et l'ancien est laissé à la génération vieillissante. Mais les deux générations sont prisonnières de modèles et de systèmes. Tel est le mouvement de la tradition. Le mot lui-même implique le conformisme, qu'il soit moderne ou ancien. Il n'y a pas de bonne ou de mauvaise tradition ; il y a seulement la tradition, la vaine répétition de rituels dans toutes les églises, les temples et les mosquées. Ils sont complètement dépourvus de signification mais l'émotion, le sentiment, le romanesque, l'imagination leur prêtent des couleurs et les parent d'illusions. Cela est dans la nature de la superstition et tous les prêtres du monde l'encouragent. Cette façon de s'adonner à des choses qui n'ont aucun sens ou de s'investir dans des choses dépourvues de toute importance est un gaspillage d'énergie qui entraîne la dégénérescence de l'esprit. Il faut être profondément attentif à cela et cette attention même détruit toutes les illusions.

Ensuite, il y a l'habitude. Il n'y a pas de bonnes ou de mauvaises habitudes ; il y a seulement l'habitude. L'habitude sous-entend une action répétitive, résultant d'un manque d'attention. On contracte alors des habitudes délibérément ou poussé par la propagande ; ou bien on a peur et on a des réflexes d'autoprotection. Il en est de même concernant le plaisir. Suivre ainsi la routine, pour efficace ou nécessaire que ce soit dans la vie quotidienne, peut mener – et mène en général – à une façon de vivre mécanique. On peut faire chaque jour la même chose à la même heure sans que cela devienne une habitude si l'on est conscient de ce que l'on fait. L'attention chasse l'habitude. C'est seulement quand l'attention fait défaut que se forment les habitudes. Vous pouvez vous lever tous les matins à la même heure mais vous savez pourquoi vous vous levez. Cela peut paraître à quelqu'un d'autre une habitude, bonne ou mauvaise, mais, en réalité, ça ne l'est pas pour celui qui est vigilant et attentif. Nous tombons dans les habitudes ou dans la routine psychologique parce que nous pensons que c'est la façon de vivre la plus confortable et une observation attentive vous montrera que, même dans les habitudes contractées dans les relations, personnelles ou autres, il existe une certaine part d'indolence, de négligence et d'indifférence. Dans tout cela, il y a un sentiment fallacieux d'intimité, de sécurité et une insidieuse cruauté.

Il y a danger dans toutes les habitudes : l'habitude de fumer, l'action répétitive, l'emploi des mots, les habitudes de pensée ou de comportement. Cela rend l'esprit totalement insensible et le processus de dégénérescence consiste à trouver une forme de sécurité illusoire dans la nation, dans une croyance ou un idéal auquel on s'accroche. Tous ces facteurs sont très destructeurs pour la vraie sécurité. Nous vivons dans un monde de faux-semblants qui est devenu une réalité. Mettre en question cette illusion, c'est devenir révolutionnaire ou laxiste. L'un et l'autre sont des facteurs de dégénérescence.

Après tout, le cerveau, avec ses facultés extraordinaires, a été conditionné de génération en génération pour accepter cette fallacieuse sécurité qui est maintenant devenue une habitude profondément enracinée. Pour briser cette habitude, nous avons recours à différentes formes de tortures, à de multiples échappatoires, ou bien nous nous lançons dans quelque utopie idéaliste. Il appartient à l'éducateur d'explorer et d'exercer sa capacité créatrice en observant très attentivement son conditionnement très profondément enraciné ainsi que celui de l'élève. C'est un processus mutuel : il s'agit non pas d'explorer d'abord votre conditionnement et ensuite d'instruire l'autre de vos découvertes, mais d'explorer ensemble et de découvrir la vérité de tout cela. Il y faut une certaine qualité de patience, non pas la patience en termes de temps, mais la persévérance, l'attention diligente de la totale responsabilité.

14. La beauté

Le mouvement de la pensée n'est pas la beauté

15 mars 1979

Nous sommes devenus beaucoup trop intelligents. Nous avons exercé nos cerveaux à devenir très brillants verbalement et intellectuellement. Ils sont bourrés d'une grande quantité d'informations que nous utilisons pour nous assurer une carrière lucrative. Un intellectuel brillant recueille des louanges et des hommages. Il semble que, dans le monde, ce genre de personnes s'approprient toutes les places importantes ; elles ont du pouvoir, une position sociale et du prestige. Mais, en fin de compte, leur intelligence les trahit. Dans leur cœur, elles ne savent jamais ce qu'est l'amour ou la vraie charité et la profonde générosité car elles sont enfermées dans leur vanité et leur arrogance. Tel est maintenant le modèle de toutes les écoles de haut niveau. Le garçon ou la fille qui a été accepté dans une école traditionnelle est pris au piège de la civilisation moderne et dépassé par tout ce qui est la beauté de la vie.

Quand vous vous promenez dans les bois aux ombres épaisses où filtre la lumière et que vous arrivez soudain dans une clairière, une verte prairie entourée d'arbres majestueux ou près d'une rivière aux eaux étincelantes, vous vous demandez pourquoi l'homme a perdu tout contact avec la nature et avec la beauté de la terre, la feuille tombée et la branche brisée. Si vous avez perdu contact avec la nature, alors vous perdrez inévitablement contact avec les êtres humains. La nature, ce n'est pas seulement les fleurs, la belle pelouse verte ou l'eau vive qui court dans votre petit jardin, mais c'est la terre entière avec tout ce qui s'y trouve. Nous considérons que la nature est là pour notre usage et notre confort et, ainsi, nous ne sommes plus en communion avec la terre. Être sensible à la feuille tombée, au grand arbre sur la colline est bien plus important qu'être reçu à tous les examens et faire une brillante carrière. Les examens et la carrière ne sont pas toute la vie. La vie est comme un grand fleuve aux eaux abondantes, sans commencement ni fin. Dans ce courant impétueux nous puisons un seau d'eau et cette eau ainsi emprisonnée devient notre vie. Tels sont notre conditionnement et notre perpétuelle souffrance.

Le mouvement de la pensée n'est pas la beauté. La pensée peut créer ce qui semble beau – le tableau du peintre, la statue de marbre ou un beau poème – mais la beauté ce n'est pas cela. La beauté est la sensibilité suprême, non pas celle qui concerne nos peines et nos angoisses personnelles, mais celle qui embrasse toute l'existence humaine. La beauté existe uniquement quand le fleuve du moi s'est complètement tari. Là où il n'y a pas le moi, il y a la beauté. De l'abandon du moi naît la passion de la beauté.

Dans ces lettres, nous avons examiné ensemble la dégénérescence de l'esprit. Nous avons appelé votre attention sur quelques-uns des processus de cette détérioration pour que vous les examiniez et les exploriez. La pensée est l'une des activités fondamentales de l'esprit. La pensée induit une fracture dans la totalité de l'esprit. Le tout contient la partie mais la partie ne peut jamais être ce qui est la totalité. La pensée est la partie la plus active de notre vie. Sentiment et pensée vont de pair. Par essence ils sont un, bien que nous ayons tendance à les séparer. Les ayant séparés, nous accordons une grande importance à la sensation, au sentiment, au romanesque et à la dévotion, mais la pensée cachée, vivante, la pensée qui contrôle et façonne pénètre tout cela comme le fil traverse les perles d'un collier. Elle est toujours là, même si nous nous plaisons à penser que nos émotions profondes en diffèrent essentiellement. C'est là une grande illusion, une duperie tenue en grande estime et menant à la malhonnêteté.

Comme nous l'avons dit, la pensée est la réalité de notre vie quotidienne. Tous les livres prétendument sacrés sont le produit de la pensée. On peut les révérer comme textes révélés mais en essence, ils ne sont que pensée. La pensée a conçu la turbine et les grands temples de la terre, la fusée et aussi l'hostilité chez l'homme. La pensée est responsable des guerres, du langage que nous utilisons et de l'image créée par la main de l'homme ou par son esprit. La pensée domine la relation. La pensée a décrit ce qu'est l'amour, les cieux et les affres du malheur. L'homme adore la pensée ; il en admire les subtilités, les astuces, la violence et les cruautés commises au nom d'une cause. La pensée a fait faire de grands progrès à la technologie en même temps qu'à sa capacité de destruction. Telle est l'histoire de la pensée qui s'est répétée tout au long des siècles.

Pourquoi l'humanité a-t-elle accordé une si extraordinaire importance à la pensée ? Est-ce parce que c'est la seule chose que nous ayons, même si c'est par les sens qu'elle devient active ? Est-ce parce que la pensée a été capable de dominer la nature, de dominer ce qui l'entoure et qu'elle a apporté une certaine sécurité matérielle ? Est-ce parce qu'elle est le plus grand instrument dont l'homme dispose pour agir, vivre et obtenir des satisfactions ? Est-ce parce que la pensée a créé les dieux, les sauveurs, la superconscience, oubliant ainsi l'angoisse, la peur, le chagrin, l'envie et la culpabilité ? Est-ce parce qu'elle rassemble les gens en nations, en groupes et en sectes ? Est-ce parce qu'elle apporte de l'espoir dans une vie morose ? Est-ce parce qu'elle offre une possibilité d'évasion de la morne routine quotidienne ? Est-ce parce que, devant l'inconnu que représente le futur, elle offre la sécurité du passé, privilégiant avec arrogance l'expérience ? Est-ce parce que le savoir offre la stabilité et permet de s'évader de la peur dans la certitude du connu ? Est-ce parce que la pensée, en elle-même, s'est attribué une position invulnérable, se dressant contre l'inconnu ? Est-ce parce que l'amour est inexplicable, tandis que la pensée se mesure et résiste au mouvement inaltérable de l'amour ?

Nous n'avons jamais mis en question la nature même de la pensée. Nous avons accepté la pensée comme allant de soi, au même titre que nos yeux et nos jambes.

Nous n'avons jamais sondé les profondeurs de la pensée ; et parce que nous ne l'avons jamais mise en question, elle s'est arrogé la prééminence. Elle est le tyran de notre vie – et on défie rarement les tyrans.

Donc, nous autres éducateurs allons exposer la pensée à la vive lumière de l'observation. Non seulement la lumière de l'observation dissipe instantanément l'illusion, mais sa clarté met en évidence les moindres détails de ce qui est observé. Comme nous l'avons dit, l'observation ne se fait pas à partir d'un point fixe, d'une croyance, d'un préjugé ou d'une conclusion. L'opinion est quelque chose d'assez médiocre, de même que l'expérience. L'homme d'expérience est quelqu'un de dangereux parce qu'il est enfermé dans la prison de son propre savoir.

Pouvez-vous donc observer avec une clarté extraordinaire l'ensemble du mouvement de la pensée ? Cette lumière est liberté. Cela ne signifie pas que vous l'ayez capturée et utilisée pour votre commodité et à votre profit. L'observation même de la pensée est l'observation de tout votre être, lequel est lui-même une construction de la pensée. La pensée a des bornes, elle est limitée. Vous l'êtes aussi.

15. La capacité

La capacité est limitée par le désir

1er avril 1979

Notre objet est toujours l'esprit dans sa totalité. L'esprit inclut les sens, les émotions vagabondes, la capacité du cerveau et la pensée toujours agitée. Tout cela est l'esprit, y compris divers attributs de la conscience. Quand l'esprit fonctionne dans sa totalité, il ne connaît pas de bornes, il a une grande énergie et agit sans l'ombre d'un regret ou la promesse d'une récompense. Cette qualité d'esprit, cette totalité est intelligence. Peut-on faire comprendre à l'élève ce qu'est cette intelligence et l'aider à en saisir rapidement l'importance ? Cela est, certes, la tâche de l'éducateur.

La capacité de la pensée est modelée et contrôlée par le désir et, de ce fait, elle est restreinte. Cette capacité est limitée par le mouvement du désir ; le désir est l'essence de la sensation. L'ambition limite la capacité du cerveau, c'est-à-dire la pensée. Les exigences sociales et économiques ou nos expériences et mobiles personnels la restreignent. Elle est rétrécie par un idéal, par les sanctions de diverses croyances religieuses, par la peur toujours présente. La peur est indissociable du plaisir.

Le désir – l'essence de la sensation – est modelé par l'environnement, par la tradition, par nos tendances et notre tempérament personnels. C'est ainsi que la capacité ou l'action, qui nécessite une énergie totale, est conditionnée en fonction de notre bien-être et de notre plaisir. Le désir est, dans notre vie, quelque chose d'irrésistible que l'on ne doit ni refouler, ni fuir, ni chercher à amadouer et à raisonner, mais qu'il faut plutôt comprendre. Cela, on ne peut le faire qu'en explorant le désir et en observant son mouvement. Connaissant l'ardeur impérieuse du désir, la plupart des interdits des religions ou des sectes l'ont transformé en quelque chose que l'on doit refouler, maîtriser ou à quoi il faut renoncer, en le sacrifiant à une divinité ou un principe. Les innombrables vœux que les gens ont prononcés afin de renier totalement le désir ne l'ont nullement consumé. Il est là.

Nous devons donc l'aborder différemment, ayant présent à l'esprit que l'intelligence n'est pas éveillée par le désir. Le désir d'aller sur la lune a suscité un immense savoir technique, mais ce savoir est toujours spécialisé et donc incomplet, tandis que nous parlons de l'intelligence qui est le mouvement de la totalité de l'esprit. Ce qui nous intéresse, c'est cette intelligence-là et l'éveil de celle-ci, à la fois chez l'éducateur et chez l'élève.

Comme nous l'avons dit précédemment, la capacité est limitée par le désir. Le désir est la sensation, celle d'une nouvelle expérience, de nouvelles formes d'excitation, la sensation que donne l'ascension des plus hauts sommets de la terre, celle du pouvoir ou de la position sociale. Tout cela limite l'énergie du cerveau. Le désir donne l'illusion de la sécurité et le cerveau, qui a besoin de sécurité, encourage et entretient toutes les formes de désir. Si nous ne comprenons pas la place qu'occupe le désir, il s'ensuit une dégénérescence de l'esprit. Cela, il est réellement important de le comprendre.

La pensée est le mouvement de ce désir. La curiosité de la découverte est aiguillonnée par le désir de plus fortes sensations et l'illusoire certitude de sécurité. La curiosité est à l'origine de l'énorme somme de savoir qui a son importance dans notre vie quotidienne. La curiosité a son importance dans l'observation.

La pensée peut être le principal facteur de dégénérescence de l'esprit, alors que la vision pénétrante ouvre la porte à la totalité de l'action. Nous examinerons, dans la prochaine lettre, la pleine signification de la vision pénétrante mais, pour le moment, il nous faut voir si la pensée est un facteur de destruction de l'esprit dans sa totalité. C'est ce que nous avons affirmé. N'acceptez pas cette affirmation tant que vous ne l'avez pas examinée de façon approfondie et librement.

Ce que nous entendons par la totalité de l'esprit, c'est une capacité infinie et un vide complet dans lequel il y a une énergie incommensurable. Étant limitée, de par sa nature même, la pensée impose sa petitesse à la totalité et se tient toujours au premier plan. La pensée est limitée parce qu'elle est le produit de la mémoire et du savoir accumulé au cours de l'expérience. Le savoir est le passé, et ce qui a été est toujours limité. Le souvenir peut projeter un futur mais celui-ci est relié au passé, de sorte que la pensée est toujours limitée. La pensée est mesurable – le plus et le moins, le plus grand, le plus petit. Cette mesure est le mouvement du temps ; j'ai été, je serai. Ainsi, quand elle prédomine, la pensée, aussi vitale, subtile et rusée soit-elle, pervertit la totalité. Or nous avons accordé à la pensée la plus grande importance.

Peut-on demander si, après avoir lu cette lettre, vous avez compris ce que signifie la nature de la pensée et la totalité de l'esprit ? Et si vous l'avez compris, pouvez-vous le faire comprendre à l'élève dont vous avez l'entière responsabilité ? C'est là quelque chose de difficile. Si vous n'avez pas en vous la lumière, vous ne pouvez pas aider un autre à l'avoir. Vous pouvez l'expliquer très clairement ou la définir à l'aide de mots bien choisis, mais la passion de la vérité ne sera pas là.

16. Vision pénétrante et honnêteté

Comment savoir si un désir
ou une pensée sont honnêtes

15 avril 1979

Toute forme de conflit ou de lutte corrompt l'esprit – l'esprit étant la totalité de notre existence. Cette totalité est détruite quand il existe la moindre friction ou la moindre contradiction. Comme nous vivons, la plupart d'entre nous, dans un état permanent de contradiction et de conflit, ce manque de plénitude mène à la dégénérescence. Ce qui nous intéresse, ici, c'est de découvrir par nous-mêmes s'il est vraiment possible de faire disparaître ces facteurs de dégénérescence.

Peut-être, pour la plupart d'entre nous, n'y avons-nous jamais songé ; nous avons accepté cela comme un mode de vie normal. Nous nous sommes persuadés que le conflit est un facteur de croissance – comme la compétition –, ce que nous expliquons à l'aide de divers exemples : l'arbre dans la forêt lutte pour accéder à la lumière, le nouveau-né lutte pour respirer et la mère peine pour accoucher. Nous sommes conditionnés à accepter cela et à vivre de cette façon. Tel est notre mode de vie depuis des générations et toute suggestion selon laquelle il pourrait y avoir une façon de vivre sans conflit semble tout à fait incroyable. Vous pouvez tenir ce propos pour une absurdité idéaliste ou le rejeter *a priori* mais vous n'essayez jamais de voir s'il y a quelque sens dans cette affirmation selon laquelle il est possible de vivre sans l'ombre d'un conflit. Étant donné que nous sommes concernés par la totalité de la responsabilité de faire éclore une nouvelle génération, ce qui est notre seule fonction à nous autres éducateurs, pouvons-nous examiner cette affirmation ? Et, au cours de votre enseignement, pouvez-vous faire comprendre à l'élève ce que vous découvrez par vous-même ?

Le conflit, sous quelque forme que ce soit, indique qu'il y a résistance. Il n'y a pas de résistance dans une rivière aux eaux rapides ; elle contourne de gros rochers, traverse les villages et les villes. L'homme la maîtrise à ses propres fins. La liberté implique, n'est-ce pas, l'absence de la résistance derrière laquelle la pensée se barricade.

L'honnêteté est quelque chose de très complexe. À propos de quoi êtes-vous honnête et pour quelle raison ? Pouvez-vous être honnête avec vous-même et ainsi être juste à l'égard des autres ? L'honnêteté est-elle une affaire d'idéal ? Un idéaliste peut-il vraiment être honnête ? Il vit dans un futur taillé dans le passé ; il est pris entre ce qui a été et ce qui devrait être et il ne peut donc jamais être honnête. Vous êtes le centre de diverses activités, parfois contradictoires ; le centre de diverses pensées, sentiments et désirs qui sont toujours en opposition les uns avec les autres. Lequel de ces désirs ou laquelle de ces pensées est honnête et lequel ou laquelle ne l'est pas ? Il ne s'agit pas là de simples questions de rhétorique ou d'une habile argumentation. Il est très important de découvrir ce que signifie être totalement honnête parce que nous allons étudier la vision pénétrante et le caractère immédiat de l'action. Il est extrêmement important, si nous voulons saisir la profondeur de la vision pénétrante, d'avoir cette qualité d'intégrité absolue qui est l'honnêteté de la totalité.

L'on peut être honnête à l'égard d'un idéal, d'un principe ou d'une croyance enracinée. Ce n'est, certes, pas là de l'honnêteté. Il ne peut y avoir d'honnêteté que lorsqu'il n'y a pas de conflit ou de dualité, quand l'opposé n'existe pas. Il y a l'obscurité et la lumière, la nuit et le jour, l'homme et la femme, le grand et le petit et ainsi de suite, mais c'est la pensée qui en fait des opposés, qui les met en contradiction. Nous entendons ici la contradiction psychologique que l'humanité a cultivée. L'amour n'est pas le contraire de la haine ou de la jalousie. S'il l'était, ce ne serait pas de l'amour. L'humilité n'est pas l'opposé de la vanité, de l'orgueil et de l'arrogance. Si elle l'était, elle ferait encore partie de l'arrogance et de l'orgueil et ce ne serait donc pas de l'humilité. L'humilité n'a rien à voir avec tout cela. Un esprit humble n'est pas conscient de son humilité. Ainsi, l'honnêteté n'est pas le contraire de la malhonnêteté.

On peut être sincère dans ses croyances ou dans ses concepts mais cette sincérité engendre le conflit, et là où il y a conflit, il ne peut y avoir honnêteté. Alors nous nous demandons si vous pouvez être honnête avec vous-même ? Vous êtes vous-même un mélange de nombreux mouvements qui s'entrecroisent, se dominent l'un l'autre et qui agissent rarement ensemble. Quand tous ces mouvements agissent ensemble, il y a alors honnêteté. De même, il y a la séparation entre le conscient et l'inconscient, Dieu et le diable ; la pensée est l'artisan de cette division et du conflit entre ces clivages. La bonté n'a pas d'opposé.

Avec cette nouvelle compréhension de l'honnêteté, nous pouvons poursuivre et examiner ce qu'est la vision pénétrante, cela est d'une extrême importance car c'est peut-être là le facteur susceptible de révolutionner notre action et d'entraîner une transformation du cerveau lui-même. Nous avons dit que notre mode de vie était devenu mécanique ; le passé qui, avec toute l'expérience et le savoir accumulé, est la source de la pensée, dirige et modèle toutes nos actions. Le passé et le futur sont interdépendants et inséparables et sont la base du processus même de la pensée. Celle-ci est toujours restreinte et circonscrite, quand bien même elle prétendrait atteindre le ciel, ce ciel-là se situe dans le cadre de la pensée. La mémoire est mesurable comme l'est le temps. Ce mouvement de la pensée ne peut jamais être spontané, neuf ou original. Ainsi, l'action basée sur la pensée est forcément toujours fragmentée, incomplète et contradictoire. Il faut bien comprendre tout ce mouvement de la pensée et la place relative qu'elle occupe dans les nécessités de la vie quotidienne, les choses que l'on doit se rappeler. Quelle est donc l'action qui n'est pas un prolongement du souvenir ? C'est la vision pénétrante.

La vision pénétrante n'est pas la déduction minutieuse de la pensée, son processus analytique ou la nature temporelle de la mémoire. C'est la perception sans sujet qui perçoit ; elle est instantanée. L'action intervient à partir de cette perception instantanée. À partir d'elle, l'explication de tout problème est précise, sans appel et vraie. Il n'y a ni regrets ni réactions. Elle est absolue. Il ne peut y avoir vision pénétrante sans qu'il y ait amour. La vision pénétrante n'est pas quelque chose d'intellectuel dont il faut débattre. Cet amour est la plus haute forme de sensibilité, c'est quand tous les sens s'épanouissent ensemble. Ce n'est pas la sensibilité relative à nos désirs, nos problèmes et à toutes les mesquineries de notre vie personnelle. Sans cette sensibilité qui est amour, la vision pénétrante est évidemment tout à fait impossible.

La vision pénétrante est holistique, c'est-à-dire qu'elle implique l'ensemble, la totalité de l'esprit. L'esprit, c'est toute l'expérience de l'humanité, la vaste somme de savoir avec ses compétences techniques, ses douleurs, son angoisse, sa souffrance, son chagrin et sa solitude. Mais la vision pénétrante est au-delà de tout cela. Pour qu'il y ait vision pénétrante, il est essentiel d'être libre de toute souffrance, de tout chagrin et de toute solitude. La vision pénétrante n'est pas un mouvement continu. Elle ne peut être capturée par la pensée. La vision pénétrante est l'intelligence suprême et cette intelligence se sert de la pensée comme d'un outil. La vision pénétrante est l'intelligence avec sa beauté et son amour. Les deux sont réellement inséparables. Elles ne font vraiment qu'un. Voilà ce qu'est la totalité, ce qu'il y a de plus sacré.

17. Le désir et le désordre

Les sens peuvent-ils être extrêmement actifs sans que le désir intervienne ?

1er mai 1979

L'école est le lieu où l'on acquiert non seulement les connaissances nécessaires à la vie quotidienne mais où l'on apprend aussi l'art de vivre avec toutes ses complexités et ses subtilités. Nous semblons l'oublier et être totalement pris au piège de la superficialité du savoir. Le savoir est toujours superficiel et l'on ne considère pas nécessaire d'apprendre l'art de vivre. Vivre n'est pas considéré comme un art.

Quand on quitte l'école, on cesse d'apprendre et on continue de vivre sur son savoir acquis. Jamais nous ne pensons que toute la vie consiste à apprendre. Lorsqu'on observe la vie, on constate que l'existence quotidienne est un changement et un mouvement perpétuels et que notre esprit n'est pas assez vif et sensible pour en suivre les subtilités. On l'aborde avec des réactions et des fixations toutes faites. Peut-on empêcher cela dans nos écoles ? Cela ne signifie pas qu'il faut avoir un esprit ouvert. Généralement, l'esprit ouvert est comme un tamis retenant peu ou rien. Ce qu'il faut avoir, c'est un esprit capable de percevoir et d'agir rapidement. C'est pourquoi nous avons étudié la question de la vision pénétrante avec son action immédiate. La vision pénétrante ne laisse pas la cicatrice du souvenir. En général, l'expérience, telle qu'elle est comprise, laisse un résidu sous forme de souvenir et c'est à partir de lui qu'on agit. Il s'en trouve ainsi renforcé et l'action devient donc mécanique. La vision pénétrante n'est pas une activité mécanique. Peut-on donc, sans renforcer ce résidu qui est mémoire, enseigner à l'école que la vie quotidienne, c'est apprendre et agir sans cesse dans la relation ? Pour la plupart d'entre nous, c'est le résidu qui devient l'important et le cours rapide de la vie nous échappe.

L'élève et l'éducateur vivent tous deux dans un état de confusion et de désordre, à la fois extérieurement et intérieurement. On peut ne pas en être conscient et, si on l'est, on s'empresse de mettre de l'ordre dans ce qui est extérieur mais on prend rarement conscience de la confusion et du désordre intérieur.

Dieu est désordre. Regardez les dieux innombrables que l'homme a inventés ou le Dieu unique, l'unique sauveur, et voyez la confusion que cela a créée dans le monde : les guerres, les divisions innombrables, les croyances séparatrices, les symboles et les images. N'est-ce pas là confusion et désordre ? Nous nous y sommes habitués, nous l'acceptons volontiers car notre vie est si lassante, avec son ennui et sa souffrance, que nous cherchons du réconfort dans les dieux que la pensée a fait surgir. Telle a été notre vie pendant des milliers d'années. Toutes les civilisations ont inventé des dieux et ceux-ci ont été à l'origine de grandes tyrannies, de guerres et de destructions. Les demeures de ces dieux peuvent être extraordinairement belles mais l'intérieur n'est que ténèbres et source de confusion.

Ces dieux, peut-on les laisser de côté ? Il le faut si l'on veut examiner les raisons pour lesquelles l'esprit humain accepte de vivre dans le désordre, politiquement, religieusement et économiquement. Quelle est la source de ce désordre, sa réalité, non pas sa raison théologique ? Peut-on écarter les concepts du désordre et être libre de chercher quelle est la vraie source quotidienne de notre désordre, non pas ce qu'est l'ordre mais ce qu'est le désordre ? Nous ne pourrons découvrir ce qu'est l'ordre absolu qu'après avoir étudié de façon approfondie le désordre et sa source. Nous sommes si pressés de découvrir ce qu'est l'ordre, nous supportons si mal le désordre que nous sommes enclins à y mettre un terme pensant ainsi créer l'ordre. Ici, nous demandons non seulement si l'ordre absolu peut exister dans notre vie quotidienne mais, également, si cette confusion peut prendre fin. Notre objet est donc tout d'abord d'étudier le désordre et la source de ce désordre. Est-ce la pensée ? Des désirs contradictoires ? La peur et la recherche de sécurité ? Le constant besoin de plaisir ? La pensée est-elle une des sources ou la principale raison du désordre ?

Ce n'est pas seulement l'auteur de cette lettre qui pose la question mais c'est vous aussi qui la posez. Ne l'oubliez pas. Il vous faut découvrir la source du désordre, et non pas qu'on vous l'indique, puis que vous répétiez ensuite ce qu'on vous dit.

Comme nous l'avons souligné, la pensée est quelque

chose de circonscrit, de limité et tout ce qui est limité, aussi large que soit sa gamme d'activités, engendre inévitablement la confusion. Ce qui est limité est facteur de division et donc de destruction et de confusion. Nous avons suffisamment examiné la nature et la structure de la pensée ; percevoir directement la nature de la pensée, c'est lui attribuer sa juste place, de sorte qu'elle n'exerce plus une domination écrasante.

Le désir et les objets changeants du désir sont-ils parmi les causes de notre désordre ? Supprimer le désir, c'est supprimer toute sensation – c'est donc paralyser l'esprit. Nous pensons que c'est la façon la plus facile et la plus rapide de mettre fin au désir et, cependant, on ne peut le supprimer ; il est beaucoup trop fort, beaucoup trop subtil. Vous en saisir et le déformer à votre gré – ce qui est un autre désir –, vous ne le pouvez pas. Nous avons parlé du désir dans une lettre précédente. Le désir ne peut jamais être supprimé, transmué ou corrompu en le taxant de désir juste ou faux. Quoi qu'on fasse, il reste toujours sensation et désir. Désirer atteindre l'éveil et désirer de l'argent sont des désirs identiques bien que les objets diffèrent.

Peut-on vivre sans désir ? En d'autres termes, les sens peuvent-ils être extrêmement actifs sans que le désir intervienne ? Il y a des activités sensorielles à la fois psychologiques et physiques. Le corps recherche de la chaleur, de la nourriture, du plaisir sexuel ; il y a la souffrance physique, etc. Ces sensations sont naturelles mais quand elles pénètrent dans le domaine psychologique, les ennuis commencent. C'est là que réside notre confusion. Il est important de le comprendre, surtout quand on est jeune. Observer les sensations physiques sans les réprimer ou les exagérer et être sur le qui-vive, attentifs à ce qu'elles ne gagnent pas le domaine psychologique intérieur auquel elles n'appartiennent pas, là est notre difficulté. Tout ce processus est aussi rapide parce que nous ne voyons pas, n'avons pas compris et n'avons jamais vraiment examiné ce qui se passe réellement.

Il y a une réaction sensorielle immédiate à la stimulation. Cette réaction est naturelle et n'est pas dominée par la pensée ou le désir. Notre difficulté commence lorsque ces réactions sensorielles gagnent le domaine psychologique. Le stimulus peut être une femme ou un homme, quelque chose d'agréable, d'appétissant ; ou un beau jardin. La réaction à ce stimulus, c'est la sensation et quand cette sensation gagne le domaine psychologique, le désir intervient et la pensée, avec ses images, cherche à combler ce désir.

Nous posons la question suivante : « Comment empêcher les réactions physiques naturelles de gagner le domaine psychologique ? Est-ce possible ? » Ça ne l'est que lorsque vous observez la nature de la stimulation avec une grande attention et observez soigneusement les réactions. Cette attention totale empêchera vos réactions physiques de pénétrer la psyché intérieure.

L'objet de notre recherche est le désir de comprendre le désir, non de le violenter en le brimant, en le fuyant ou en le sublimant. Vous ne pouvez pas vivre sans désir. Quand vous avez faim, il vous faut de la nourriture. Mais comprendre, c'est-à-dire explorer toute l'activité du désir, c'est lui donner sa juste place. Ainsi, il ne sera pas une source de désordre dans notre vie quotidienne.

18. L'intégrité

La plénitude exclut toute notion de mesure

15 mai 1979

Ce que l'homme a fait à l'homme n'a pas de limites. Il l'a torturé, brûlé, tué, exploité de toutes les façons possibles – religieuses, politiques ou économiques. Telle a été l'histoire du comportement de l'homme envers l'homme : l'intelligent exploite le stupide ou l'ignorant. Toutes les philosophies sont intellectuelles et ne sont donc pas totales. Les philosophies ont asservi l'homme. Elles ont imaginé ce que la société devrait être et sacrifié l'homme à leurs concepts ; les idéaux des soi-disant penseurs ont déshumanisé l'homme. Il semble que, dans notre vie quotidienne, l'exploitation d'autrui – homme ou femme – soit le cours normal des choses. On se sert les uns des autres, et chacun l'accepte. De cette relation singulière naît la dépendance avec toute sa souffrance, sa confusion et aussi la détresse qui lui est inhérente. L'homme a été vraiment déloyal envers lui-même et envers les autres, tant intérieurement qu'extérieurement, alors, dans ces conditions, comment peut-il y avoir de l'amour ?

Se sentir pleinement responsable dans ses relations personnelles, à l'égard non seulement de l'élève mais aussi de l'humanité tout entière revêt donc, pour l'éducateur, une très grande importance. Il *est* l'humanité. S'il ne se sent pas totalement responsable envers lui-même, il sera alors incapable de ressentir cette passion de la totale responsabilité qui est amour. En tant qu'éducateur, sentez-vous cette responsabilité ? Sinon, pourquoi ne la sentez-vous pas ? Vous pouvez vous sentir responsable de votre femme, de votre mari ou de vos enfants et écarter toute responsabilité ou ne vous sentir nullement responsable envers autrui. Mais si, en vous-même, vous vous sentez complètement responsable, vous ne pouvez que vous sentir responsable de la totalité du genre humain.

Pourquoi ne vous sentez-vous pas responsable envers autrui ? C'est là une question très importante. La responsabilité n'est pas une réaction émotionnelle, ce n'est pas quelque chose que vous vous imposez car, si tel était le cas, cela deviendrait un devoir et le devoir a perdu le parfum ou la beauté de cette qualité intérieure de totale responsabilité. Ce n'est pas quelque chose que l'on sollicite comme un principe ou une idée auxquels on s'accroche comme à la possession d'une chaise ou d'une montre. Une mère peut se sentir responsable de son enfant, sentir que l'enfant est sa chair et son sang et consacrer ainsi tous ses soins et son attention au bébé pendant quelques années. Cet instinct maternel est-il le sentiment de responsabilité ? Il se peut que cet attachement singulier à l'enfant soit hérité des premiers animaux. Il existe dans la nature, de l'oiseau le plus minuscule à l'éléphant majestueux. Et nous demandons : cet instinct est-il de la responsabilité ? S'il l'était, les parents se sentiraient responsables d'un type d'éducation correct et d'un type de société entièrement différent. Ils feraient en sorte qu'il n'y ait pas de guerres et qu'ils s'épanouissent eux-mêmes dans la bonté.

Il semble donc que l'être humain ne se soucie guère d'autrui mais ne s'engage qu'à l'égard de lui-même. Cet engagement est une totale irresponsabilité. Ses émotions, ses désirs, ses attachements personnels, sa réussite, son ascension sociale, tout cela engendrera inévitablement de la cruauté, de façon aussi bien ouverte que subtile. Est-ce là de la vraie responsabilité ?

Dans nos écoles, celui qui donne et celui qui reçoit sont tous deux responsables et ils ne peuvent donc jamais se laisser aller à ce singulier état de séparation. Cette séparation égotiste est peut-être la racine même de cette dégénérescence de la totalité de l'esprit qui nous préoccupe profondément. Cela ne veut pas dire que la relation personnelle n'existe pas avec l'affection, la tendresse, le réconfort et l'aide que cela peut apporter. Mais quand la relation personnelle prend la première place et que l'on se sent responsable uniquement à l'égard de quelques personnes, alors le mal a commencé ; c'est là une réalité que tous les êtres humains connaissent. C'est cette fragmentation de la relation qui, dans notre vie, est le facteur de dégénérescence. Nous avons fragmenté la relation de sorte qu'il y a relation à l'individu, à un groupe, à une nation, à certains concepts, etc. Ce qui est fragmenté ne peut jamais englober la totalité de la responsabilité. Nous tentons toujours, à partir de ce qui est petit, de saisir le plus grand. Le meilleur n'est pas le bon et toute notre pensée se fonde sur le meilleur, le plus – être le meilleur aux examens, avoir de meilleurs emplois, une meilleure position sociale, de meilleurs dieux, de plus nobles idées.

Le meilleur est le résultat de la comparaison. La meilleure image, la meilleure technique, le plus grand musicien, le plus talentueux, le plus beau et le plus intelligent, cette notion dépend de la comparaison. Nous regardons rarement un tableau pour lui-même, un homme ou une femme pour eux-mêmes. Il y a toujours cette tendance innée à la comparaison.

L'amour est-il comparaison ? Pouvez-vous jamais dire que vous aimez celui-ci plus que celui-là ? Quand on compare ainsi, est-ce l'amour ? Quand il y a ce sentiment du plus, ce qui revient à mesurer, alors la pensée est à l'œuvre. L'amour n'est pas le mouvement de la pensée. Cette mesure est comparaison. Tout au long de notre vie on nous incite à comparer. Quand, dans votre école, vous comparez B à A, vous les détruisez tous les deux.

Est-il donc possible d'éduquer sans esprit de comparaison ? Pourquoi comparons-nous ? Nous comparons pour la simple raison que mesurer est l'activité de la pensée et notre façon de vivre. C'est dans cette corruption que nous sommes élevés. Le meilleur est toujours plus noble que « ce qui est », que ce qui se passe réellement. Observer « ce qui est », sans comparer, sans mesurer, c'est aller au-delà de « ce qui est ».

Quand il n'y a pas comparaison, il y a intégrité. Cela ne veut pas dire que vous êtes honnête envers vous-même, ce qui est une façon de mesurer, mais quand il n'y a nulle mesure, il y a cette qualité de plénitude. L'essence de l'ego, le moi, c'est la mesure. Lorsqu'il y a mesure, il y a fragmentation. Cela, il nous faut bien le comprendre, non comme une idée mais comme une réalité. En lisant ce qui précède, peut-être allez-vous en faire une abstraction, c'est-à-dire une idée ou un concept, mais l'abstraction est une autre forme de mesure. *Ce qui est* ne se mesure pas. Je vous en prie, mettez tout votre cœur à le comprendre. Une fois que vous en avez saisi la pleine signification, votre relation avec l'élève et aussi avec votre famille deviendra quelque chose de tout différent. En demandant si cette différence est pour le mieux, vous êtes pris dans l'engrenage de la mesure. Alors, vous êtes perdu. Vous verrez la différence lorsque vous mettrez réellement la chose à l'épreuve. Le mot même de différence implique la mesure, mais, ici, nous l'utilisons de façon non comparative. Il y a, sous-jacente à presque tous les mots que nous utilisons, cette notion de mesure, de sorte que les mots influencent nos réactions, lesquelles renforcent l'esprit de comparaison. Il y a corrélation entre le mot et l'action, et l'art consiste à ne pas se laisser conditionner par le mot, ce qui veut dire ne pas être modelé par le langage. Utilisez le mot sans y réagir psychologiquement.

Comme nous l'avons dit, notre objet est de communiquer les uns avec les autres au sujet de la nature de la dégénérescence de notre esprit et donc au sujet de notre façon de vivre. L'enthousiasme n'est pas la passion. Vous pouvez vous enthousiasmer pour quelque chose un jour et pas le lendemain. Jouer au football peut vous enthousiasmer, puis ne plus vous intéresser quand cela a cessé de vous amuser. Mais la passion est quelque chose d'entièrement différent. Le temps n'agit pas sur elle.

19. Les problèmes

Les problèmes physiques et psychologiques épuisent notre énergie

1er juin 1979

En général, les parents ont très peu de temps à consacrer à leurs enfants, sauf quand il sont tout petits. Ils les envoient à l'école locale ou les mettent en pension ou bien laissent à d'autres personnes le soin de s'en occuper. Ils n'ont peut-être pas le temps ou la patience nécessaire pour les élever à la maison. Ils sont absorbés par leurs propres problèmes. Nos écoles deviennent ainsi le foyer des enfants et les éducateurs deviennent leurs parents avec toute la responsabilité que cela comporte. Cela, nous l'avons déjà dit, mais il n'est pas inopportun de le répéter : le foyer est un lieu où règne une certaine liberté, où l'on a le sentiment d'être en sécurité, d'être pris en charge et protégé. Dans nos écoles, les enfants ont-ils ce sentiment-là ? Sentent-ils que l'on veille sur eux, qu'on leur donne beaucoup d'attention et d'affection, qu'on se préoccupe aussi de leur conduite, de leur nourriture, de leurs vêtements et de leurs manières ? S'il en est ainsi, l'école devient un endroit où l'élève se sent vraiment chez lui avec tout ce que cela implique ; il se sent entouré de gens qui sont attentifs à ses goûts, à sa façon de parler, qui s'occupent de lui aussi bien physiquement que psychologiquement et l'aident à se libérer de ses peines et de ses peurs. C'est, dans nos écoles, la responsabilité de tous les enseignants, pas d'un ou deux seulement. Créer une atmosphère où éducateurs et élèves s'épanouissent dans la bonté, c'est la raison d'être de l'école tout entière.

L'éducateur a besoin de loisir pour être tranquillement seul avec lui-même, pour récupérer l'énergie dépensée, être conscient de ses problèmes personnels et les résoudre afin qu'en retrouvant ses élèves il n'apporte pas avec lui la rumeur et le bruit de son tumulte intérieur. Comme nous l'avons signalé auparavant, tout problème qui surgit dans notre vie devrait être résolu instantanément ou aussi vite que possible, car les problèmes, lorsqu'on les traîne avec soi de jour en jour, détériorent la sensibilité de tout l'esprit. Cette sensibilité est essentielle. Nous la perdons quand nous nous contentons simplement de dispenser à l'élève un enseignement sur tel ou tel sujet. Lorsque seul le sujet devient l'important, la sensibilité s'étiole et vous perdez réellement contact avec l'élève. Celui-ci n'est plus alors qu'un réceptacle d'informations. Votre esprit et celui de l'élève deviennent ainsi mécaniques.

Généralement, nous sommes sensibles à nos problèmes personnels, à nos désirs et à nos pensées mais nous le sommes rarement à ceux des autres. Quand nous sommes constamment en contact avec les élèves, nous avons tendance à leur imposer nos propres images ou, si l'élève a lui-même des images bien à lui, il y a conflit entre ces images. Il est donc très important que l'éducateur laisse de côté ses propres images et s'intéresse à celles que les parents ou la société ont imposées à l'élève, ou à celles que celui-ci a lui-même créées.

Les problèmes physiques et psychologiques épuisent notre énergie. Dans nos écoles, l'éducateur peut-il être physiquement en sécurité tout en étant libéré des problèmes psychologiques ? Il importe vraiment de le comprendre. Lorsqu'il n'y a pas cette impression de sécurité physique, l'incertitude engendre de l'agitation psychologique. L'esprit devient terne, de sorte que la passion, si nécessaire dans notre vie quotidienne, se tarit et l'enthousiasme la remplace.

L'enthousiasme est une chose dangereuse car il n'est jamais constant. Il s'élève comme une vague puis retombe. C'est à tort qu'on le prend pour quelque chose de sérieux. Vous pouvez, pendant quelque temps, vous enthousiasmer pour ce que vous faites, être ardent, actif, mais il y a, inhérent à cet enthousiasme, un gaspillage d'énergie. Il est également essentiel de le comprendre car la plupart des relations sont vouées à ce gaspillage.

La passion diffère entièrement de la convoitise, de l'intérêt ou de l'enthousiasme. L'intérêt que l'on porte à une chose peut être très profond et on peut l'utiliser pour en tirer profit ou pouvoir, mais ce n'est pas là, de la passion. L'intérêt peut être stimulé par un objet ou une idée. L'intérêt est de l'autosatisfaction. Dans la passion il n'y a pas de « moi ». L'enthousiasme a toujours un objet. La passion est une flamme en soi. L'enthousiasme peut être éveillé par quelqu'un d'autre, par quelque chose qui vous est extérieur. La passion est la somme d'énergie qui ne résulte d'aucune stimulation. La passion se situe au-delà du moi.

Les enseignants éprouvent-ils cette passion ? Car elle est source de création. En enseignant les matières scolaires, il faut découvrir de nouvelles façons de transmettre l'information sans que celle-ci rende l'esprit mécanique. Pouvez-vous enseigner l'histoire – qui est l'histoire de l'humanité – non pas en tant qu'histoire des Indiens, des Anglais, des Américains et ainsi de suite, mais comme l'histoire de l'homme qui est une histoire globale ? À ce moment-là, l'esprit de l'éducateur est toujours neuf et ardent et découvre une façon totalement différente d'aborder l'enseignement. Ce faisant, l'éducateur est intensément vivant et la passion est là.

Cela, peut-on le réaliser dans toutes nos écoles ? Car nous avons à cœur de créer une société différente où la bonté s'épanouisse et où l'esprit ne soit pas mécanique. Telle est la véritable éducation et vous autres, éducateurs, voudrez-vous assumer cette responsabilité ? C'est dans cette responsabilité que réside l'épanouissement de la bonté chez vous comme chez l'élève. Nous sommes responsables de l'humanité tout entière – laquelle est vous et l'élève. Il vous faut commencer par là puis couvrir la terre entière. Vous pouvez aller très loin si vous commencez tout près. Le plus près, c'est vous et votre élève. En général, nous commençons par le plus éloigné – le principe suprême, l'idéal le plus grand, puis nous nous perdons dans quelque rêve nébuleux de la pensée chimérique. Mais quand vous commencez tout près, par le plus près, c'est-à-dire par vous, le monde entier s'ouvre alors, car vous êtes le monde et le monde au-delà de vous n'est rien d'autre que la nature. La nature n'est pas imaginaire : elle est réelle et ce qui vous arrive maintenant est réel. Il vous faut commencer par le réel – par ce qui se passe maintenant – et ce qui se passe maintenant échappe au temps.

20. La position sociale

L'égoïsme est le problème essentiel de notre vie

15 juin 1979

La plupart des êtres humains sont égoïstes. Ils ne sont pas conscients de leur propre égoïsme ; c'est leur manière de vivre. Si on est conscient d'être égoïste, on le cache avec beaucoup de soin et on se conforme au modèle de la société qui est essentiellement égoïste. L'esprit égoïste est très rusé. Il se manifeste soit par un égoïsme ouvert et brutal, soit sous diverses formes. Chez un homme politique, l'égoïsme recherche le pouvoir, la position sociale et la popularité ; il s'identifie à une idée, à une mission, et tout cela pour le bien public. Chez un tyran, il s'exprime par une domination brutale. Chez l'homme aux tendances religieuses, il prend la forme de l'adoration, de la dévotion, de l'adhésion à une croyance, à un dogme. Il se manifeste aussi dans la famille : le père donne libre cours à son propre égoïsme dans toutes les manifestations de sa vie, de même que la mère.

La célébrité, la prospérité, la belle apparence forment la base de ce sournois et insidieux mouvement du moi. L'égoïsme se trouve aussi dans la structure hiérarchique du clergé, bien que celui-ci proclame hautement son amour de Dieu et son adhésion à l'image de la déité particulière qu'il s'est créée. Ce sens envahissant et engourdissant du moi existe chez le capitaine d'industrie, comme chez le simple employé. Le moine qui a renoncé au monde peut errer sur la face de la terre ou bien s'enfermer dans quelque monastère, mais il ne s'est pas affranchi de cet incessant mouvement du « moi ». Il a beau changer de nom, revêtir la robe monacale, faire vœu de célibat ou de silence, il se consume pour quelque idéal, pour quelque image, quelque symbole.

Il en va de même pour l'homme de science, le philosophe et le professeur d'université. Les gens qui s'occupent de bonnes œuvres, les saints et les gourous, les personnes qui travaillent perpétuellement pour les pauvres, tous s'efforcent de s'oublier dans leur travail, mais celui-ci est partie intégrante de leur égoïsme. Ils ont transféré l'égoïsme dans leurs œuvres. Cela commence dès l'enfance et continue jusque dans la vieillesse. La suffisance qui accompagne le savoir, le chef qui s'exerce à l'humilité, de même que l'épouse soumise et l'homme dominateur, tous sont atteints de cette maladie. Le « moi » s'identifie à l'État, à d'innombrables groupes, idées ou causes, mais il demeure ce qu'il était à l'origine.

Les êtres humains ont essayé divers systèmes ou méthodes, divers genres de méditation pour se libérer de cet égoïsme, de ce centre qui cause tant de misère et de confusion, mais c'est là poursuivre une ombre que l'on ne capture jamais. Il est toujours là, et il vous glisse entre les doigts, à travers l'esprit. Il se trouve parfois renforcé, parfois affaibli, selon les circonstances. Vous le coincez ici, il resurgit là.

On se demande si l'éducateur, sur qui pèse tellement la responsabilité d'une génération nouvelle, voit, autrement que verbalement, toute la malignité du moi, combien celui-ci corrompt, déforme et quel danger il représente dans nos vies. Peut-être ne sait-il pas comment s'en libérer. Peut-être n'est-il même pas conscient de son existence. Cependant, une fois qu'il aura perçu la nature du mouvement du « moi », il pourra en faire comprendre les subtilités à son élève. N'est-ce pas à lui que cette tâche incombe ? La vision pénétrante du fonctionnement du moi est plus importante que l'enseignement théorique. Le « moi » peut utiliser le savoir aux fins de sa propre expansion, de son agressivité, de sa cruauté innée.

L'égoïsme est le problème essentiel de notre vie. Se conformer, imiter sont le propre du moi, de même que la concurrence ou l'âpreté du talent. Si dans ces écoles l'éducateur prend la question sérieusement à cœur, ce que j'espère, alors comment va-t-il aider l'élève à être dénué d'égoïsme ? Peut-être dira-t-il que c'est là un don d'étranges dieux, ou bien écartera-t-il la chose comme étant impossible, mais s'il est sérieux comme on doit l'être et se sent totalement en charge de l'élève, comment va-t-il s'y prendre pour libérer l'esprit de cette énergie séculaire et contraignante de ce « moi » qui a causé tant de souffrances ? Ne voudra-t-il pas expliquer avec grand soin – ce qui sous-entend de l'affection – et avec des mots simples, quelles sont les conséquences d'une parole de colère, d'un coup porté à quelqu'un ou d'une attitude pleine de suffisance ? N'est-il pas possible de lui expliquer, quand il affirme : « cela est à moi », ou se vante : « c'est moi qui l'ai fait », ou quand il évite, par crainte, une certaine action, qu'il est en train de construire, brique par brique, un mur autour de lui ? N'est-il pas possible, lorsque ses désirs, ses sensations dominent sa pensée rationnelle, de lui montrer que l'ombre du « moi » s'amplifie ? N'est-il pas possible de lui dire que, là où il y a le « moi », quel que soit son aspect, il n'y a pas d'amour ?

Mais l'élève peut demander à l'éducateur : « Tout cela, l'avez-vous réalisé, ou bien jouez-vous seulement avec des mots ? » Cette question même pourra éveiller chez l'éducateur sa propre intelligence, et c'est précisément cette intelligence qui fera naître en lui le sentiment juste et lui dictera les mots justes pour répondre à la question.

En tant qu'éducateur, vous ne vous trouvez pas en position de supériorité ; vous êtes un être humain, avec tous les problèmes de la vie, comme l'étudiant. À partir du moment où vous parlez *ès qualité*, vous détruisez effectivement le rapport humain. La position de supériorité implique le pouvoir, et lorsque c'est ce que vous recherchez, consciemment ou inconsciemment, vous entrez dans un monde de cruauté. Vous avez là, mon ami, une grande responsabilité, et si vous assumez cette responsabilité totale, qui est l'amour, alors les racines du « moi » ont disparu. Nous ne disons pas cela pour vous encourager ou pour vous faire sentir que vous devez agir ainsi mais, comme nous sommes tous des êtres humains représentant l'ensemble de l'humanité, nous sommes totalement et entièrement responsables, que nous le voulions ou non. Vous pouvez essayer d'éluder cette responsabilité, mais ce mouvement même est l'action du « moi ». La clarté de perception consiste à s'en libérer.

21. La sensibilité

L'intelligence du corps veillera à son propre bien-être

1er juillet 1979

L'épanouissement de la bonté libère la totalité de notre énergie. Il ne s'agit pas de la maîtrise ou de la suppression de l'énergie, mais bien, plutôt, d'une libération totale de cette immense énergie. Celle-ci est limitée, restreinte par la pensée, par la fragmentation de nos sens. La pensée elle-même est cette énergie se coulant dans une étroite ornière, un centre du « moi ». La bonté ne peut s'épanouir que lorsque l'énergie est libre, mais la pensée, de par sa nature même, a limité cette énergie, de sorte qu'il se produit une fragmentation des sens. D'où les sens, les sensations, les désirs et les images que la pensée crée à partir du désir. Tout cela est une fragmentation de l'énergie. Ce mouvement limité peut-il être conscient de lui-même ? En d'autres termes, les sens peuvent-ils être conscients d'eux-mêmes ? Le désir peut-il se voir en train de naître des sens, de la sensation, de l'image que la pensée a créée, et la pensée peut-elle être consciente d'elle-même et de son mouvement ?

D'où la question : le corps physique entier peut-il être conscient de lui-même ?

Nous vivons par nos sens. Habituellement l'un d'eux domine ; l'ouïe, la vue, le goût semblent être distincts les uns des autres, mais est-ce là un fait ? Ou bien leur avons-nous donné, à l'un ou à l'autre, une importance plus ou moins grande ou, plutôt, la pensée leur a-t-elle donné une plus ou moins grande importance ? On peut écouter de la grande musique avec délice et cependant être insensible à d'autres choses. On peut avoir un goût raffiné et être complètement insensible à une couleur délicate. C'est une fragmentation. Lorsque chaque fragment n'est conscient que de lui-même, la fragmentation subsiste. De cette façon l'énergie est dispersée. S'il en est ainsi, comme cela semble être le cas, y a-t-il une conscience non fragmentaire de tous les sens ?

La pensée fait partie des sens. D'où la question : le corps peut-il être conscient de lui-même ? Il ne s'agit pas de vous, ayant conscience de votre propre corps, mais du corps ayant conscience de lui-même. Il est très important de le découvrir. Un autre ne peut l'enseigner, car ce serait alors une information de seconde main que la pensée s'imposerait à elle-même. C'est vous-même qui devez découvrir si l'organisme tout entier, l'entité physique, peut être conscient de soi. Vous pouvez être conscient du mouvement d'un bras, d'une jambe ou de la tête et, par ce mouvement, sentir que vous devenez conscient du tout, mais notre question est la suivante : « Le corps peut-il être conscient de lui sans qu'il y ait mouvement ? » Il est essentiel de le découvrir parce que la pensée a imposé son modèle au corps, ce qu'elle considère comme étant le bon exercice, la bonne nourriture, etc. La pensée domine donc l'organisme. Il y a, consciemment ou inconsciemment, lutte entre la pensée et l'organisme. C'est ainsi que la pensée détruit l'intelligence naturelle du corps.

Celui-ci, l'organisme physique, a-t-il son intelligence propre ? Il l'a lorsque les sens agissent ensemble, en harmonie, de sorte qu'il n'y a pas de tension, pas d'exigences émotionnelles ou sensorielles du désir. Quand on a faim, on mange mais, en général, le goût, formé par l'habitude, dicte votre choix. Il y a alors fragmentation. Un corps sain ne peut résulter que de l'harmonie de tous les sens qui est l'intelligence du corps lui-même. Et nous demandons : « L'absence d'harmonie n'entraîne-t-elle pas un gaspillage d'énergie ? Peut-on éveiller l'intelligence propre de l'organisme, qui a été supprimée ou détruite par la pensée ? »

La mémoire fait des ravages dans le corps. Le souvenir du plaisir d'hier rend la pensée maîtresse du corps. Le corps devient alors l'esclave de son maître et c'est la négation de l'intelligence. Ainsi, il y a conflit. Cette lutte peut se traduire par de la paresse, de la fatigue, de l'indifférence ou des réactions névrotiques. Lorsque l'intelligence propre du corps est libérée de la pensée, bien que celle-ci en fasse partie, cette intelligence veillera à son propre bien-être.

Le plaisir domine notre vie sous ses formes les plus grossières ou les plus raffinées. Le plaisir est essentiellement un souvenir, ce qui est passé ou ce que l'on anticipe. Le plaisir n'appartient jamais à l'instant. Quand le plaisir est refusé, supprimé ou bloqué, la frustration qui en résulte provoque des actes névrotiques, tels ceux dictés par la violence et la haine. Alors, le plaisir recherche d'autres formes et d'autres issues ; il en résulte de la satisfaction ou de l'insatisfaction. Être conscient de toutes ces activités, à la fois physiques et psychologiques, exige une observation de tout le mouvement de la vie.

Quand le corps est conscient de lui-même, nous pouvons alors poser une autre question, peut-être plus difficile : « La pensée, qui a rassemblé toute cette conscience, peut-elle être consciente d'elle-même ? » La plupart du temps, la pensée domine le corps et, ainsi, celui-ci perd sa vitalité, son intelligence, son énergie intrinsèque, d'où des réactions névrotiques. L'intelligence du corps est-elle différente de l'intelligence totale qui ne peut se manifester que lorsque la pensée, réalisant ses propres limites, trouve sa juste place ?

Comme nous l'avons dit au début de cette lettre, il ne peut y avoir épanouissement de la bonté que lorsqu'il y a libération de la totalité de l'énergie. Dans cette libération il n'y a aucune friction. C'est seulement dans cette intelligence suprême et non divisée qu'il y a cet épanouissement. Cette intelligence n'est pas fille de la raison. La totalité de cette intelligence est la compassion.

L'humanité a essayé de libérer cette immense énergie par diverses formes de maîtrise, par une discipline épuisante, par le jeûne, par des renoncements offerts en sacrifice à quelque principe ou dieu suprême, ou bien par la manipulation de cette énergie à travers des états divers. Tout cela implique la manipulation de la pensée à une fin voulue. Mais ce que nous disons est tout le contraire. Tout cela, peut-on le faire comprendre à l'élève ?

À vous d'y réussir.

22. L'égocentrisme

La pensée est la racine de toutes nos souffrances, de toutes nos laideurs

15 juillet 1979

Le souci de ces écoles est de susciter l'apparition d'une nouvelle génération d'êtres humains, libres de toute action égocentrique. Aucun autre centre d'éducation ne s'en préoccupe et c'est à nous autres, éducateurs, qu'incombe la tâche de susciter l'apparition d'un esprit sans conflit intérieur, et ainsi de mettre fin aux luttes et aux conflits dans le monde qui nous entoure.

L'esprit, qui a une structure et un mouvement complexes, peut-il se libérer du réseau qu'il a tissé ? Tout être intelligent demande s'il est possible de résoudre le conflit qui dresse l'homme contre l'homme. Certains ont beaucoup approfondi la question intellectuellement ; d'autres, la considérant sans issue, deviennent amers, cyniques, ou bien cherchent quelque moyen extérieur qui les délivrera de leur chaos et de leur misère. Lorsque nous demandons si l'esprit peut se libérer de la prison qu'il a créée, ce n'est pas là une question intellectuelle ou de pure forme. Nous posons la question très sérieusement ; c'est là un défi à relever, non selon votre convenance et votre confort, mais en fonction de l'ampleur du défi. Cela ne peut être remis à plus tard.

Le défi n'est pas de demander si la chose est possible ou non, si l'esprit est capable de se libérer : le défi, s'il a quelque valeur, est immédiat et intense. Pour y faire face, il vous faut avoir cette qualité d'intensité et ce sentiment d'urgence. Quand on l'aborde avec cette intensité, alors la question a de grands prolongements. Le défi exige de vous le plus haut degré d'excellence, pas seulement de l'intellect, mais de toutes les facultés de votre être. Ce défi n'est pas hors de vous. Ne l'y mettez pas, sous peine d'en faire un concept. Vous vous devez de mobiliser la totalité de votre énergie. Cette exigence même balaie toute maîtrise, toute contradiction et toute opposition en vous-même. Elle implique une intégrité totale, une harmonie complète. C'est là l'essence du non-égoïsme.

L'esprit, avec ses réactions émotionnelles, avec tout ce que la pensée a rassemblé, c'est notre conscience. Celle-ci, avec son contenu, est la conscience de tous les êtres humains, avec certaines modifications ; elle n'est pas tout à fait semblable, elle est différente dans ses nuances et ses subtilités mais, fondamentalement, les racines nous en sont communes à tous. Les hommes de science et les psychologues étudient cette conscience et les gourous en jouent à leurs propres fins. Ceux qui sont sérieux étudient la conscience en tant que concept, en tant que processus de laboratoire – réactions du cerveau, ondes alpha, etc. – comme une chose qui se situe au-dehors d'eux.

Mais ce qui nous intéresse, ce ne sont pas des théories, des concepts et des idées concernant la conscience, c'est l'activité de la conscience dans notre vie quotidienne. En comprenant cette activité, les réactions quotidiennes, les conflits, nous pénétrons la nature et la structure de notre propre conscience. Comme nous l'avons souligné, la réalité fondamentale de cette conscience nous est commune à tous. Il ne s'agit pas de votre conscience particulière ou de la mienne. Nous en avons hérité et nous la modifions, la changeons ici et là, mais son mouvement fondamental est commun à toute l'humanité.

Cette conscience est notre esprit, avec toutes les complexités de la pensée – les émotions, les réactions sensorielles, le savoir accumulé, la souffrance, la douleur, l'anxiété, la violence. Tout cela, c'est notre conscience. Le cerveau est très vieux et il est conditionné par des siècles d'évolution, par toutes sortes d'expériences, par les accumulations récentes d'un savoir toujours accru. Tout cela est la conscience en action dans tous les instants de notre vie – les rapports entre êtres humains avec tous les plaisirs, les souffrances, la confusion des sentiments contradictoires, l'assouvissement du désir et la douleur qui l'accompagne, tout cela est le mouvement de notre vie. Nous demandons – et c'est là le défi à relever – si ce mouvement si ancien pourra jamais prendre fin, car il est devenu une activité mécanique, une façon de vivre traditionnelle. Toute fin implique un commencement et c'est seulement quand ce mouvement prend fin qu'il n'y a ni commencement ni fin.

La conscience semble être quelque chose de très complexe mais, en fait, cela est très simple. La pensée a rassemblé tout le contenu de notre conscience – sa sécurité, son incertitude, ses espoirs et ses peurs, la dépression et l'euphorie, l'idéal, l'illusion. Une fois cela compris – à savoir que la pensée est responsable de tout le contenu de la conscience – alors surgit l'inévitable question : « Peut-on arrêter la pensée ? » On a bien essayé, par des moyens religieux ou mécaniques, d'arrêter la pensée. Le désir même de vouloir mettre fin à la pensée fait partie du mouvement de la pensée. La recherche même d'une super-conscience est encore la mesure de la pensée. Les dieux, les rites, toute l'illusion d'ordre émotionnel des églises, des temples, des mosquées, avec leur merveilleuse architecture, c'est encore le mouvement de la pensée. C'est la pensée qui a mis Dieu dans le ciel.

La pensée n'a pas créé la nature. Celle-ci est une réalité. La chaise aussi est une réalité et elle est l'œuvre de la pensée ; tout ce que la technologie a créé est une réalité. Les illusions sont ce qui élude la réalité (ce qui est en train de se passer) mais les illusions deviennent une réalité parce que nous vivons d'après elles.

Un chien n'est pas le produit de la pensée, mais ce que nous voudrions qu'il soit est un mouvement de la pensée. La pensée est mesure. La pensée est temps. Tout cela est notre conscience. L'esprit, le cerveau, les sens en font partie. Nous demandons : « Ce mouvement peut-il prendre fin ? »

La pensée est la racine de toutes nos souffrances, de toutes nos laideurs. Ce que nous demandons, c'est qu'il soit mis fin à celles-ci – aux choses rassemblées par la pensée – non pas à la pensée elle-même, mais que prennent fin nos anxiétés, nos chagrins, nos souffrances, notre soif de puissance, notre violence. Une fois que cela a pris fin, la pensée trouve sa place juste et limitée – c'est-à-dire le savoir et la mémoire dont chacun a besoin pour la vie quotidienne. Lorsque le contenu de la conscience, qui a été rassemblé par la pensée, n'est plus actif, alors il y a un vaste espace et ainsi la libération d'une immense énergie qui se trouvait limitée par la conscience. L'amour est au-delà de cette conscience.

23. L'art de vivre

L'art de vivre, c'est la relation

1er août 1979

Question : *Puis-je vous demander ce que vous considérez comme une des choses les plus importantes de la vie ? J'ai beaucoup réfléchi à la question, et il y a tellement de choses, dans la vie, qui, toutes, semblent importantes. J'aimerais vous poser très sérieusement cette question.*

Krishnamurti : C'est peut-être l'art de vivre. J'utilise le mot « art » dans son sens le plus large. La vie étant tellement complexe, il est toujours quelque peu difficile et embarrassant d'en choisir un aspect et de dire que c'est le plus important. Je me permets de souligner que le choix lui-même, la faculté qui permet de différencier, conduit à encore plus de confusion. Si vous dites : « Cela est le plus important », alors vous reléguez les autres faits de la vie dans une catégorie secondaire. Ou bien nous considérons le mouvement de la vie comme un tout, ce qui est très difficile pour la plupart d'entre nous, ou bien nous prenons un aspect fondamental dans lequel tous les autres peuvent être inclus. Si vous êtes d'accord sur ce point, nous pouvons alors poursuivre notre dialogue.

— *Voulez-vous dire par là qu'un seul aspect peut englober tout le champ de la vie ? Est-ce possible ?*

— C'est possible. Abordons la question très lentement et à pas prudents. D'abord, il nous faut tous deux examiner et ne pas aboutir immédiatement à une conclusion qui est, en général, plutôt superficielle. Nous explorons ensemble un certain aspect de la vie et, en le comprenant, nous comprendrons peut-être la vie dans sa totalité. Pour ce faire, il nous faut être délivré de nos préjugés, de nos expériences personnelles et de toute conclusion prédéterminée. Tel un homme de science scrupuleux, il nous faut avoir un esprit dégagé des brumes du savoir déjà accumulé. Il nous faut aborder le sujet avec un esprit neuf, c'est là une des conditions *sine qua non* de l'exploration, non pas d'une idée ou d'une série de concepts philosophiques, mais de notre propre esprit, sans aucune réaction vis-à-vis de ce qui est observé. Cela est absolument nécessaire car, autrement, votre exploration sera colorée par vos propres craintes, vos espoirs et vos plaisirs.

— *Ne demandez-vous pas trop ? Un tel esprit est-il possible ?*

— Le besoin même d'explorer et l'intensité de l'exploration libèrent l'esprit de toute coloration. Comme nous l'avons dit, une des choses les plus importantes qui soient est l'art de vivre. Y a-t-il une façon de vivre notre vie quotidienne qui soit entièrement différente de celle que nous vivons habituellement et que nous connaissons tous ? Y a-t-il une façon de vivre sans aucune contrainte, sans aucun conflit, sans la discipline du conformisme ? Comment vais-je le découvrir ? Je ne pourrai le découvrir que si mon esprit tout entier voit exactement ce qui se passe à l'instant présent. En d'autres termes, je ne peux découvrir ce que signifie vivre sans conflit que si je peux observer ce qui se passe en ce moment. Cette observation n'a rien d'intellectuel ou d'émotionnel. C'est une perception aiguë, claire et exacte dans laquelle il n'y a pas de dualité. Il n'y a que le réel et rien d'autre.

— *Qu'entendez-vous par dualité, dans ce cas ?*

— Je veux dire qu'il n'y a ni opposition ni contradiction dans ce qui est en train de se passer. La dualité n'apparaît que lorsqu'il y a fuite devant « ce qui est ». Cette fuite suscite l'opposé et alors surgit le conflit. Seul le réel existe, et rien d'autre.

— *Voulez-vous dire que, lorsqu'on perçoit quelque chose qui est en train de se passer, l'esprit ne doit pas intervenir avec des associations et des réactions ?*

— Oui, c'est bien ce que j'entends. Les associations et les réactions à ce qui est constituent le conditionnement de l'esprit. Ce conditionnement empêche l'observation de ce qui est en train de se passer. Ce qui est en train de se passer n'est pas lié au temps. Le temps est l'évolution de notre conditionnement. C'est l'héritage humain, le fardeau qui n'a pas de commencement. Lorsqu'il y a observation passionnée de ce qui se passe, ce qui est observé se dissout dans le néant. L'observation de la colère présente révèle toute la nature et la structure de la violence. Cette vision pénétrante est la fin de toute violence. Celle-ci n'est pas remplacée par autre chose, et c'est en cela que réside notre difficulté. Ce que nous voulons, ce dont nous avons besoin, c'est de trouver un objectif précis. En cela il y a un sentiment de sécurité illusoire.

— *Il est difficile pour beaucoup d'entre nous d'observer la colère, parce qu'il semble que les émotions et les réactions en font inextricablement partie. On ne ressent pas la colère sans associations, sans contenu.*

— Il y a beaucoup de choses derrière la colère. Ce n'est pas un événement isolé. Il y a un grand nombre d'associations, comme vous l'avez fait observer. Ces associations même, avec leurs émotions, font obstacle à la véritable observation. Dans le cas de la colère, le contenu *est* la colère ; la colère *est* le contenu. Ce ne sont pas deux choses distinctes. Le contenu, c'est le conditionnement. Dans l'observation passionnée de ce qui se passe réellement – c'est-à-dire des manifestations du conditionnement – la nature et la structure du conditionnement se dissolvent.

— *Voulez-vous dire que, lorsqu'un événement a lieu, le flot des associations fait immédiatement irruption dans l'esprit ? Et si l'on voit instantanément le phéno-*

mène se déclencher, cette observation l'arrête aussitôt et c'est fini ? Est-ce bien là ce que vous entendez ?

— Oui, c'est vraiment très simple, si simple que cette simplicité même, et aussi sa subtilité, vous échappent. Ce que nous disons c'est que, quoi qu'il se passe – quand vous marchez, parlez, méditez –, l'événement qui est en train de se passer doit être observé. Quand l'esprit vagabonde, le fait même de l'observer met fin à son bavardage. Il n'est donc distrait en aucune façon et à aucun moment.

— *Vous dites, il me semble, que le contenu de la pensée n'a essentiellement aucune signification dans l'art de vivre.*

— Oui. La mémoire n'a pas de place dans l'art de vivre. La relation humaine *est* l'art de vivre. Si la mémoire intervient dans une relation, ce n'est plus une relation. La relation a lieu entre les êtres humains, pas entre leurs mémoires. C'est cette mémoire qui divise et crée les différends, l'opposition entre le toi et le moi. Ainsi, la pensée, qui est le souvenir, n'a absolument aucune place dans la relation. Cela est l'art de vivre.

La relation s'établit avec toutes choses – avec la nature, les oiseaux, les rochers, avec tout ce qui existe autour et au-dessus de nous –, avec les nuages, les étoiles et le ciel bleu. Toute existence est relation. Sans relation, pas de vie. Nous vivons dans une société en dégénérescence parce que nous avons corrompu les relations humaines.

Il ne peut y avoir un art de vivre que lorsque la pensée ne contamine pas l'amour.

Dans les écoles, l'éducateur peut-il se consacrer entièrement à cet art ?

24. Les mots

Le mot fait obstacle à la vraie perception

15 août 1979

Le plus grand art est l'art de vivre. Il est plus grand que tout ce que l'être humain a créé avec son esprit ou de ses mains, plus grand que toutes les écritures et leurs dieux. Seul cet art de vivre peut donner naissance à une nouvelle culture. C'est à tous les enseignants, surtout dans nos écoles, qu'il appartient de le créer. Cet art de vivre ne peut procéder que d'une liberté totale.

Cette liberté n'est pas un idéal, quelque chose qui arrivera finalement. En matière de liberté, le premier pas est aussi le dernier. C'est le premier pas qui compte, non le dernier. Ce que vous faites maintenant est beaucoup plus important que ce que vous ferez dans un quelconque avenir. La vie est ce qui est en train de se passer dans l'instant même, non dans un instant imaginé, non dans ce que la pensée a conçu. C'est donc le premier pas que vous faites maintenant qui est important. Si ce pas est fait dans la bonne direction, alors la vie tout entière s'ouvre à vous. La bonne direction n'est pas celle qui conduit vers un idéal, vers un objectif déterminé.

Elle est inséparable de ce qui se passe maintenant. Ce n'est pas là une philosophie, un ensemble de théories. C'est exactement ce que signifie le mot philosophie, à savoir l'amour de la vérité, l'amour de la vie. Ce n'est pas quelque chose que l'on va apprendre à l'université. C'est dans notre vie quotidienne que nous apprenons l'art de vivre.

Nous vivons par les mots, et ceux-ci deviennent les barreaux de notre prison. Les mots sont nécessaires pour communiquer, mais le mot n'est jamais la chose. La réalité n'est pas le mot, mais le mot devient l'important quand il s'est substitué à « ce qui est ». Vous pouvez observer ce phénomène lorsque la description est devenue la réalité à la place de la chose elle-même – le symbole que nous adorons, l'ombre que nous suivons, l'illusion à laquelle nous nous accrochons. Ainsi, les mots, le langage façonnent nos réactions. Le langage devient la force contraignante et le mot façonne et asservit notre esprit. Les mots nation, État, Dieu, famille, etc., nous enserrent dans le réseau de leurs associations et, ainsi, notre esprit devient un esclave assujetti à la pression des mots.

QUESTION : *Comment éviter cela ?*

KRISHNAMURTI : Le mot n'est jamais la chose. Le mot « épouse » n'est jamais la personne, le mot « porte » n'est jamais la chose. Le mot empêche la perception réelle de la chose ou de la personne, parce que le mot suscite de nombreuses associations. Celles-ci, qui sont en fait des souvenirs, déforment non seulement l'observation visuelle mais aussi l'observation psychologique.

Les mots deviennent alors un obstacle au libre cours de l'observation. Prenez les mots « Premier ministre » et « employé de bureau ». Ils décrivent tous deux des fonctions, mais les mots « Premier ministre » évoquent un énorme pouvoir, une position sociale élevée et beaucoup d'importance, alors que les mots « employé de bureau » suscitent des associations évoquant une situation de peu d'importance et une position sociale modeste et sans pouvoir. Dans les deux cas, le mot vous empêche donc de voir l'être humain. Il y a, chez la plupart d'entre nous, un snobisme invétéré. Voir ce que les mots ont fait à notre pensée, en être conscient sans faire de choix, c'est apprendre l'art de l'observation – observer sans associations.

— *Je comprends ce que vous dites, mais l'association est si rapide, si instantanée, que la réaction a lieu avant qu'on s'en rende compte. Est-il possible d'éviter cela ?*

— N'est-ce pas là une fausse question ? Qui va empêcher cela ? Est-ce un autre symbole, un autre mot, une autre idée ? Si oui, alors on n'a pas saisi tout ce que signifie l'asservissement de l'esprit par les mots, par le langage. Voyez-vous, nous utilisons les mots de façon émotionnelle, c'est une forme de pensée émotionnelle, sauf dans le cas de l'utilisation de mots techniques tels que « mètre », « nombre », qui sont bien précis. Dans les rapports humains et dans l'activité des hommes, les émotions jouent un grand rôle. Le désir est très fort, il est nourri par la pensée qui crée l'image. L'image est le mot et elle se conforme à notre plaisir, à notre désir. Ainsi, toute notre manière de vivre est façonnée par le mot et ses associations. Voir ce processus entier comme un tout, c'est voir comment la pensée empêche la perception, c'est saisir cette vérité.

— *Voulez-vous dire que l'on ne peut penser sans mots ?*

— Oui, plus ou moins. Veuillez vous rappeler que nous parlons de l'art de vivre, que nous examinons de quoi il s'agit et n'apprenons pas des mots par cœur. Nous apprenons, ce n'est pas moi qui enseigne et vous qui devenez un sot disciple. Vous demandez si l'on peut penser sans mots. C'est là une question très importante. Toute notre pensée est basée sur la mémoire, et la mémoire est fondée sur les mots, les images, les symboles, les clichés. Tout cela ce sont des mots.

— *Mais ce qu'on se rappelle n'est pas un mot, c'est une expérience, un événement d'ordre émotionnel, l'image d'une personne ou d'un endroit. Le mot est une association secondaire.*

— Nous utilisons le mot pour décrire tout cela. Après tout, le mot est un symbole servant à indiquer ce qui s'est passé ou ce qui est en train de se passer, à communiquer ou à évoquer quelque chose. Y a-t-il action de penser sans tout ce processus ? Oui, mais on ne devrait pas l'appeler ainsi. Penser implique une perpétuation de la mémoire, mais la perception n'est pas l'activité de la pensée. C'est vraiment la vision pénétrante de toute la nature, de tout le mouvement, du mot, du symbole, de l'image et de leur charge émotionnelle. Voir cela comme un tout, c'est donner au mot sa juste place.

— *Mais que signifie voir le tout ? Vous dites cela souvent. Qu'entendez-vous par là ?*

— La pensée divise parce qu'en elle-même, elle est limitée. Observer totalement implique la non-intervention de la pensée. C'est observer sans que le passé, sous forme de savoir, bloque l'observation. Alors, il n'y a pas d'observateur car l'observateur est le passé et le passé est la nature même de la pensée.

— *Nous demandez-vous d'arrêter la pensée ?*

— C'est là encore, si j'ose dire, une mauvaise question. Si la pensée se force à cesser de penser, elle crée la dualité et le conflit. C'est là le processus même de division propre à la pensée. Si vous saisissez vraiment cette vérité, alors, naturellement, la pensée est en attente. Elle a alors sa propre place, une place limitée et elle ne s'approprie pas tout le champ de la vie, comme elle le fait à présent.

— *Monsieur, je vois quelle extraordinaire attention il nous faut. Suis-je vraiment capable de cette attention ? Suis-je assez sérieux pour consacrer à cela toute mon énergie ?*

— L'énergie peut-elle jamais être tant soit peu divisée ? L'énergie dépensée pour gagner sa vie et fonder une famille, et pour être assez sérieux afin de saisir ce qui est dit, tout cela est de l'énergie. Mais la pensée la divise et, ainsi, nous dépensons beaucoup d'énergie pour l'un et très peu pour l'autre. L'art de vivre est l'art dans lequel il n'y a pas de division. C'est la totalité de la vie.

25. L'intellect

Apprendre, c'est étudier le livre, l'histoire de soi-même

1er septembre 1979

Pourquoi recevons-nous une éducation ? Peut-être ne vous posez-vous jamais cette question, mais, si on vous la pose, comment y répondez-vous ? On avance, en faveur de la nécessité de recevoir une éducation, de nombreux arguments qui sont raisonnables, tout à fait justifiés et liés aux exigences de la vie en société. La réponse habituelle à la question est que le but de l'éducation est d'obtenir un emploi, de faire une brillante carrière, ou bien d'acquérir une certaine habileté manuelle ou intellectuelle. On met beaucoup l'accent sur l'importance des capacités intellectuelles pour faire une bonne et fructueuse carrière. Si vous n'êtes pas intellectuellement brillant, alors votre habileté manuelle prend de l'importance. L'éducation est nécessaire, dit-on, pour maintenir la société telle qu'elle est, pour se conformer à un modèle imposé par ce qu'on appelle le « système » – traditionnel ou ultramoderne. L'esprit instruit a une grande capacité de recueillir des renseignements sur presque tous les sujets : l'art, la science, etc. Cet esprit informé est scolastique, professionnel, philosophique. On loue et on honore grandement ce genre d'érudition. Si vous êtes studieux, intelligent, si vous apprenez vite, cette éducation vous assurera un avenir brillant, qui le sera plus ou moins selon votre milieu social et votre environnement. Si vous n'êtes pas tellement brillant, selon les critères d'éducation, vous deviendrez travailleur manuel, ouvrier d'usine, ou bien il vous faudra trouver une place au bas de l'échelle de cette société si complexe. En général, il en va ainsi de notre système d'éducation.

Qu'est-ce que l'éducation ? C'est essentiellement l'art d'apprendre, non seulement d'après les livres, mais d'après tout le mouvement de la vie. Le mot imprimé est devenu d'une importance primordiale et dévorante. On apprend la pensée des autres, leurs opinions, leurs valeurs, leurs jugements et toutes leurs diverses et innombrables expériences. La bibliothèque est plus importante que le propriétaire des livres. Lui-même est la bibliothèque, et il est persuadé qu'il apprend en lisant constamment. On considère que l'accumulation de renseignements, comme dans un ordinateur, constitue un esprit instruit, sophistiqué. Puis il y a ceux qui ne lisent pas du tout, méprisent quelque peu les autres et sont absorbés dans leurs propres expériences égocentriques et fixés dans leurs opinions catégoriques.

Tout cela reconnu, quelle est la fonction d'un esprit holistique ? Par esprit, nous entendons toutes les réactions des sens, les émotions – qui sont totalement différentes de l'amour – ainsi que la capacité intellectuelle. Actuellement, nous donnons une importance fantastique à l'intellect. Par intellect, nous entendons la capacité de raisonner logiquement, sainement ou non, objectivement ou subjectivement. C'est l'intellect, avec son mouvement de pensée, qui conduit à la fragmentation de notre condition humaine. C'est l'intellect qui a divisé le monde du point de vue linguistique, national, religieux – qui a séparé l'homme de l'homme. L'intellect est le facteur central de la dégénérescence de l'homme partout dans le monde, car l'intellect ne forme qu'une partie de la condition et de la capacité humaines. Quand cette partie est exaltée, louée et tenue en honneur, quand elle prend une importance primordiale, alors, la vie qui est relation, action, conduite, devient contradictoire et hypocrite, et l'anxiété et la culpabilité apparaissent. L'intellect a sa place dans la science, par exemple, mais l'homme a utilisé le savoir scientifique, non seulement à son profit, mais pour créer des instruments de guerre, créant aussi la pollution sur la terre. L'intellect peut percevoir ses propres activités qui conduisent à la dégénérescence, mais il est absolument incapable de mettre fin à son propre déclin parce qu'essentiellement, il n'est qu'une partie d'un tout.

Comme nous l'avons dit, l'éducation est l'essence de l'étude. Apprendre ce qu'est la nature de l'intellect, son omnipotence, ses activités, ses vastes capacités et son pouvoir destructif, c'est l'éducation. Apprendre ce qu'est la nature de la pensée, qui est le mouvement même de la pensée, non pas dans un livre, mais par l'observation du monde autour de soi – examiner ce qui se passe exactement, sans références à des théories, des préjugés et des valeurs, c'est l'éducation. Les livres sont importants mais, ce qui l'est beaucoup plus, c'est d'étudier le livre, l'histoire de soi-même, parce qu'on est l'humanité tout entière. Lire ce livre, c'est l'art d'apprendre. Tout y est : les institutions et leurs pressions, les duperies et les doctrines religieuses, leur cruauté et leurs croyances. La structure sociale de toutes les sociétés, c'est la relation entre les êtres humains, avec leur avidité, leurs ambitions, leur violence, leur plaisir, leurs anxiétés. Tout y est si vous savez regarder.

Le livre n'est ni au-dedans de vous ni loin de vous. Il est tout autour de vous : vous faites partie de ce livre. Il vous raconte l'histoire des êtres humains et doit être lu dans vos relations, dans vos réactions, dans vos concepts et vos valeurs. Le livre est le centre même de votre être, et apprendre, c'est lire ce livre avec un soin minutieux. Il vous raconte l'histoire du passé, comment le passé façonne votre esprit, votre cœur et vos sens. Le passé façonne le présent en se modifiant selon le défi du moment. Les êtres humains se trouvent pris dans ce mouvement sans fin. C'est le conditionnement de l'homme. Ce conditionnement a été le constant fardeau de l'homme, de vous-même et de votre frère.

Les philosophes, les théologiens, les saints ont accepté ce conditionnement, ils ont admis qu'on l'accepte et qu'on en tire le meilleur parti possible ; ou bien ils ont offert des évasions dans les fantasmes des expériences mystiques, vers des dieux et des cieux. L'éducation est l'art d'apprendre ce qu'est ce conditionnement et le moyen d'en sortir, de se délivrer de ce fardeau. Il y a une issue qui n'est pas une évasion, qui n'est pas l'acceptation des choses telles qu'elles sont. L'issue n'est pas d'éviter ce conditionnement, ni de le supprimer. C'est de le dissoudre.

Quand vous lirez ou entendrez cela, voyez si vous le faites avec la faculté verbale de l'intellect ou avec le soin de l'attention. Quand il y a une totale attention, il n'y a pas de passé, il y a seulement l'observation pure de ce qui se passe réellement.

26. La violence

La comparaison est un des nombreux aspects de la violence

15 septembre 1979

On a tendance à oublier ou à négliger le fait que l'éducateur porte la responsabilité de créer une nouvelle génération d'êtres humains qui soient psychologiquement, intérieurement, libérés des misères, de l'anxiété et des peines. C'est une responsabilité sacrée, à laquelle on ne saurait se soustraire à la légère au profit de ses propres ambitions, de sa position sociale ou de son désir de puissance. Si l'éducateur se sent cette responsabilité – s'il en voit la grandeur, la profondeur et la beauté –, il trouvera la capacité d'instruire les autres et d'entretenir sa propre énergie.

Cela exige un effort soutenu et non pas une action exercée sporadiquement, au petit bonheur ; et le sens même de cette très profonde responsabilité attisera le feu qui lui permettra de demeurer un être humain total et un grand enseignant. Le monde dégénère rapidement et il faut donc que toutes ces écoles possèdent un groupe d'enseignants et d'élèves consacrés à la transformation radicale des êtres humains au moyen d'une éducation juste. Quant au mot « juste », il ne s'agit pas d'une question d'opinion, d'estimation, ou de quelque concept inventé par l'intellect. Le mot « juste » désigne une action totale d'où a disparu tout motif d'intérêt personnel. La responsabilité dominante, le souci, non seulement de l'éducateur mais aussi de l'élève proscrivent les problèmes qui s'autoperpétuent. Une fois cette responsabilité acceptée, cette acceptation même fait naître l'épanouissement de l'esprit, quel que soit le faible degré de maturité de ce dernier. Cet épanouissement a lieu dans la relation entre l'élève et l'éducateur. Ce n'est pas quelque chose d'unilatéral.

Veuillez, en lisant ces lignes, leur donner toute votre attention et sentir l'urgence et l'intensité de cette responsabilité. N'en faites pas une abstraction, une idée, mais observez le fait réel, ce qui se passe réellement en lisant cette lettre.

Presque tous les êtres humains désirent, dans leur vie, la puissance et la richesse. Quand il y a richesse, il y a un sentiment de liberté et l'on recherche le plaisir. Le désir de puissance semble être un instinct qui s'exprime de nombreuses façons. Il existe chez le prêtre, le gourou, le mari ou l'épouse, ou bien chez l'élève qui a prise sur un autre. Ce désir de dominer ou de se soumettre est une des composantes de la condition humaine, probablement héritée de l'animal. L'agressivité d'une part, le fait d'y céder de l'autre pervertissent les relations tout au long de la vie. Tel est le schéma qui existe depuis le commencement des temps, et que l'homme a accepté comme un mode de vie naturel, avec tous les conflits et les misères qu'il engendre.

Fondamentalement, il entre en ligne de compte le fait de mesurer – le plus ou le moins, le plus grand ou le plus petit – ce qui, essentiellement, est comparer. On se compare tout le temps à un autre, on compare un tableau à un autre ; il y a comparaison entre le très puissant et le moins puissant, entre le timide et l'agressif. Cela commence presque dès la naissance et continue toute la vie – cette façon constante de mesurer la puissance, la position, la richesse. On l'encourage dans les écoles, les collèges et les universités. Tous les systèmes de notation sont fondés sur cette valeur comparative du savoir. Quand on compare A à B qui est intelligent, brillant, sûr de soi, cette comparaison même détruit A. Cette destruction s'opère sous forme de compétition, d'imitation et de conformité au modèle établi par B. Consciemment ou inconsciemment, cela engendre de l'antagonisme, de la jalousie, de l'anxiété et même de la peur ; et cela deviendra le climat dans lequel A vivra le reste de sa vie, mesurant toujours, comparant toujours, psychologiquement et physiquement.

Cette comparaison est un des nombreux aspects de la violence. Le mot « plus » est toujours comparatif, comme le mot « meilleur ». Les questions qui se posent sont les suivantes : « L'éducateur peut-il, dans son enseignement, s'abstenir absolument de comparer, de mesurer ? Peut-il accepter l'élève tel qu'il est et non tel qu'il devrait être, ne pas formuler de jugements fondés sur des évaluations comparatives ? » C'est seulement lorsqu'il y a comparaison entre celui qui est dit brillant et celui qui est dit insignifiant qu'il peut exister cet état d'insignifiance. L'idiot est-il idiot parce qu'il y a comparaison ou parce qu'il est incapable de certaines activités ? Nous établissons certaines normes fondées sur la mesure et ceux qui n'y satisfont pas sont considérés comme déficients. Quand l'éducateur ne se préoccupe ni de comparer ni de mesurer, il s'occupe alors de l'élève tel qu'il est, et il a avec lui un rapport direct et totalement différent. Cela, il est vraiment très important de le comprendre. L'amour ne compare pas, il ne mesure pas.

Comparaison et mesure sont des démarches de l'intellect. Elles divisent. Une fois cela bien compris – et il s'agit de comprendre non pas les mots mais la vérité qu'ils expriment –, le rapport de maître à élève change radicalement. Les tests ultimes de la mesure sont les examens avec leur cortège de peurs et d'angoisses qui affecteront profondément toute la vie de l'élève. Lorsqu'il n'y a aucun sens de compétition et de comparaison, toute l'atmosphère de l'école s'en trouve changée.

27. Les valeurs

Vivez avec clarté, laquelle n'est pas une valeur

1er octobre 1979

Cultiver des valeurs est une des particularités des êtres humains. Dès l'enfance, on nous incite à adopter pour nous-mêmes certaines valeurs profondément ancrées. Chacun a ses propres objectifs, ses propres desseins qu'il entretient. Naturellement, les valeurs de l'un diffèrent de celles de l'autre. Ces valeurs sont cultivées, soit par le désir, soit par l'intellect. Elles sont, ou bien illusoires, confortables, consolantes, ou bien fondées sur des faits. De toute évidence, ces valeurs entraînent la division entre les hommes. Les valeurs sont nobles ou ignobles selon les préjugés et les desseins de chacun.

Sans faire une liste des divers types de valeurs, demandons-nous pourquoi les êtres humains en ont et quelles en sont les conséquences. D'après sa racine, le mot valeur signifie force. Valeur vient de vaillance. La force n'est pas une valeur. Elle en devient une lorsqu'elle est l'opposé de la faiblesse. La force – pas la force de caractère, qui est le résultat des pressions sociales – est l'essence de la clarté. La pensée claire est sans préjugés, sans parti pris, c'est l'observation sans déformation. La force, ou vaillance, n'est pas quelque chose que vous cultivez comme une plante ou une espèce nouvelle. Elle n'est pas un résultat. Un résultat a une cause et, quand il y a cause, cela indique qu'il y a faiblesse, laquelle a pour conséquence que l'on résiste ou que l'on cède. La clarté n'a pas de cause. Elle n'est pas un effet ou un résultat ; c'est la pure observation de la pensée et de son activité totale. Cette clarté est force.

Une fois cela bien compris, demandons pourquoi les êtres humains ont conçu des valeurs ? Est-ce pour que celles-ci les guident dans leur vie quotidienne ? Est-ce pour se donner un objectif, à défaut duquel la vie devient incertaine, vague et sans direction ? Mais la direction est fixée par l'intellect ou le désir, de sorte que cette direction même devient une déformation. Cette déformation varie d'un homme à l'autre et, dans l'océan agité de la confusion, l'homme s'y accroche. On peut observer les conséquences qu'entraîne le fait d'avoir des valeurs : celles-ci séparent les êtres humains et les dressent les uns contre les autres. À la limite, cela conduit à la misère, à la violence et, finalement, à la guerre.

Les idéaux sont des valeurs. Les idéaux, quels qu'ils soient, sont une série de valeurs, nationales, religieuses, collectives, personnelles, et l'on peut observer les conséquences de ces idéaux telles qu'elles se manifestent dans le monde. Lorsqu'on voit la vérité de cette constatation, l'esprit est libéré de toutes les valeurs et, pour un tel esprit, il y a seulement la clarté. Un esprit qui s'accroche à une expérience, ou bien la désire, poursuit cette illusion qu'est la valeur et devient ainsi un être renfermé, secret et un agent de division.

Vous autres éducateurs, pouvez-vous faire comprendre cela à un élève ? Pouvez-vous lui expliquer qu'il ne doit pas avoir de valeurs, mais qu'il doit vivre avec clarté, laquelle n'est pas une valeur ? C'est possible lorsque l'éducateur a lui-même senti profondément la vérité de tout cela. Sinon, ce qu'il pourra dire deviendra une simple explication verbale sans signification profonde. Il faut le faire comprendre, non seulement aux grands élèves, mais aussi aux très jeunes. Les aînés parmi les élèves sont déjà lourdement conditionnés par les pressions exercées sur eux par la société et par leurs parents ; ou bien ils ont conçu eux-mêmes leurs propres objectifs qui deviennent leur prison. Ce qui est extrêmement important pour les très jeunes, c'est de les aider à se libérer des pressions et des problèmes psychologiques. Actuellement, on met les enfants très jeunes devant des problèmes intellectuels compliqués ; leurs études deviennent de plus en plus techniques ; on leur dispense une information de plus en plus abstraite ; on impose à leurs cerveaux diverses formes de savoir et on les conditionne ainsi dès l'enfance. Notre souci, quant à nous, est d'aider les très jeunes enfants à ne pas avoir de problèmes psychologiques, à n'avoir ni peur, ni anxiété, ni cruauté, à être attentifs, généreux, affectueux. C'est beaucoup plus important que d'imposer le savoir à leurs jeunes esprits. Cela ne signifie pas que l'enfant ne doit pas apprendre à lire, à écrire, etc. Mais on met l'accent beaucoup plus sur la liberté psychologique que sur l'acquisition du savoir, encore que celui-ci soit nécessaire. Cette liberté signifie, non pas que l'on doit laisser l'enfant faire tout ce qui lui plaît, mais qu'on doit l'aider à comprendre la nature de ses réactions et de ses désirs.

Cela exige beaucoup de pénétration de la part de l'enseignant. Après tout, ce que vous voulez c'est que l'élève soit un être humain complet, sans problèmes psychologiques ; autrement, il fera mauvais usage du savoir qu'on lui transmettra. Notre éducation nous fait vivre dans le connu et devenir ainsi un esclave du passé avec toutes ses traditions, ses souvenirs, ses expériences. Notre vie, c'est aller du connu au connu, de sorte qu'on ne peut jamais se libérer du connu. Si l'on vit constamment dans le connu, il n'y a rien de nouveau, rien d'original, rien qui ne soit contaminé par la pensée. La pensée est le connu. Si notre éducation est l'accumulation constante du connu, alors notre esprit et notre cœur deviennent mécaniques et sont privés de cette immense vitalité de l'inconnu. Ce qui a de la continuité, c'est le savoir, et celui-ci est éternellement limité. Ce qui est limité ne peut que créer éternellement des problèmes. La fin de la continuité – qui est le temps – est l'épanouissement de ce qui échappe au temps.

28. Les centres d'étude

La raison d'être de ces centres est de faire des hommes éclairés

15 octobre 1979

Les enseignants ou les éducateurs sont des êtres humains. Ils ont pour fonction d'aider l'élève à apprendre – non seulement tel ou tel sujet – mais aussi à comprendre toute l'activité de l'étude ; non seulement à rassembler des renseignements sur divers sujets, mais surtout à devenir des êtres humains complets. Nos écoles ne sont pas simplement des centres d'étude, mais elles doivent être des centres de bonté et faire naître un esprit religieux.

Dans le monde entier, les êtres humains sont plus ou moins en voie de dégénérescence. Quand le plaisir, qu'il soit personnel ou collectif, devient l'intérêt dominant de la vie – plaisir du sexe, plaisir d'affirmer sa propre volonté, plaisir de l'agitation, plaisir de l'intérêt égocentrique, plaisir du pouvoir et de la position sociale, exigence impérieuse de satisfaire son propre plaisir – il y a dégénérescence. Lorsque les relations humaines deviennent contingentes, basées sur le plaisir, il y a dégénérescence. Quand la responsabilité a perdu tout son sens, quand on n'est plus attentif aux autres ou aux choses de la terre et de la mer, ce dédain du ciel et de la terre est une autre forme de dégénérescence. Lorsque l'hypocrisie règne en haut lieu et la malhonnêteté dans le commerce, quand le mensonge fait partie des propos quotidiens, quand il y a tyrannie d'une minorité, quand seuls les choses, les objets prédominent – toute la vie est trahie. Tuer devient alors le seul langage de la vie. Quand l'amour est assimilé au plaisir, alors l'homme s'est coupé de la beauté de la vie et de son caractère sacré.

Le plaisir est toujours quelque chose de personnel, un processus qui isole. On pense que le plaisir est une chose que l'on partage mais, en fait, la satisfaction du plaisir est une démarche de l'ego, du moi qui emprisonne et isole. Plus le plaisir est grand, plus le moi est fortifié. Dans la recherche du plaisir, les êtres humains s'exploitent mutuellement. Quand, dans notre vie, le plaisir prend la première place, la relation est exploitée à cette fin, si bien qu'il n'y a pas une réelle relation avec les autres. Alors, la relation devient une marchandise. Le besoin instant de s'accomplir est basé sur le plaisir et, lorsque celui-ci est refusé ou n'a pas trouvé de moyen d'expression, alors il y a colère, cynisme, haine ou amertume. Cette recherche incessante du plaisir est en fait de la démence.

Tout cela n'indique-t-il pas que l'homme, en dépit de son vaste savoir, de ses extraordinaires capacités, en dépit de son énergie dynamique, de son action agressive, est sur le déclin ? Cet égocentrisme calculé, avec ses craintes, ses plaisirs et ses anxiétés, apparaît d'une manière évidente partout dans le monde.

En quoi consiste alors l'entière responsabilité de nos écoles ? Certes, elles doivent être des centres où l'on puisse apprendre une manière de vivre qui soit fondée non pas sur le plaisir, sur des activités égocentriques, mais sur la compréhension de l'action juste, la profondeur et la beauté de la relation, et le caractère sacré d'une vie religieuse. Dans ce monde tellement destructeur et dépourvu de toute signification, ces écoles, ces centres doivent devenir des lieux de lumière et de sagesse. C'est aux responsables de ces centres qu'il appartient d'agir dans ce sens.

L'urgence est là et il n'y a donc pas d'excuses possibles. Ou bien ces centres seront comme un roc inébranlable au milieu des eaux de la destruction, ou bien ils seront entraînés par le courant qui mène au déclin. La raison d'être de ces centres est de faire des hommes éclairés.

29. La survie de l'humanité

Le désir d'être à part est la source de la destruction

1er novembre 1979

Dans un monde où l'humanité se sent menacée par les bouleversements sociaux, la surpopulation, les guerres, la brutalité, une violence terrifiante, chaque être humain est, plus que jamais, soucieux de sa propre survie.

Survivre implique que l'on mène une vie sensée, heureuse, sans grande pression ou tension. Chacun de nous traduit l'idée de survie selon sa conception particulière. L'idéaliste envisage un mode de vie qui n'est pas celui de la réalité ; des théoriciens, qu'ils soient marxistes ou religieux, ou qu'ils aient d'autres convictions, ont établi des modèles pour la survie ; les nationalistes considèrent que la survie n'est possible qu'au sein d'un certain groupe ou d'une certaine communauté. Ces différences idéologiques, ces idéaux et ces croyances sont la racine même d'une division qui empêche la survie humaine.

Les êtres humains veulent survivre d'une certaine façon, en fonction de leurs réactions étriquées, de leurs plaisirs immédiats, d'une certaine foi ou de quelque sauveur religieux, quelque prophète ou de quelque saint. Ceux-ci ne peuvent nullement apporter la sécurité car, de par leur nature, ils divisent, ils excluent, ils limitent. Vivre dans l'espoir de la survie selon la tradition, ancienne ou moderne, n'a aucun sens. Les solutions partielles quelles qu'elles soient – scientifiques, religieuses, politiques, économiques – ne peuvent plus assurer l'humanité de sa survie. L'homme s'est inquiété de sa propre survie individuelle, de celle de sa famille, de son groupe, de sa « nation-tribu » et, parce que tout cela divise, sa survie réelle s'en trouve menacée. Les divisions modernes entre nationalités, couleurs, cultures, religions sont les causes de l'incertitude de la survie de l'homme. Dans la tourmente qui secoue aujourd'hui le monde, l'incertitude a poussé l'homme à se tourner vers une autorité – vers l'expert en matière politique, religieuse ou économique. Le spécialiste est inévitablement un danger, parce que sa réaction est forcément toujours partielle, limitée. L'homme n'est plus un individu séparé des autres. Ce qui affecte quelques-uns affecte l'humanité tout entière. Il n'est pas possible de fuir ou d'éluder le problème. Vous ne pouvez plus vous désolidariser de la difficile condition humaine.

Nous avons exposé le problème, sa cause, et il nous faut à présent trouver la solution. Celle-ci ne doit dépendre d'aucune pression – sociologique, religieuse, économique, politique – ni d'aucune organisation. Il ne nous est absolument pas possible de survivre si nous ne nous intéressons qu'à notre propre survie. Aujourd'hui, tous les êtres humains dans le monde entier sont étroitement liés. Ce qui arrive dans un pays affecte les autres. L'homme se considère comme un individu séparé des autres mais, psychologiquement, un être humain est inséparable de l'humanité tout entière.

La survie psychologique ? Cela n'existe pas. Lorsqu'il existe un désir de survie ou d'accomplissement, on crée psychologiquement une situation qui, non seulement sépare, mais n'a absolument pas de réalité. Psychologiquement, vous ne pouvez pas être séparé de quelqu'un d'autre. Ce désir d'être à part, psychologiquement, est précisément la source du danger et de la destruction. Toute personne qui s'affirme menace sa propre existence.

Lorsqu'on voit et comprend la vérité de tout cela, la responsabilité de l'homme subit un changement radical, sa responsabilité non seulement envers son propre milieu, mais envers toutes les choses vivantes. Cette totale responsabilité est la compassion. L'instrument de celle-ci est l'intelligence, laquelle n'est ni partielle, ni individuelle, ni séparée. La compassion n'est jamais partielle. Elle est l'essence sacrée de tout ce qui vit.

30. La coopération

La coopération exige une grande honnêteté

15 novembre 1979

Nous devrions prêter une attention très sérieuse, non seulement dans nos écoles, mais aussi comme êtres humains, à notre capacité de travailler ensemble ; travailler ensemble, avec la nature, avec tout ce qui vit sur terre et aussi avec les autres êtres humains. Comme entité sociale, nous existons par nous-mêmes. Nos lois, nos gouvernements, nos religions, tous mettent l'accent sur le fait que l'homme est une entité séparée, ce qui, au cours des siècles, a abouti à ce que l'homme se dresse contre son semblable. Si nous voulons survivre, il devient de plus en plus important que s'instaure un esprit de coopération avec l'univers, avec toutes les choses de la terre et de la mer.

On peut constater, dans toutes les structures sociales, l'effet destructeur de la fragmentation actuelle – nation contre nation, groupe contre groupe, famille contre famille, individu contre individu. Il en est de même dans les domaines religieux, social et économique. Chacun lutte pour soi-même, pour sa classe ou pour son intérêt particulier au sein de la communauté. Cette division des croyances, des idéaux, des conclusions et des préjugés empêche l'esprit de coopération de s'épanouir. Nous sommes des êtres humains, non des identités tribales, exclusives et séparées. Nous sommes des êtres humains pris au piège de conclusions, de théories, de croyances. Nous sommes des créatures vivantes, non des étiquettes. C'est notre condition humaine qui nous fait chercher notre nourriture, nos vêtements et notre abri aux dépens des autres. Notre façon même de penser est séparatrice et toute action procédant de cette pensée limitée empêche forcément la coopération. La structure économique et sociale, telle qu'elle existe actuellement, notamment les religions organisées, intensifie ce qui exclut, ce qui sépare. Ce manque de coopération aboutit, en fin de compte, aux guerres et à la destruction de l'homme. Il semble que ce soit uniquement lors de crises et de catastrophes que nous nous rapprochions et, une fois celles-ci passées, nous revenons à l'ancien état de choses. Il semble que nous soyons incapables de vivre et de travailler harmonieusement ensemble.

Ce processus d'agression et d'isolement est-il dû à ce que, depuis des temps immémoriaux, notre cerveau, qui est le siège de notre pensée et de nos sentiments, s'est trouvé conditionné par la nécessité d'assurer sa survie personnelle ? Est-ce parce que ce processus d'isolement s'identifie à la famille, à la tribu et devient un nationalisme glorifié ? Tout isolement n'est-il pas lié à un besoin d'identification et d'accomplissement ? L'importance du moi n'a-t-elle pas été cultivée au cours de l'évolution par l'opposition du moi et du vous, de nous et de eux ? Toutes les religions n'ont-elles pas mis l'accent sur le salut personnel, l'illumination personnelle, l'accomplissement personnel, tant sur le plan religieux que sur le plan séculier ? La coopération est-elle devenue impossible parce que nous avons donné une telle importance au talent, à la spécialisation, à la réussite, au succès – qui, tous, mettent l'accent sur la séparation ? Est-ce parce que la coopération humaine s'est focalisée sur quelque autorité gouvernementale ou religieuse, sur quelque idéologie ou conclusion, lesquelles suscitent inévitablement leur propre contraire destructeur ?

Que signifie coopérer – non pas le mot, mais la chose ? Il vous est impossible de coopérer avec quelqu'un d'autre, avec la terre et ses eaux si, en vous-même, vous n'êtes pas harmonieux, non fragmenté, non contradictoire ; vous ne pouvez coopérer si vous-même subissez une pression ou êtes dans un état de tension ou de conflit. Comment pouvez-vous coopérer avec l'univers si vous êtes soucieux de vous-même, de vos problèmes, de vos ambitions ? Il ne peut y avoir de coopération si toutes vos activités sont centrées sur vous-même et si vous êtes absorbé dans votre propre égoïsme, vos propres désirs et plaisirs secrets. Tant que l'intellect et ses pensées régentent tous vos actes, il est évident qu'il ne peut y avoir de coopération car la pensée est partielle, étriquée et divise sans cesse. La coopération exige une grande honnêteté. L'honnêteté n'a pas de motif. Elle n'est ni un idéal ni une foi. L'honnêteté est la clarté ; elle est la claire perception des choses telles qu'elles sont. La perception est attention. Cette attention même projette toute l'énergie de sa lumière sur ce qui est observé. Cette lumière de la perception suscite une transformation de la chose observée.

Il n'y a pas de système qui vous apprenne à coopérer. Cela ne peut être ni structuré, ni classifié. La nature même de la coopération exige qu'il y ait l'amour et cet amour n'est pas mesurable car, lorsque l'on compare – ce qui est l'essence de la mesure –, la pensée est intervenue. Là où il y a la pensée, il n'y a pas l'amour.

Cela, peut-on le faire comprendre à l'élève, et la coopération peut-elle exister entre les enseignants de nos écoles ? Celles-ci sont les centres où doit éclore une nouvelle génération ayant une vision nouvelle des choses, le sentiment d'être des citoyens du monde, soucieux de tout ce qui vit dans le monde. C'est une grave responsabilité de faire naître cet esprit de coopération, et cette responsabilité est la vôtre.

31. L'intelligence

La nature même de l'intelligence est la sensibilité qui n'est autre que l'amour

1er décembre 1979

L'intelligence et la capacité de l'intellect sont deux choses entièrement différentes. Ces deux mots ont peut-être la même racine, mais afin d'éclaircir la pleine signification de ce qu'est la compassion, nous devons être capables de saisir la différence de sens entre les deux. L'intellect est la capacité de discerner, de raisonner, d'imaginer, de créer des illusions, de penser clairement et aussi de penser de manière non objective, personnelle. On considère généralement que l'intellect est différent de l'émotion, mais nous utilisons le mot intellect pour exprimer la totalité de la capacité humaine de penser. La pensée est la réaction de la mémoire accumulée au cours de diverses expériences, réelles ou imaginaires, qui sont emmagasinées dans le cerveau sous forme de savoir. Donc la capacité de l'intellect est de penser. La pensée est limitée en toutes circonstances, et lorsque l'intellect régente nos activités, dans le monde extérieur comme dans le monde intérieur, nos actions sont forcément partielles, incomplètes, d'où le regret, l'anxiété et la souffrance.

Toutes les théories et les idéologies sont en elles-mêmes partielles, et lorsque les hommes de science, les techniciens et les prétendus philosophes dominent notre société, notre morale – et ainsi notre vie quotidienne – nous ne sommes jamais confrontés aux réalités de ce qui se passe vraiment. Ces influences colorent nos perceptions, notre compréhension directe. C'est l'intellect qui trouve des explications à nos actes bons ou mauvais. Il rationalise nos mauvais comportements, le meurtre et la guerre. Il définit le bon, le bien comme étant l'opposé du mauvais, du mal. Le bien n'a pas d'opposé. Si le bien avait un lien avec le mauvais, le mal, alors le bien aurait en lui les germes du mal. Donc, ce ne serait pas le bien. Mais du fait de sa capacité de diviser, l'intellect est incapable de comprendre la plénitude du bien. L'intellect – la pensée – sans cesse compare, évalue, concurrence, imite ; ainsi, nous devenons des êtres humains conformistes, de seconde main. L'intellect a apporté à l'humanité des avantages énormes, mais aussi d'immenses destructions, il a cultivé les arts de la guerre, mais il est incapable de faire tomber les barrières entre les êtres humains. L'anxiété fait partie de la nature de l'intellect, de même que la souffrance car l'intellect, qui est la pensée, crée l'image qui peut alors être blessée.

Lorsqu'on comprend toute la nature et le mouvement de l'intellect et de la pensée, on peut commencer à examiner ce qu'est l'intelligence. L'intelligence est la capacité de percevoir la totalité. Elle est incapable de séparer les uns des autres les sentiments, les émotions et l'intellect. Pour elle, c'est un mouvement unitaire. Comme sa perception est toujours globale, elle est incapable de séparer l'homme de l'homme ou de dresser l'homme contre la nature. L'intelligence étant, de par sa nature même, la totalité, elle est incapable de tuer.

Pratiquement, toutes les religions ont dit « Tu ne tueras point », mais elles n'ont jamais empêché que l'on tue. Certaines religions ont dit que tout ce qui est sur terre, y compris les créatures vivantes, y a été mis pour l'usage de l'homme – par conséquent tuer et détruire, tuer pour le plaisir, tuer à des fins commerciales, tuer au nom du nationalisme, tuer au nom d'idéologies, tuer au nom de la foi, tout cela est accepté comme un mode de vie. Au fur et à mesure que nous tuons tout ce qui vit sur terre et dans la mer, nous nous isolons de plus en plus et, dans cet isolement, nous devenons de plus en plus avides, recherchant le plaisir sous toutes ses formes. L'intellect peut percevoir cela, mais il est incapable d'une action totale. L'intelligence, qui est inséparable de l'amour, ne tuera jamais.

Si ne pas tuer est un concept, un idéal, ce n'est pas l'intelligence. Lorsque, dans notre vie quotidienne, l'intelligence est active, elle nous dira quand il faut coopérer et quand il ne le faut pas. La nature même de l'intelligence est la sensibilité et cette sensibilité, c'est l'amour.

Sans cette intelligence, il ne peut y avoir de compassion. La compassion, ce n'est pas faire des actes charitables ou des réformes sociales ; elle est libre de sentiment, de romantisme et d'enthousiasme émotionnel.

Elle est aussi forte que la mort. Elle est comme un grand rocher immuable au milieu de la confusion, de la misère et de l'anxiété. Sans cette compassion, il ne peut naître aucune civilisation, aucune société nouvelle. Compassion et intelligence vont de pair, elles ne sont pas séparées. La compassion agit par l'intelligence, et ne peut jamais agir par l'intellect. La compassion est l'essence de la plénitude de la vie.

32. Le mouvement de la pensée

La pensée utilise et détruit

15 décembre 1979

Les êtres humains, dans le monde entier, ont fait de l'intellect un des facteurs les plus importants de notre vie quotidienne. On peut observer que les anciens Hindous, les Égyptiens et les Grecs ont tous considéré l'intellect comme la plus importante fonction de la vie. Même les bouddhistes lui ont donné de l'importance. Dans les universités, les collèges et les écoles du monde entier, que ce soit dans un régime totalitaire ou dans les prétendues démocraties, il a joué un rôle dominant. Par intellect, nous entendons la capacité de comprendre, de discerner, de choisir, d'évaluer, et aussi toute la technologie de la science moderne. L'essence de l'intellect c'est, n'est-ce pas, tout le mouvement de la pensée. La pensée domine le monde dans la vie extérieure comme dans la vie intérieure. La pensée a créé tous les dieux du monde, tous les rites, les dogmes, les croyances. La pensée a créé aussi les cathédrales, les temples, les mosquées et leur merveilleuse architecture, ainsi que les lieux de cultes locaux. La pensée a été responsable de la technologie toujours en expansion, des guerres et des armes de guerre, de la division des peuples en nations, en classes et en races. La pensée a été – elle l'est probablement encore – l'instigatrice de la torture au nom de Dieu, de la paix, de l'ordre. Elle a aussi été responsable des révolutions, du terrorisme, du principe suprême et des idéaux pragmatiques. C'est par la pensée que nous vivons. Nos actes sont fondés sur la pensée, nos relations aussi, de sorte que l'intellect a été vénéré à travers les âges.

Cependant la pensée n'a pas créé la nature – les cieux et leurs étoiles, l'univers en expansion, la terre avec toute sa beauté, ses vastes mers et ses vertes campagnes. La pensée n'a pas créé l'arbre, mais elle l'a utilisé pour construire la maison, pour fabriquer la chaise. La pensée utilise et détruit.

La pensée ne peut créer l'amour, l'affection et le sentiment de beauté. Elle a tissé un réseau d'illusions et de réalités. Quand nous vivons uniquement par la pensée, avec ses complexités et ses subtilités, avec ses objectifs et ses orientations, toute la profondeur de la vie nous échappe, car la pensée est superficielle. Bien qu'elle prétende creuser profondément, c'est un instrument incapable de pénétrer au-delà de ses propres limites. Elle peut projeter le futur, mais ce futur a ses racines dans le passé. Les choses créées par la pensée sont concrètes, réelles – comme une table, comme l'image que vous vénérez – mais l'image, le symbole que vous vénérez, est fabriqué par la pensée, y compris ses nombreuses illusions – romanesques, idéalistes, humanitaires. Les êtres humains acceptent ce qui vient de la pensée et en vivent – argent, position, statut social et le luxe d'une liberté que donne l'argent. Telle est la totalité du mouvement de la pensée et de l'intellect et, dans notre vie, c'est par cette fenêtre étroite que nous regardons le monde.

Y a-t-il quelque autre mouvement qui ne procède pas de l'intellect et de la pensée ? On s'est efforcé de le rechercher dans de nombreux milieux – religieux, philosophiques et scientifiques. Par le mot religion nous n'entendons pas l'absurdité des croyances, des rites, des dogmes et de la structure hiérarchique. Pour nous, un homme religieux ou une femme religieuse sont des êtres qui se sont libérés de siècles de propagande, du poids mort de la tradition, ancienne ou moderne. Il n'est pas possible aux philosophes qui se complaisent dans les théories, les concepts, le jeu des idées, d'explorer au-delà de ce qu'ils peuvent atteindre par la fenêtre étroite de la pensée, pas plus que ne le peut l'homme de science, avec ses capacités extraordinaires, avec sa pensée peut-être originale et son immense savoir. Le savoir est ce qu'a emmagasiné la mémoire, et il faut être libéré du connu pour explorer ce qui se trouve au-delà. Pour enquêter sans nulle entrave, sans attachement à ses expériences, à ses conclusions, à toutes les choses que l'homme s'est imposées, il faut la liberté. Il faut que l'intellect soit calme, en absolue tranquillité, sans le moindre frémissement de pensée.

Actuellement, notre éducation a pour base la culture de l'intellect, de la pensée et du savoir qui sont nécessaires dans notre activité quotidienne, mais qui n'ont pas de place dans notre relation psychologique les uns avec les autres car, de par sa nature même, la pensée divise et détruit. Quand la pensée régit toutes nos activités et toutes nos relations, elle conduit à un monde de violence, de terreur, de conflit et de misère.

C'est cela qui, dans nos écoles, doit être le souci de tous, jeunes et vieux.

33. Connais-toi toi-même

Il faut être bon, car vous êtes l'avenir

1er janvier 1980

Il nous faut comprendre, dès le début de cette nouvelle année, que ce qui nous préoccupe avant tout, c'est l'aspect psychologique de notre vie, mais nous n'en négligeons pas pour autant l'aspect physique, biologique. C'est ce que l'on est intérieurement qui, finalement, créera une bonne société, ou bien amènera une graduelle détérioration des relations humaines. Nous nous occupons des deux aspects de la vie, sans privilégier l'un ou l'autre, bien que, psychologiquement, c'est ce que nous sommes intérieurement qui déterminera notre conduite, nos relations avec les autres. Il semble que nous donnions une importance vraiment beaucoup plus grande aux aspects physiques de la vie, aux activités quotidiennes, à propos ou hors de propos, et que nous négligions totalement les réalités plus vastes et plus profondes. Ayez, je vous prie, présent à l'esprit que, dans ces lettres, nous abordons notre existence en allant de l'intérieur vers l'extérieur et non en sens inverse. Bien que la plupart des gens se soucient de l'extérieur, notre éducation doit tendre à créer l'harmonie entre l'extérieur et l'intérieur, et cela ne peut se faire si nous tenons nos yeux uniquement fixés sur l'extérieur. Par « l'intérieur », nous entendons tout le mouvement de la pensée, nos sentiments – ce qui est raisonnable et ce qui ne l'est pas –, ce que nous imaginons, nos croyances et nos attachements – heureux et malheureux –, nos désirs secrets avec leurs contradictions, nos expériences, nos défiances, notre violence, etc. Les ambitions cachées, les illusions auxquelles s'accroche l'esprit, les superstitions de la religion et ce qui semble un éternel conflit en nous-mêmes font aussi partie de notre structure psychologique. Si nous sommes aveugles à tout cela ou si nous l'acceptons comme une part inévitable de notre nature humaine, nous admettrons une société dans laquelle nous devenons nous-mêmes prisonniers. Cela, il est réellement important de le comprendre. Il est certain que, dans le monde entier, tous les élèves, les étudiants voient l'effet du chaos tout autour de nous et espèrent y échapper en se réfugiant dans quelque ordre extérieur, bien qu'en eux-mêmes ils soient peut-être en plein désarroi. Ils veulent changer l'extérieur sans se changer eux-mêmes, mais ce sont eux qui sont la source du désordre et qui le perpétuent. C'est là un fait, non une conclusion personnelle.

Ainsi, nous avons le souci, dans notre éducation, de changer ce qui est la source du désordre et le perpétue. Ce sont les êtres humains qui créent la société, non de quelconques dieux dans un quelconque ciel. C'est donc par l'élève, l'étudiant que nous commençons. Ce mot même implique étudier, apprendre et agir. Apprendre, non seulement par les livres et les professeurs, mais étudier et apprendre au sujet de soi-même, c'est là l'éducation fondamentale. Si vous ne savez rien sur vous-même et bourrez votre esprit de nombreux faits de l'univers, vous acceptez et perpétuez simplement le désordre. Il est probable que vous autres étudiants, cela ne vous intéresse pas. Vous voulez vous amuser, suivre vos propres intérêts, et ne travaillez que forcés et contraints, vous acceptez les inévitables comparaisons et les résultats, le regard fixé sur une quelconque carrière. C'est là votre intérêt fondamental, qui semble, d'ailleurs, naturel, car vos parents et grands-parents ont suivi la même voie – travail, mariage, enfants, responsabilités. Tant que vous êtes en sécurité, peu vous importe ce qui se passe autour de vous. Telle est votre relation réelle avec le monde, ce monde que les êtres humains ont créé. L'immédiat est de loin bien plus réel, plus important et exigeant que la totalité. Votre souci, comme celui de l'enseignant, est et doit être de comprendre la totalité de l'existence humaine, non pas une partie, mais le tout. La partie n'est que la connaissance des découvertes humaines sur le plan physique.

Dans ces lettres, c'est donc par vous que nous commençons, par vous l'élève surtout, et aussi l'éducateur qui vous aide à vous connaître vous-même. C'est là le rôle de toute éducation. Nous avons besoin de créer une bonne société dans laquelle tous les êtres humains puissent vivre heureux et en paix, sans violence, en sécurité. C'est vous, les élèves, qui portez cette responsabilité. Une bonne société ne se crée pas grâce à quelque idéal, à un héros ou à un chef, ou à quelque système soigneusement élaboré. Il vous faut être bon parce que vous êtes l'avenir. Vous ferez le monde, soit tel qu'il est en le modifiant, soit comme un monde dans lequel vous et les autres pourrez vivre sans guerres, sans brutalité, avec générosité et affection.

Alors, qu'allez-vous faire ? Vous avez compris le problème, qui n'est pas difficile ; alors, qu'allez-vous faire ? D'instinct, la plupart d'entre vous sont gentils, bons et pleins de bonne volonté sauf, évidemment, si vous avez été trop brimés et pervertis, ce qui, nous l'espérons, n'est pas le cas. Ainsi, qu'allez-vous faire ? Si l'éducateur est valable, il voudra vous aider et nous posons alors la question : « Que ferez-vous ensemble pour vous aider à vous étudier, à apprendre au sujet de vous-mêmes et à agir ? » Nous en resterons là et reprendrons le sujet dans la prochaine lettre.

34. L'affection

Quand vous vous souciez des autres, toute violence en vous disparaît

15 janvier 1980

Nous poursuivons avec le sujet dont nous traitions dans notre dernière lettre où nous soulignions la responsabilité d'étudier, d'apprendre et d'agir. Quand on est jeune et peut-être innocent, enclin à jouer et à s'amuser, le mot responsabilité semble effrayant et évoque un fardeau accablant. Mais nous utilisons le mot dans le sens d'être soucieux et préoccupé de notre monde. Lorsque nous utilisons ce mot, vous, les élèves, ne devez pas éprouver un sentiment de culpabilité si vous ne vous êtes pas montrés soucieux et préoccupés du monde. Après tout, vos parents, qui se sentent responsables de vous, de vos études et de vous faire acquérir le bagage qui vous sera nécessaire plus tard dans la vie, ne se sentent pas coupables, encore qu'ils puissent être déçus ou malheureux si vous ne répondez pas à leurs attentes. Il vous faut bien comprendre que, lorsque nous l'utilisons, le mot responsabilité ne doit éveiller aucun sentiment de culpabilité. Nous prenons grand soin d'utiliser ce mot libéré du poids fâcheux qui pèse, par exemple, sur le mot devoir. Une fois cela clairement compris, nous pouvons alors utiliser le mot responsabilité dégagé de son poids de tradition. Donc, vous êtes à l'école où vous avez pour responsabilité d'étudier, d'apprendre, d'agir. C'est là le principal objet de l'éducation.

Dans notre dernière lettre, nous avons posé la question : « Qu'allez-vous faire au sujet de vous-même et de votre relation avec le monde ? » Comme nous l'avons dit, l'éducateur, l'enseignant, a aussi pour responsabilité de vous aider à vous comprendre vous-même et, partant, à comprendre le monde. Nous posons cette question afin que vous trouviez vous-même votre réponse. C'est un défi que vous devez relever. Vous devez commencer par vous-même, par vous comprendre vous-même et, à ce propos, quel va être le premier pas ? N'est-ce pas l'affection ? Lorsque vous êtes jeune, vous possédez probablement cette qualité, mais il semble qu'on la perde très rapidement. Pourquoi ? N'est-ce pas à cause de la contrainte que font peser sur vous les études, la compétition, l'effort d'atteindre un certain niveau dans vos études, la comparaison entre vous-même et les autres et peut-être le fait d'avoir été brimé par d'autres élèves ? Toutes ces contraintes ne vous forcent-elles pas à vous soucier de vous-même ? Et lorsque vous vous occupez ainsi de vous-même, vous perdez inévitablement cette qualité d'affection. Il est très important de comprendre comment les circonstances, le milieu, les pressions qu'exercent vos parents, et aussi votre propre besoin de conformisme, réduisent graduellement l'immense beauté de la vie à un petit cercle autour de vous-même. Et, si vous perdez cette qualité d'affection pendant que vous êtes jeune, le cœur et l'esprit se durcissent. Il est rare de conserver intacte, tout au long de la vie, cette qualité d'affection. C'est donc la première chose que vous devez avoir. L'affection implique que vous apportiez du soin, un soin diligent à tout ce que vous faites, à vos propos, à votre façon de vous habiller, de manger, de vous occuper de votre corps ; à votre comportement sans distinguer entre supérieur et inférieur ; à la façon dont vous tenez compte des autres.

La politesse, c'est avoir des égards pour les autres, et avoir des égards, c'est être soucieux des autres, que ce soit de votre petit frère ou de votre grande sœur. Quand vous vous souciez de quelqu'un, toute violence en vous disparaît, quelle qu'en soit la forme – colère, antagonisme, orgueil. Ce souci des autres implique l'attention. L'attention, c'est regarder, observer, écouter, apprendre. Il y a beaucoup de choses que vous pouvez apprendre dans les livres, mais il y a une façon d'apprendre qui est infiniment claire, rapide et où il n'y a aucune ignorance. L'attention implique la sensibilité, et cela donne à la perception une profondeur qu'aucun savoir, avec son ignorance, ne peut donner. Cela, vous devez l'étudier, non dans un livre, mais vous devez, avec l'aide de l'éducateur, apprendre à observer autour de vous – à observer ce qui se passe dans le monde, ce qui se passe chez un autre élève, ce qui se passe dans ce pauvre village ou ce taudis, ainsi que chez cet homme qui chemine péniblement le long d'une rue misérable.

L'observation n'est pas une habitude. Ce n'est pas

quelque chose que vous vous entraînez à faire automatiquement. C'est le regard neuf de l'intérêt, du souci des autres, de la sensibilité. Vous ne pouvez pas vous entraîner à être sensible. Quand vous êtes jeune, vous êtes sensible, rapide dans vos perceptions mais, là encore, cela s'estompe au fur et à mesure que vous avancez en âge. Ainsi, vous devez vous étudier, et l'éducateur vous y aidera peut-être.

S'il ne le fait pas, peu importe, car c'est à vous qu'incombe la responsabilité de vous étudier vous-même et d'apprendre ainsi ce que vous êtes. Et lorsque cette affection existe, sa pureté inspirera vos actes. Tout cela peut sembler très difficile, mais ça ne l'est pas. Nous avons négligé tout ce côté de la vie. Nous sommes tellement préoccupés de notre carrière, de nos plaisirs, de notre propre importance que nous négligeons la grande beauté de l'affection.

Il y a deux mots qu'il convient d'avoir toujours présents à l'esprit, et ces deux mots sont diligence et négligence. Nous appliquons notre esprit avec diligence à acquérir du savoir par les livres, par les enseignants ; nous y consacrons vingt ans ou plus de notre vie, et nous négligeons d'étudier le sens profond de notre propre vie. Nous sommes à la fois l'intérieur et l'extérieur. Ce qui est intérieur demande une plus grande diligence que ce qui est extérieur. C'est une exigence urgente, et cette diligence est l'étude – avec affection – de ce qu'on est.

35. Regarder les faits

Les gens vivent avec des idées et des croyances dissociées de leur vie quotidienne

1er février 1980

La cruauté est une maladie infectieuse dont il faut rigoureusement se protéger. Quelques élèves semblent être atteints de cette curieuse infection et paraissent, peu à peu, dominer les autres. Cela leur donne sans doute l'impression d'être très virils, car leurs aînés sont souvent cruels dans leurs propos, leurs attitudes, leurs gestes et leur orgueil. Cette cruauté existe partout dans le monde. La responsabilité de l'élève – et veuillez vous rappeler dans quel sens nous utilisons le mot « responsabilité » – est d'éviter toute forme de cruauté. Il y a de nombreuses années, j'avais été invité à parler dans une école en Californie et, au moment où j'entrais, un garçon d'une dizaine d'années passa près de moi avec un grand oiseau pris dans un piège et dont les pattes étaient brisées. Je m'arrêtai et regardai l'enfant sans mot dire. Son visage exprimait la peur et, à la fin de la causerie, au moment où je sortais, le garçon – que je ne connaissais pas – s'approcha de moi, les larmes aux yeux, et me dit : « Monsieur, cela n'arrivera jamais plus. » Il avait peur que je parle de ce cruel incident au directeur et qu'il ne s'ensuive une semonce ; mais comme je ne soufflai mot, ni au directeur ni au garçon, la prise de conscience de l'horrible chose qu'il avait faite lui fit réaliser l'énormité de l'acte. Il est important d'être conscient de ses propres actions et, si l'affection existe, à aucun moment la cruauté n'a de place dans notre vie. Dans les pays occidentaux, on nourrit soigneusement des oiseaux puis, plus tard dans la saison, on les tue en guise de sport et on les mange. La cruauté de la chasse, du meurtre des petits animaux, fait désormais partie de notre civilisation, comme la guerre, la torture, le terrorisme et les enlèvements. Dans nos relations personnelles intimes, il y a aussi beaucoup de cruauté et de colère et on se blesse mutuellement. Le monde est devenu un endroit où il est dangereux de vivre et, dans nos écoles, toute forme de coercition, de menace, de colère doit être totalement et complètement évitée, car tout cela durcit le cœur et l'esprit, et l'affection ne peut coexister avec la cruauté.

En tant qu'élève, vous comprenez combien il est important de vous rendre compte que toute forme de cruauté, non seulement durcit votre cœur, mais pervertit votre pensée, déforme vos actions. L'esprit, comme le cœur, est un instrument délicat, sensible et très capable ; s'il est atteint par la cruauté et l'oppression, il y a alors un durcissement du moi. Contrairement au « moi », l'affection, l'amour n'ont pas de centre.

Après avoir lu cela et avoir compris, jusqu'ici, ce qui a été dit, qu'allez-vous faire maintenant ? Vous avez étudié ce qui a été dit, vous apprenez le contenu de ces mots ; alors comment agissez-vous ? Votre réaction doit être non seulement d'étudier et d'apprendre, mais aussi d'agir. La plupart d'entre nous sommes avertis et conscients de tout ce que la cruauté implique et de ce qu'elle fait réellement, tant sur le plan extérieur qu'intérieur, et nous laissons aller les choses sans rien faire – en pensant une chose et en faisant exactement le contraire. Cela engendre non seulement beaucoup de conflits, mais aussi de l'hypocrisie. La plupart des élèves n'aiment pas être hypocrites ; ils aiment bien regarder les faits, mais ils n'agissent pas toujours. L'élève a donc pour responsabilité de voir les faits relatifs à la cruauté et de comprendre, sans y être amené par la persuasion ou la flatterie, ce que cela implique et d'agir pour y remédier. Agir implique peut-être une plus grande responsabilité. En général, les gens vivent avec des idées et des croyances qui sont totalement dissociées de leur vie quotidienne, ce qui devient naturellement de l'hypocrisie. Donc, ne soyez pas hypocrite – ce qui ne signifie pas que vous devez être effronté, agressif ou trop critique. Lorsqu'il y a affection, il y a inévitablement courtoisie sans hypocrisie.

Quelle est la responsabilité de l'enseignant – qui a étudié, appris et qui agit – à l'égard de l'élève ? La cruauté revêt maintes formes : un regard, un geste, une remarque acerbe et, par-dessus tout, la comparaison. Tout notre système d'éducation est fondé sur la comparaison. *A* est meilleur que *B*, donc *B* doit être conforme à *A* ou l'imiter. Cela est l'essence même de la cruauté dont l'expression est, en fin de compte, les examens. Quelle est alors la responsabilité de l'enseignant qui voit la vérité de tout cela ? Comment va-t-il enseigner une matière, sans récompense ni punition, en sachant pourtant qu'il doit faire une sorte de rapport sur les capacités de l'élève ? Lui est-il possible de le faire ? Est-ce compatible avec l'affection ? Si la réalité essentielle de l'affection est là, la comparaison a-t-elle quelque raison d'être ? Le maître peut-il éliminer en lui la souffrance qui s'attache à la comparaison ? Toute notre civilisation est fondée sur la comparaison hiérarchique, sur le plan tant extérieur qu'intérieur, ce qui est la négation de tout sentiment de profonde affection. Pouvons-nous éliminer de nos esprits le mieux, le plus, le stupide, l'intelligent, toute cette façon de penser par comparaison ? Si le maître a compris la souffrance qui s'attache à la comparaison, quelle responsabilité a-t-il dans son enseignement et dans son action ? L'action de celui qui a réellement saisi le sens de la souffrance attachée à la comparaison, jaillie de l'intelligence.

36. Récompense et punition

L'action basée sur la récompense et la punition aboutit au conflit

15 février 1980

Dans toutes ces lettres, nous avons constamment souligné que la responsabilité de la coopération entre le maître et l'élève incombait à tous les deux. Le mot coopération sous-entend que l'on travaille ensemble, mais on ne peut travailler ensemble si on ne regarde pas dans la même direction avec les mêmes yeux et le même esprit. Le mot « même », tel que nous l'utilisons, ne doit, en aucun cas, être entendu dans le sens d'uniformité, de conformité ou d'acceptation, d'obéissance, d'imitation. En coopérant, en travaillant ensemble, le maître et l'élève doivent avoir une relation essentiellement fondée sur l'affection. La plupart des gens coopèrent lorsqu'ils construisent, lorsqu'ils jouent ou font de la recherche scientifique, ou bien encore lorsqu'ils travaillent ensemble pour un idéal, une croyance ou pour promouvoir quelque concept dans le but d'un profit personnel ou collectif ; ou bien ils coopèrent autour d'une autorité religieuse ou politique.

Pour étudier, apprendre et agir, il faut qu'il y ait coopération entre le maître et l'élève. Tous deux sont en cause. Le maître pourra avoir de nombreuses connaissances mais si, en les transmettant à l'élève, la qualité d'affection est absente de son enseignement, celui-ci devient une lutte entre les deux. Nous nous soucions non seulement du savoir des choses de ce monde, mais aussi de l'étude de soi au cours de laquelle on apprend et on agit. Dans cette étude, le maître et l'élève sont tous deux impliqués et il n'est alors plus question d'autorité. Dans l'étude de soi, le maître s'occupe non seulement de lui-même, mais aussi de l'élève. Dans cette interaction et les réactions qu'elle suscite, on commence à découvrir sa propre nature, ses pensées, ses désirs, ses attachements, ses identifications, etc. Chacun fait office de miroir pour l'autre, chacun observe et voit dans ce miroir exactement ce qu'il est car, ainsi que nous l'avons déjà dit, la compréhension psychologique de soi-même est, de loin, plus importante que l'accumulation de faits sous forme de savoir destiné à rendre compétent dans l'action. Ce qui est intérieur prime toujours ce qui est extérieur. Cela doit être clairement compris par le maître et l'élève. Ce qui est extérieur n'a pas changé l'homme, les activités extérieures, la révolution sur le plan physique, la maîtrise physique de l'environnement n'ont pas profondément changé l'être humain, ses préjugés et ses superstitions ; en profondeur, les êtres humains sont restés les mêmes depuis des millions d'années.

Une éducation correcte doit transformer cette condition fondamentale. Lorsque l'éducateur l'aura bien compris, son principal objet, même s'il a divers sujets à enseigner, sera la révolution radicale de la psyché, dans le vous et dans le moi. C'est ici qu'intervient l'importance de la coopération entre les deux personnes qui étudient, apprennent et agissent ensemble. Il ne s'agit pas d'esprit d'équipe ou d'esprit de famille, ni d'identification avec un groupe ou une nation. Il s'agit d'une libre enquête à l'intérieur de nous-mêmes, sans barrière entre celui qui sait et celui qui ne sait pas. Cette barrière est la plus destructrice qui soit, surtout en matière de connaissance de soi. Là, il n'y a ni dirigeant ni dirigé. Lorsqu'on aura pleinement saisi cela – et dans un sentiment d'affection – alors, la communication entre le maître et l'élève sera facile, claire, et ne restera pas simplement au niveau verbal. L'affection ne comporte aucune contrainte, elle n'est jamais tortueuse. Elle est simple et directe.

Tout cela étant dit, et si vous l'avez tous deux étudié, quelle est alors la qualité de votre esprit et de votre cœur ? Y a-t-il un changement qui ne soit pas suscité par une influence ou simplement par une stimulation qui peut donner l'illusion d'un changement ? La stimulation est comme une drogue ; son effet s'émousse et vous vous retrouvez à votre point de départ. Toute forme de pression ou d'influence agit de la même façon. Si vous agissez dans ces conditions, vous n'étudiez pas vraiment et n'apprenez rien sur vous. Toute action basée sur la récompense et la punition, l'influence ou la pression, aboutit inévitablement à un conflit. Il en est ainsi, mais peu de personnes voient la vérité de tout cela, alors elles renoncent ou disent que c'est impossible dans la pratique, ou bien que tout cela est idéaliste, que c'est un concept utopique. Ce n'est pourtant pas le cas. C'est éminemment pratique et réalisable. Donc, ne soyez pas découragé par les traditionalistes, les conservateurs ou ceux qui s'accrochent à l'illusion que le changement ne peut venir que de l'extérieur.

Lorsque vous étudiez et apprenez au sujet de vous-même, il se dégage une force extraordinaire, faite de clarté, qui peut résister à toutes les absurdités de l'ordre établi. Cette force n'est pas une forme de résistance, d'obstination ou de volonté égocentrique, mais une observation diligente de l'extérieur et de l'intérieur. C'est la force de l'affection et de l'intelligence.

37. La communication

La communication consiste à apprendre l'un de l'autre

1er mars 1980

Vous venez dans nos écoles avec votre propre arrière-plan – qu'il soit traditionnel ou libéral – vous êtes ou non disciplinés, obéissants ou réticents et désobéissants, révoltés ou prêts à vous conformer. Vos parents sont, à votre égard, ou bien négligents ou bien très diligents ; il se peut que certains d'entre eux se sentent très responsables et d'autres pas. Vous arrivez avec tous ces tourments, venant parfois de foyers désunis, mal assurés ou très sûrs de vous, décidés à n'en faire qu'à votre tête, ou bien timides et dociles en apparence et intérieurement rebelles.

Dans ces écoles, vous êtes libres et toutes les perturbations de vos jeunes vies vont entrer en jeu. Vous voulez agir comme il vous plaît, mais personne ne peut le faire. Vous devez comprendre cela très sérieusement – vous ne pouvez jamais faire ce qui vous plaît. Ou bien vous apprenez à vous adapter en faisant preuve de compréhension, de raison, ou bien vous êtes brisés par ce nouveau milieu dans lequel vous venez de pénétrer. Il faut le comprendre, c'est très important. Dans nos écoles, les éducateurs s'emploient à expliquer soigneusement et vous pouvez discuter avec eux, dialoguer et voir pourquoi il faut faire certaines choses. Quand on vit dans une petite communauté composée d'enseignants et d'élèves, il est indispensable que les relations entre membres de la communauté soient bonnes, amicales, affectueuses et pleines d'attentive compréhension. Dans une société libre, personne, surtout aujourd'hui, n'aime les règles et celles-ci deviennent totalement inutiles lorsque vous et l'éducateur adulte comprenez, non seulement verbalement et intellectuellement mais avec votre cœur, que des règles, une certaine discipline sont nécessaires. Le mot discipline a été dégradé par les tenants de l'autorité. Chaque métier a sa propre discipline, sa propre technique. Le mot discipline vient du mot disciple – celui qui apprend ; non pas celui qui se conforme, qui se rebelle, mais celui qui apprend au sujet de ses propres réactions, de son propre conditionnement et de leurs limitations, et les dépasse. L'essence de l'acte d'apprendre est un mouvement constant sans point fixe. Si ce point est fait de vos préjugés, de vos opinions et conclusions et que vous partiez avec ce handicap, alors vous cessez d'apprendre. Apprendre n'a pas de limites. L'esprit qui apprend constamment est au-delà de tout savoir. Ainsi, vous êtes ici pour apprendre aussi bien que pour communiquer. La communication, ce n'est pas seulement un échange de mots, aussi clairs et articulés soient-ils ; c'est quelque chose de beaucoup plus profond. La communication consiste à apprendre l'un de l'autre, à se comprendre l'un l'autre et elle cesse lorsque vous avez pris une position arrêtée au sujet de quelque acte insignifiant ou quelque peu irréfléchi.

Lorsqu'on est jeune, on éprouve un urgent besoin de se conformer, de ne pas se sentir en dehors de ce qui se passe ; apprendre la nature de la conformité et tout ce qu'elle implique suscite sa propre discipline. Veuillez toujours vous rappeler, lorsque nous utilisons ce mot, que tous deux, le maître et l'élève, ont une relation dans laquelle il s'agit d'apprendre et non de s'affirmer ou d'accepter. Une fois cela clairement compris, les règles deviennent inutiles. Quand ce n'est pas clair, alors il faut des règles. Vous pouvez vous révolter contre les règles, contre le fait qu'on vous dit ce que vous devez faire et ne devez pas faire, mais si vous comprenez rapidement la nature de l'acte d'apprendre, les règles disparaîtront tout à fait. Les règles ne sont faites que pour les obstinés, pour ceux qui aiment s'imposer, « tu dois », « tu ne dois pas ».

Ce n'est pas la curiosité qui pousse à apprendre. Vous pouvez avoir de la curiosité au sujet des questions sexuelles. Cette curiosité est fondée sur le plaisir, sur une sorte d'excitation, sur les attitudes des autres. Il en va de même pour la boisson, la drogue, le tabac. Apprendre, c'est quelque chose de bien plus profond et de bien plus vaste. On étudie l'univers, non par plaisir ou par curiosité, mais à cause de la relation que l'on a avec le monde. Nous avons divisé l'étude en catégories distinctes en fonction des exigences de la société ou des inclinations personnelles.

Nous ne parlons pas d'apprendre au *sujet* de quelque chose, mais de la qualité de l'esprit de celui qui veut apprendre. Vous pouvez apprendre à devenir un bon menuisier ou un bon jardinier ou un ingénieur et, lorsque vous avez acquis la technique nécessaire, vous avez rétréci votre esprit, vous en avez fait un outil peut-être capable de fonctionner habilement selon un certain modèle. C'est ce qu'on appelle apprendre. Cela donne une certaine sécurité financière, et peut-être est-ce là tout ce que l'on désire, nous créons ainsi une société qui nous donne ce que nous lui avons demandé. Mais, quand il y a cette qualité qui ne consiste pas à apprendre au *sujet* de quelque chose, vous avez alors un esprit et, bien sûr, un cœur qui sont vivants et qui échappent au temps.

La discipline n'est pas maîtrise ou asservissement. Apprendre implique l'attention, c'est-à-dire être diligent. Il n'y a que l'esprit négligent qui n'apprend jamais. Il se force à accepter, lorsqu'il est superficiel, insouciant, indifférent. Un esprit diligent observe activement, ne se perdant jamais dans des valeurs et des croyances de seconde main. Un esprit qui apprend est un esprit libre, et la liberté exige la responsabilité d'apprendre. L'esprit qui est pris au piège de ses opinions, cantonné dans quelque savoir, peut demander la liberté, mais ce qu'il entend par liberté est l'expression de ses propres attitudes et conclusions personnelles, et lorsque celles-ci sont contrecarrées, il revendique l'accomplissement de soi. Dans la liberté, il n'y a pas la notion d'accomplissement : elle est libre.

Ainsi, lorsque vous venez dans ces écoles ou, en

fait, dans n'importe quelle école, il doit y avoir cette noble qualité de l'acte d'apprendre qui s'accompagne d'un grand sentiment d'affection. Quand vous éprouvez réellement et profondément cette affection, vous apprenez.

38. S'éduquer soi-même

Pour apprendre sur les images qui nous habitent, il faut être conscient de soi

15 novembre 1981

Chaque profession a ses règles, chaque action a sa motivation et chaque pensée a son but. L'esprit humain est pris dans ce cycle. Étant esclave du connu, l'esprit essaye toujours d'accroître ses connaissances, son activité dans ce domaine, sa pensée cherchant son propre objectif. Dans toutes les écoles, on considère la discipline comme un cadre pour l'esprit et pour son action et, ces dernières années, on s'est révolté contre toute forme de contrôle, de contrainte ou de modération. Cela a conduit à toutes sortes de permissivité, d'insolence et de poursuite du plaisir à n'importe quel prix. Personne n'a plus de respect pour personne. On semble avoir perdu toute dignité personnelle et toute profonde intégrité. On dépense des milliards pour la drogue, pour détruire son corps et son esprit. Ce laxisme est devenu respectable et il est accepté comme étant la façon normale de vivre.

Pour cultiver un esprit qui soit bon, capable de percevoir la totalité de la vie comme un tout non morcelé et qui soit ainsi un bon esprit, il doit exister une certaine forme de discipline dans toutes nos écoles. Nous devons donc comprendre ensemble ces mots haïs et peut-être méprisés de « discipline » et de « règles ».

Pour apprendre, vous devez être attentifs. Pour apprendre, il faut écouter non seulement avec les oreilles mais saisir en profondeur ce qui est dit. Pour apprendre, il faut observer. Quand vous écoutez ou lisez ces paroles, vous devez leur accorder une attention qui ne soit pas forcée, qui ne provienne pas d'une pression ou de l'attente d'une récompense ou d'une punition. « Discipline » signifie apprendre et non pas se conformer. Si vous voulez devenir un bon menuisier, vous devez apprendre quels sont les outils convenant aux différentes sortes de bois et vous devez étudier auprès d'un maître menuisier. Si vous voulez devenir un bon médecin, vous devez étudier pendant des années, apprendre tout ce qui concerne le corps, son fonctionnement et les façons de le soigner, etc. Chaque profession nécessite que l'on apprenne le plus de choses possibles à son sujet. Dans ce cas, apprendre signifie accumuler du savoir sur le sujet et agir avec toute la compétence possible.

Apprendre est le propre de la discipline. Apprendre pourquoi on doit être ponctuel aux repas, quel est le bon moment pour se reposer, etc., c'est apprendre ce qu'est l'ordre dans la vie. Dans un monde désordonné où règne la confusion, politiquement, socialement et même religieusement, nos écoles doivent être des centres d'ordre et d'éducation de l'intelligence. Une école est un lieu sacré où tout le monde s'initie à la complexité et à la simplicité de la vie.

Apprendre demande donc application et ordre. La discipline n'est pas du conformisme. N'ayez donc pas peur du mot et ne vous rebellez pas contre lui. Les mots ont pris beaucoup d'importance dans notre vie. Pour beaucoup de gens, le mot « Dieu » est devenu très important. Pour d'autres, c'est le mot « nation » ou le nom d'un homme politique, etc.

Le mot est l'image de l'homme politique. L'image de Dieu a été façonnée par des milliers d'années de pensée et de peur. Nous vivons avec des images créées par l'esprit ou par une main habile. Pour apprendre sur ces images, que l'on a acceptées ou créées soi-même, il faut être conscient de soi.

L'éducation, ce n'est pas seulement apprendre les matières scolaires mais c'est aussi s'éduquer.

39. L'efficacité

L'efficacité n'est pas une fin en soi

15 décembre 1981

Une école est un lieu où l'on apprend et, pour cette raison, il est sacré. Les temples, les églises et les mosquées ne sont pas sacrés car on a cessé d'y apprendre. On croit, on a la foi, ce qui est la négation complète de ce grand art de l'apprentissage, alors qu'une école comme celle à qui cette lettre est adressée doit se consacrer entièrement à apprendre, non seulement sur le monde qui nous entoure, mais surtout sur ce que nous sommes, nous les êtres humains, sur le pourquoi de notre comportement et sur la complexité de la pensée. Apprendre est une très vieille tradition humaine, pas seulement apprendre dans les livres mais aussi sur la nature et la structure de la psychologie humaine. Et comme nous l'avons entièrement négligé, le monde est plein de désordre, de violence et de toutes les cruautés qui s'y déroulent. Nous avons privilégié les choses matérielles au détriment de ce qui est à l'intérieur. L'intérieur, s'il n'est pas compris, éduqué et transformé prendra toujours le pas sur ce qui est extérieur, aussi bien organisé soit-il politiquement, économiquement ou socialement. C'est une vérité que beaucoup semblent oublier. Politiquement, légalement et socialement, nous essayons de mettre de l'ordre dans le monde extérieur où nous vivons, alors qu'intérieurement, nous sommes confus, incertains, anxieux et en conflit. Tant qu'il n'y aura pas d'ordre à l'intérieur, la vie humaine sera toujours en danger.

Qu'entendons-nous par l'ordre ? L'univers, au sens le plus noble, ne connaît pas le désordre. La nature, même si elle terrifie l'homme, est toujours en ordre. Elle ne devient désordonnée que lorsque les êtres humains interfèrent et c'est seulement l'homme qui, depuis le commencement des temps, semble être en lutte et en conflit constant. L'univers a son propre mouvement temporel. Ce n'est que lorsque l'homme a mis de l'ordre dans sa vie qu'il réalise l'ordre éternel.

Pourquoi l'homme a-t-il accepté et toléré ce désordre ? Pourquoi tout ce qu'il touche se détériore-t-il, se corrompt-il, devient-il confus ? Pourquoi l'homme s'est-il détourné de l'ordre de la nature, des nuages, du vent, des animaux et des rivières ? Nous devons apprendre ce qu'est l'ordre et ce qu'est le désordre. Le désordre, c'est fondamentalement le conflit, la contradiction avec soi-même et la division entre devenir et être. L'ordre est un état dans lequel le désordre n'a jamais existé.

Le désordre, c'est être esclave du temps. Le temps pour nous est très important. Nous vivons dans le passé, dans les souvenirs, dans les blessures et les plaisirs passés. Notre pensée est le passé. Elle se modifie constamment en réaction au présent, elle se projette dans l'avenir, mais le passé profondément enraciné est toujours avec nous et c'est, là, le côté emprisonnant du temps. Nous devons observer ce fait en nous-mêmes et être conscients de son action, laquelle nous limite. Ce qui est limité sera toujours obligatoirement en conflit. Le passé, c'est le savoir qui provient de l'expérience, de l'action et des réactions psychologiques. Ce savoir, dont nous sommes conscients ou pas, est la nature même de l'existence humaine. De cette façon, le passé devient de la plus haute importance, que ce soit la tradition, l'expérience ou la mémoire avec ses nombreuses images. Mais tout ce savoir, que ce soit dans l'avenir ou dans le passé, est limité. Le savoir ne peut pas être complet. Savoir et ignorance vont de pair.

Lorsqu'on apprend sur ce sujet, cet apprentissage même est ordre. L'ordre n'est pas quelque chose que l'on prépare ou auquel on adhère. Dans une école, l'emploi du temps est nécessaire, mais ce n'est pas de l'ordre. Une machine qui est bien assemblée fonctionne efficacement. Une organisation efficace dans une école est absolument nécessaire, mais cette efficacité n'est pas une fin en soi que l'on confondrait avec la libération du conflit qui est l'ordre.

Comment un éducateur qui a exploré tout cela très profondément pourra-t-il transmettre à l'étudiant la nature de l'ordre ? Si sa vie intérieure est en désordre et qu'il parle de l'ordre, il ne sera pas seulement hypocrite, ce qui est en soi un conflit, mais l'étudiant s'apercevra de ce double langage et, alors, il n'accordera pas la moindre attention à ce qui est dit. Quand l'éducateur est immuable dans sa compréhension, l'étudiant saisit cette qualité. Quand on est totalement honnête, cette qualité même est transmise à l'autre.

40. Réfléchir ensemble

La liberté est l'essence d'une réflexion commune

15 janvier 1982

Je pense qu'il est important d'apprendre l'art de réfléchir ensemble. Les scientifiques et les gens les moins instruits pensent. Ils pensent en fonction de leur profession, de leur spécialité, de leur croyance et de leur expérience. Nous pensons tous objectivement ou selon nos goûts personnels, mais il semble que nous ne réfléchissions jamais ensemble, que nous n'observions jamais ensemble. Nous réfléchissons à quelque chose, à un certain problème ou à une expérience similaire, mais cette réflexion ne dépasse pas ses propres limites. Réfléchir ensemble – pas sur un sujet précis – il s'agit de cette faculté de réfléchir ensemble qui est totalement différente. Il est nécessaire de penser ensemble quand on se trouve confronté à cette grande crise qui règne dans le monde, au danger, à la terreur et à cette suprême brutalité qu'est la guerre. Pour observer cela et l'observer d'un point de vue qui ne soit pas capitaliste, socialiste, d'extrême gauche ou d'extrême droite, mais pour l'observer ensemble, il faut que l'on comprenne non seulement comment nous en sommes arrivés à cet état de corruption mais il faut aussi découvrir ensemble comment en sortir. L'homme d'affaires ou l'homme politique examine ce problème d'un point de vue limité, tandis que nous disons qu'il faut regarder la vie comme un tout et non pas en tant qu'Anglais, Français ou Chinois.

Que signifie regarder la vie comme un tout ? Cela veut dire observer l'être humain, nous-mêmes, sans la division qu'introduisent les nationalités, voir la vie comme un seul mouvement sans début ni fin, sans le temps et sans la mort. Cela est difficile à comprendre car nous pensons à une partie et non à la totalité. Nous divisons en espérant comprendre le tout à partir de ses composantes.

Il faut étudier attentivement l'art de réfléchir ensemble. On doit l'examiner pour voir s'il est vraiment praticable. Chacun s'accroche à sa façon de penser selon ses réactions, ses expériences et ses *a priori*. C'est ainsi que nous sommes conditionnés et c'est ce qui nous empêche de pouvoir réfléchir ensemble. Réfléchir ensemble ne signifie pas être du même avis. Nos esprits peuvent se rejoindre sur une idée, sur une conclusion historique ou sur un concept philosophique et y travailler, mais cela se fonde avant tout sur l'autorité.

La liberté est l'essence d'une réflexion commune. Vous devez être libre de tout concept, de tout préjugé, etc. Je dois aussi être libre et ainsi nous nous rejoignons dans cette liberté. Cela signifie abandonner tout notre conditionnement. Cela implique une attention totale sans trace du passé. La crise mondiale actuelle exige que nous abandonnions complètement nos instincts tribaux qui sont devenus nos glorieux nationalismes. Réfléchir ensemble exige que l'on abandonne totalement cet intérêt pour soi-même qui fait que l'on s'identifie à un Anglais, un Arabe, un Russe, etc.

Alors, que peut faire un être humain qui se trouve face à ce danger de séparatisme et d'intérêts personnels ? Il y a l'expansionnisme économique et politique d'une puissance ou d'une autre, d'un ou deux leaders fanatiques et névrosés. Que peut faire un être humain confronté à cela ? Vous pouvez tourner le dos et vous réfugier dans l'indifférence ou rejoindre un mouvement politique ou trouver refuge dans un groupe religieux. Vous ne pouvez pas y échapper. C'est là.

Qu'est-ce que je fais ? Je refuse la structure actuelle de la société, les comportements absurdes et irréligieux. Je refuse tout cela. Alors, je suis totalement isolé. Cet isolement n'est pas une fuite ni une sorte de tour d'ivoire ou une illusion romantique. C'est parce que je vois que le nationalisme, l'expansionnisme et cette vie irréligieuse sont futiles, engendrent la séparation et ne sont que la poursuite de l'intérêt personnel que je rejette le caractère totalement destructeur de cette société. Ainsi, je reste seul. Puisque je ne contribue pas psychologiquement à la conscience destructive de l'homme, je suis dans le flot de ce qui est bonté, compassion et intelligence. Cette intelligence agit et affronte la folie du monde actuel. Cette intelligence agira partout où existe la laideur.

41. L'attention

Une conscience qui engendre la subtilité, la clarté de l'esprit

15 février 1982

Nous devons examiner ensemble ce que nous entendons par « attention ». La plupart d'entre nous apprennent ce qu'est la concentration. Depuis l'enfance, on nous force à nous concentrer sur des choses que, généralement, nous n'aimons pas. Être forcé de faire quelque chose qui nous déplaît engendre une forme de rébellion. L'éducation est devenue une sorte de gavage de notre cerveau, avec un tas de choses qui nous conditionnent à être conformistes. Des millions et des millions de gens à travers le monde font des études et ne trouvent pas de travail. Le modèle même de la société dans laquelle nous vivons est devenu si anormal, si dangereux que nous devons trouver une nouvelle façon de vivre ensemble. Cela demande de la sensibilité, une observation et une réflexion très objectives. Nous nous demandons si cette concentration, qui est un rétrécissement de la perception, nous aidera à créer un esprit de qualité différente.

Dans quel but sommes-nous éduqués ? Quel être humain allez-vous devenir ? La médiocrité prévaut, des plus hautes structures politiques jusqu'aux plus hautes autorités religieuses. Est-ce que l'on vous éduque pour vous adapter à ce modèle ? Allez-vous devenir un être médiocre, sans passion, en conflit avec lui-même et avec le monde ? C'est là une question extrêmement sérieuse que vous devez vous poser. Est-ce que cet être concentré, agressif, avec un esprit de compétition créera un ordre différent dans notre existence ?

Comme nous le disions précédemment, nous devons examiner ce que signifie être attentif. C'est peut-être la clef d'une existence harmonieuse. En l'état actuel des choses, l'intellect, toute l'activité du cerveau, c'est-à-dire la pensée, dominent notre existence. Naturellement, cela fait naître en nous la contradiction, cela engendre un comportement bizarre. Quand une seule partie de notre être prédomine, cela conduit tout droit à un comportement névrotique. L'attention, c'est être conscient de cette dominance de l'intellect, sans la pulsion instinctive de le contrôler, et sans permettre à l'émotion de s'y substituer. Cette conscience engendre la subtilité, la clarté de l'esprit.

Il y a une différence entre la concentration et l'attention. La concentration, c'est rassembler toute son énergie pour la focaliser sur un certain point. Dans l'attention, il n'y a pas de point de concentration. L'une nous est familière, l'autre non. Quand vous faites attention à votre corps, il se calme, ce qui comporte sa propre discipline ; il est détendu mais pas mou, il a l'énergie de l'harmonie. Quand il y a attention, il n'y a pas de contradiction et donc pas de conflit. En lisant cela, faites attention à la façon dont vous êtes assis, à la façon dont vous écoutez, à celle dont vous recevez ce que vous dit cette lettre, à celle dont vous réagissez à ce qui est exprimé et pourquoi vous trouvez que c'est difficile d'y être attentif. Vous n'apprenez pas comment être attentif. Si vous apprenez « comment être attentif », cela devient un système, ce que le cerveau connaît bien, et, ainsi, l'attention devient pour vous quelque chose de mécanique et de répétitif, alors qu'elle n'est ni l'un ni l'autre. L'attention, c'est regarder la totalité de la vie sans le centre de l'intérêt personnel.

42. La famille et la société

La vie est-elle un fleuve de douleur, avec d'occasionnels éclairs de bonheur ?

1er octobre 1982

L'avenir de tout être humain, des jeunes comme des vieux, semble sombre et effrayant. La société elle-même est devenue dangereuse et totalement immorale. Quand un jeune affronte le monde, il est inquiet et plutôt effrayé par ce qui va lui arriver au cours de sa vie. Ses parents l'envoient à l'école puis, s'ils ont les moyens, à l'université et ils veulent qu'il trouve un travail, qu'il se marie, qu'il ait des enfants, etc. En Orient, la famille, les parents jouent un grand rôle dans leur vie. La cellule familiale est toujours bien vivante. Même s'il arrive que les jeunes aillent gagner leur vie dans d'autres parties du monde, la famille reste le centre de leur vie. En Occident, tout cela disparaît très rapidement. Les parents du monde entier, semble-t-il, consacrent peu de temps à leurs enfants. Quelques années après leur naissance, les parents les ont perdus. Ils ont très peu de relations avec leurs enfants. Ils sont préoccupés par leurs propres problèmes, par leurs ambitions, etc., et les enfants sont à la merci de leurs éducateurs qui, eux-mêmes, ont besoin d'éducation. Ces derniers ont peut-être un excellent niveau d'études et ils veulent que leurs élèves acquièrent les meilleurs diplômes, que l'école ait la meilleure réputation. Cependant, les éducateurs ont leurs propres problèmes et, à l'exception de quelques pays, leurs salaires sont plutôt bas et, socialement, ils ne sont pas tenus en haute estime.

Donc, ceux qui vont être éduqués connaissent des moments plutôt difficiles avec leurs parents, leurs éducateurs et leurs compagnons d'études. Ils sont déjà plongés dans ce flot de lutte, d'angoisse, de peur et de compétition. C'est le monde qu'ils ont à affronter : un monde surpeuplé, sous-alimenté, un monde où règnent la guerre, un terrorisme grandissant, des gouvernements incompétents, la corruption et la menace de la pauvreté. Cette menace est moins évidente dans les sociétés d'abondance et assez bien organisées mais on la ressent dans ces parties du monde où il y a une grande pauvreté, de la surpopulation et l'indifférence de dirigeants incompétents. Voilà le monde que les jeunes doivent affronter et, naturellement, ils ont vraiment peur. Ils pensent qu'ils doivent être libres, dégagés de toutes activités routinières, qu'ils ne doivent pas se laisser dominer par leurs aînés, et ils refusent toute autorité. Pour eux, la liberté, c'est choisir ce qu'ils veulent faire, mais ils sont confus, incertains et ils veulent qu'on leur montre ce qu'ils doivent faire.

Ainsi, l'étudiant est pris entre le désir d'être libre de faire ce qu'il veut et les exigences de la société qui le presse de se conformer à ses besoins à elle et de devenir ingénieur, scientifique, militaire ou spécialiste dans tel ou tel domaine. Voilà le monde qu'ils ont à affronter et auquel ils doivent s'intégrer au cours de leur éducation. C'est un monde effrayant.

Nous voulons tous être en sécurité, aussi bien physiquement qu'émotionnellement, et c'est de plus en plus difficile et douloureux. Nous, qui sommes de l'ancienne génération, si nous sommes un peu soucieux de nos enfants, nous devons alors nous demander ce qu'est l'éducation. Si l'éducation actuelle, telle qu'on la conçoit universellement, consiste à préparer les enfants à vivre perpétuellement dans la lutte, le conflit et la peur, demandons-nous si tout cela a un sens. La vie est-elle un mouvement, un fleuve de douleur et d'angoisse où luit, parfois, un éclair de joie et de bonheur et où se répandent aussi des larmes jusque-là refoulées ? Malheureusement, nous qui sommes l'ancienne génération ne nous posons pas ces questions et les éducateurs ne le font pas non plus. Ainsi, l'éducation, telle qu'elle est aujourd'hui, consiste à se préparer à affronter une existence monotone, étriquée et dépourvue de sens, et, cependant, nous voulons donner un sens à notre vie. Apparemment, la vie n'a aucun sens en elle-même, mais nous voulons lui en donner un et ainsi nous inventons les dieux, les différentes formes de religion et tous les divertissements dont le nationalisme et les façons de s'entre-tuer, afin d'échapper à notre vie monotone. C'est la vie de l'ancienne génération et ce sera celle des jeunes.

Nous, les parents et les éducateurs, devons affronter ce fait et ne pas fuir dans des théories ou chercher d'autres formes d'éducation et d'autres structures. Si vos esprits ne voient pas clairement la situation, alors, inévitablement, nous sombrerons consciemment ou inconsciemment dans l'inaction vis-à-vis de ce problème. Des milliers de gens vous diront ce qu'il faut faire : les spécialistes et les farfelus. Nous voulons nous attaquer au problème, avant même d'en comprendre l'énorme complexité. Nous préférons agir plutôt que de regarder la situation dans son ensemble.

Le véritable problème, c'est la qualité de notre esprit, pas son savoir mais la profondeur de l'esprit face au savoir. L'esprit est infini ; il est la nature même de l'univers qui a son ordre propre et une énorme énergie. Il est éternellement libre. Actuellement, le cerveau est l'esclave du savoir et, de ce fait, il est limité, fini, fragmentaire. Quand le cerveau se libère du conditionnement, il est alors infini et, à ce moment seulement, il n'y a plus de division entre l'esprit et le cerveau. L'éducation, alors, c'est être libre du conditionnement et de son vaste savoir accumulé sous forme de tradition. Cela ne remet pas en cause les disciplines scolaires qui ont leur propre place dans la vie.

43. L'immensité de la vie

Le mouvement du ciel, de la terre et de l'existence humaine est indivisible

15 octobre 1982

Comme nous l'avons déjà dit, l'éducation ne doit pas seulement être efficace dans les disciplines scolaires, mais elle doit aussi explorer le conditionnement du comportement humain. Ce comportement est le résultat de nombreux siècles de peur, d'angoisse, de conflit et de recherche d'une sécurité à la fois intérieure et extérieure, à la fois biologique et psychologique. Le cerveau est conditionné par tous ces processus. Le cerveau est le résultat de l'évolution qui est le temps. Nous sommes le résultat de tout ce passé accumulé tant par les religions que par notre vie quotidienne. Tout cela est basé sur la récompense et la punition, tout comme on dresse un animal, un chien par exemple. Notre cerveau est un instrument extraordinaire qui possède une grande énergie et de grandes capacités. Regardez ce qu'il a fait dans le monde extérieur, dans le monde qui nous entoure. Il l'a divisé en races, religions et nationalités différentes. Il a fait tout cela pour sa sécurité.

Il a cherché cette sécurité dans un isolement religieux, politique et économique, dans la cellule familiale, dans de petites communautés et dans des associations. Il a cherché cette protection dans les organisations et les institutions.

Le nationalisme a été l'une des plus grandes causes de guerres. Nos hommes politiques veulent maintenir le nationalisme avec son économie qui isole. Quand il y a isolement, il y a inévitablement opposition, agression et les bonnes relations avec les autres pays prennent la forme du commerce, d'échange d'armes, de l'équilibre des forces et le pouvoir demeure aux mains d'une minorité. Voilà notre gouvernement, qu'il soit totalitaire ou démocratique. Nous avons voulu mettre de l'ordre dans notre société par une action politique et, ainsi, nous sommes devenus dépendants des politiciens. Pourquoi les hommes politiques ont-ils pris une telle importance, de même que les gourous et les dirigeants religieux ? Est-ce parce que nous dépendons toujours d'agents extérieurs pour mettre de l'ordre dans notre maison, est-ce parce que nous dépendons de forces extérieures pour contrôler et façonner notre vie ? Les autorités extérieures, comme les gouvernements, les parents, les leaders de toutes sortes semblent nous rassurer sur l'avenir. Cela fait partie de notre tradition de dépendance et de soumission. C'est cette tradition accumulée de longue date qui conditionne notre cerveau. L'éducation a admis ces coutumes et c'est ainsi que le cerveau est devenu mécanique et répétitif.

N'est-ce pas le rôle d'un éducateur de comprendre l'énorme énergie accumulée par le passé, sans pour autant nier son utilité dans certains domaines de notre vie ? En tant qu'éducateurs, nous voulons provoquer l'épanouissement d'un être humain bon. Cela n'est pas possible quand le passé, même modifié, continue. Alors, quels sont les éléments de notre conditionnement ? Qu'est-ce qui est conditionné et qu'est-ce qui conditionne ? Quand nous posons cette question, sommes-nous conscients de notre véritable conditionnement et est-ce suite à cette prise de conscience que nous posons cette question, qui a alors une grande vitalité ou bien, s'agit-il d'une proposition purement hypothétique ? Nous n'avons que faire des hypothèses. Ce dont nous nous occupons, c'est de la réalité – l'être réel, ce qui est. Nous nous demandons quelle est la cause de l'état dans lequel se trouvent les êtres humains. Il y a peut-être une ou plusieurs causes. De nombreux petits ruisseaux jettent leurs eaux dans la grande rivière. Ce qui est vraiment important, c'est le volume, la profondeur et la beauté de la rivière et non pas de remonter chaque petit ruisseau jusqu'à sa source. Donc, dans notre recherche, nous nous intéressons à la totalité de notre existence, pas seulement à une de ses composantes. Ce n'est que lorsque l'on réalise l'immensité de la vie et toutes ses complexités que l'on peut se demander quelle est la cause de notre conditionnement.

Nous pensons qu'il faut d'abord comprendre, pas intellectuellement ou verbalement, mais percevoir que la vie, c'est la femme, l'homme, l'enfant, les animaux, la rivière, le ciel et la forêt – c'est tout cela –, c'est le ressentir, pas comme une idée, mais en voir l'immensité et la beauté. Si nous n'en saisissons pas la signification – à savoir que tout ce vaste mouvement de la vie est un – alors, quand nous nous demandons quelle est la cause du conditionnement, nous fragmentons notre vie.

Donc, prenons d'abord conscience que ce mouvement du ciel, de la terre et de l'existence humaine est indivisible. Alors, seulement, nous nous occuperons du particulier. Quand le ciel, la terre et les hommes ne seront qu'un vaste processus unitaire, notre recherche de la cause de notre conditionnement ne sera plus fragmentaire et cause de division. Alors, nous pourrons nous demander quelle est la cause ; notre question sera alors belle et profonde.

Pour trouver cette cause, nous devons explorer, ensemble, la nature et la structure de l'être humain. En dehors du biologique, de l'organique, qui, laissé à lui-même, a sa propre intelligence naturelle, ses réactions d'autodéfense, il y a tout le domaine psychologique – les réactions intérieures, les blessures intérieures, les peurs, les contradictions, la pulsion du désir, les plaisirs éphémères et le poids de la douleur. Ce psychisme, quand il est désordonné et confus, affecte tout naturellement l'existence biologique. Alors, la maladie est psychosomatique. Nous nous intéressons à l'exploration de notre nature intérieure qui est très complexe. Cette exploration est une véritable auto-éducation – pas pour changer ce qui est mais pour le comprendre. Je vous le répète, il est important de le comprendre, important de vivre avec cette question. « Ce qui est » est bien plus important que « ce qui devrait être ». Comprendre ce que nous sommes vraiment est bien plus essentiel que de transcender ce que nous sommes. Nous sommes le contenu de notre conscience. Notre conscience est complexe, mais sa substance même est mouvement. Cela doit être bien compris : nous ne sommes pas en train de nous occuper de théories, d'hypothèses, d'idéaux mais de notre propre vie quotidienne.

44. Prendre conscience

L'attention suppose une immense énergie

1er novembre 1982

Comme nous l'avons souligné, nous sommes profondément concernés par notre vie quotidienne, aussi bien en tant qu'éducateurs qu'en tant qu'êtres humains. Nous sommes avant tout des êtres humains et, ensuite, des éducateurs, et pas l'inverse. En tant qu'être humain, exerçant une certaine profession dans l'éducation, la vie de l'enseignant ne se limite pas à la salle de classe, mais elle est étroitement liée à tout le monde extérieur, à ses luttes internes, ses ambitions et ses relations avec les autres. L'enseignant est aussi conditionné que l'élève. Même si leurs conditionnements diffèrent, c'est toujours un conditionnement. Si vous l'acceptez comme étant inévitable et si vous vous y soumettez, alors, en plus, vous conditionnez les autres. Nombreux sont ceux qui admettent cela et essayent de modifier leurs limites, mais, en tant qu'éducateurs, vous êtes soucieux, n'est-ce pas, de créer une société différente, une future génération qui perçoive la futilité des guerres et des meurtres organisés, une génération qui se préoccupe de toutes les interrelations, sans isolement nationaliste, une génération qui soit soucieuse de vérité. Tel est sûrement le rôle d'un véritable éducateur.

La conscience humaine est conditionnée. Tout homme sérieux admettra ce fait, mais beaucoup d'entre nous n'en sont pas conscients et il est possible que l'éducateur ne le soit pas non plus. Prendre conscience de son conditionnement et chercher s'il est possible de se libérer des limites qu'il nous impose est l'une des tâches de l'enseignant. Nous devons donc chercher à savoir ce que signifie être conscient, se concentrer, être totalement attentif. Il est essentiel de comprendre le sens de ces mots.

La prise de conscience implique la sensibilité, être sensible à la nature, aux collines, aux rivières et aux arbres qui nous entourent ; être sensible à ce pauvre homme qui chemine sur la route, être sensible à ses sentiments, à ses réactions, à son épouvantable et dégradante pauvreté ; être sensible à l'homme qui est assis à côté de vous ou à la nervosité de votre ami ou de votre sœur. Cette sensibilité est exempte de choix, elle n'est pas critique. Elle ne juge pas. Vous êtes sensible au nuage sur lequel vous n'avez aucune prise. Cette sensibilité s'obtient-elle avec le temps et la pratique ? Si vous tolérez la pensée et la pratique, alors elles tueront la sensibilité. Apprenez à observer avec sensibilité, apprenez ce qu'implique la sensibilité. Plutôt que de la cultiver, captez-la. Ne demandez pas comment, comprenez-le. Dans la perception même vous êtes sensible. Il n'y a pas de résistance dans la sensibilité. La sensibilité appartient à l'immédiat et à l'illimité.

La concentration est un processus de résistance. Tout éducateur sait ce que signifie se concentrer. Il s'efforce de gaver l'élève de connaissances sur divers sujets pour qu'il passe ses examens et trouve du travail. L'élève, pour sa part, a les mêmes préoccupations. L'éducateur et l'élève s'encouragent mutuellement dans cette forme de résistance qu'est la concentration. Peu à peu, on prend l'habitude de résister, d'exclure et, progressivement, on s'isole. Se concentrer, c'est focaliser son énergie sur le tableau noir ou sur un livre et éviter la distraction. Le mot même de distraction implique la concentration. En fait, il n'y a pas de distraction. Il y a seulement résistance, que l'on appelle concentration et tout mouvement qui s'en écarte est considéré comme une distraction. Et, dans tout ceci, vous avez le conflit, la lutte et la résistance. Cette résistance amènera inévitablement une limitation du cerveau, c'est cela notre conditionnement. Quand on perçoit tout ce mouvement avec sensibilité on entre dans un domaine différent – celui où l'on est attentif.

Qu'est-ce qu'être attentif ? Si nous saisissons vraiment la signification de la sensibilité, de la prise de conscience et du caractère limité de la concentration – pas de façon intellectuelle ou verbale – mais la réalité de tels états, alors nous pouvons nous demander ce que c'est qu'être attentif. L'attention englobe le fait de voir et d'entendre. Nous entendons non seulement avec nos oreilles, mais nous sommes aussi sensibles aux tonalités, à la voix, aux implications des mots pour écouter sans interférences, pour saisir instantanément la profondeur d'un son. Le son joue un grand rôle dans nos vies : le bruit du tonnerre, une flûte jouée dans le lointain, le son de l'univers que nous n'entendons pas, le son du silence, celui des battements de son cœur, le chant d'un oiseau et le bruit des pas d'un homme sur le trottoir, la chute d'eau. L'univers est empli de sons. Ce son a son silence à lui. Tout ce qui vit fait partie de ce silence. Être attentif, c'est écouter ce silence et l'accompagner.

Voir est une chose très complexe. Avec ses yeux, on voit superficiellement et on se désintéresse rapidement, on ne voit jamais les détails d'une feuille, sa forme et sa structure, ses couleurs et toutes ses nuances de verts. Observer un nuage qui contient toute la lumière du monde, suivre un ruisseau qui murmure en descendant la colline, regarder un ami avec une sensibilité qui est exempte de résistance et se voir tel que l'on est, sans l'ombre d'un refus ou d'une approbation facile, vous voir comme faisant partie du tout, voir l'immensité de l'univers, c'est cela l'observation, voir sans la moindre trace de soi-même.

L'attention, c'est entendre et voir de cette façon-là. Dans cette attention, il n'y a ni restriction ni résistance et, ainsi, elle est illimitée. Être attentif suppose cette immense énergie, laquelle n'est pas ancrée en un point. Dans cette attention, il n'y a pas de mouvement répétitif, elle n'est pas mécanique. Il n'est pas question de savoir comment maintenir cette attention et, quand on a appris l'art de voir et d'entendre, cette attention peut se concentrer sur une page ou sur un mot. Là, il n'y a pas de résistance, ce qui est le propre de la concentration. L'inattention ne peut pas être reconvertie en attention. Être conscient de l'inattention y met fin. Cela ne signifie pas que l'inattention devienne attention. La fin n'a pas de continuité. Le passé qui se modifie est l'avenir – une continuité de ce qui a été – et c'est dans la continuité que nous trouvons la sécurité, pas dans ce qui cesse. L'attention n'a pas de rapport avec la continuité. Tout ce qui continue est mécanique. Le devenir est mécanique et il implique le temps. L'attention n'a pas de rapport avec le temps. Tout cela est une question très compliquée. Il faut l'approfondir doucement et profondément.

45. L'enseignant

L'enseignant est profondément soucieux de l'épanouissement des êtres humains

15 novembre 1982

Apparemment, nous pensons que l'éducation s'arrête quand on quitte l'école ou l'université. Il semble que nous ne considérions pas l'ensemble de l'existence humaine comme un processus d'auto-éducation qui serait permanent et peut-être sans fin. Ainsi, la plupart d'entre nous limitent l'éducation à une très petite période et, pendant le reste de notre vie, nous continuons dans une sorte de désordre, apprenant seulement quelques bribes qui sont absolument nécessaires, tombant dans la routine – et, bien sûr, il y a toujours la mort qui nous attend. Voici notre vie telle qu'elle est réellement – le mariage, les enfants, le travail, les plaisirs éphémères, la douleur et la mort. Si c'est là toute notre vie, comme cela semble être le cas, quel est le véritable sens de l'éducation ? Nous ne nous posons jamais ces questions fondamentales, sans doute parce qu'elles sont trop dérangeantes. Mais puisque nous sommes des enseignants dans des collèges et des écoles, nous devons nous demander quel est le but de l'éducation et de l'apprentissage. Nous savons que cela nous prépare au travail mais, en dehors des occupations matérielles avec leurs responsabilités, que signifient, pour nous, l'enseignement et l'enseignant ?

Un professeur, selon la conception courante, ayant déjà étudié certains sujets, en instruit les étudiants. Est-ce cela être enseignant – simplement transmettre le savoir ? Nous allons donc explorer la nature de l'enseignant et de l'enseigné. Qu'est-ce qu'un enseignant ? Quels sont les aspects de l'enseignement en dehors de ceux qui concernent les matières scolaires ? Bien peu sont des enseignants dans l'âme. La plupart se consacrent à aider les étudiants dans leurs études. Il est certain qu'un enseignant a une tâche bien plus importante.

Le savoir est inévitablement superficiel. Il consiste à cultiver la mémoire et à employer efficacement cette mémoire, etc. Le savoir étant toujours limité, est-ce le rôle de l'enseignant d'aider l'étudiant à vivre toute sa vie dans les limites du savoir ? Nous devons d'abord réaliser que le savoir est toujours limité, comme le sont toutes les expériences. Cette utilisation du savoir, avec ses limitations, peut être extrêmement destructive. Elle est destructive dans les relations humaines. Dans les relations, le savoir qui est l'accumulation de divers incidents, expériences, réactions, cultive l'image des autres personnes et masque la réalité de cette personne et de la relation.

Quand il y a une continuité, une tradition, créée par le savoir et transmise de génération en génération, alors le passé, qui est l'accumulation du savoir, masque le véritable présent vivant. Quand le savoir devient routinier, mécanique, il fait du cerveau quelque chose de limité, rigide et insensible. Quand le savoir est utilisé pour soutenir le nationalisme par des guerres, il devient bestial, épouvantablement cruel et totalement immoral. Le savoir n'est pas la beauté, mais il est nécessaire pour forer un puits. Tout le domaine technologique repose sur le savoir et ce domaine est en train d'envahir notre vie. Si nous permettons au savoir d'être la seule autorité et si nous espérons nous élever grâce à lui, eh bien, nous vivons dans une illusion fatale. Nous répétons que le savoir a sa place dans notre vie quotidienne. Mais quand il devient l'unique constituant de notre vie, alors celle-ci se borne forcément à des activités mécaniques.

La transmission du savoir est-elle la seule fonction de l'enseignement – comme c'est le cas actuellement –, faire circuler les informations, les idées, les théories, répandre ces théories et en discuter les différents aspects ? Est-ce là l'unique rôle de l'enseignant ? Si c'est là tout ce qui intéresse un enseignant, alors il n'est qu'un ordinateur vivant. Mais l'enseignant a sûrement une responsabilité bien plus importante. Il doit s'intéresser au comportement, à la complexité humaine de l'action et à une façon de vivre qui soit un épanouissement de la bonté. Il doit sûrement se préoccuper de l'avenir de ses élèves. Et quel est cet avenir ? Quel est l'avenir de l'homme ? Quel est l'avenir de notre conscience qui est si confuse, perturbée, en désordre et en conflit ? Sommes-nous condamnés à vivre à jamais dans le conflit, le chagrin et la souffrance ? Quand l'enseignant n'est pas en communication avec l'élève sur tous ces sujets, il n'est alors qu'une machine vivante et intelligente qui fabrique d'autres machines.

C'est pourquoi nous nous posons cette question fondamentale : qu'est-ce qu'un enseignant ? C'est celui qui exerce le plus beau métier du monde, même s'il est le moins respecté, car, s'il est profondément et sérieusement concerné, l'enseignant provoque un déconditionnement du cerveau humain – pas seulement le sien mais aussi celui de l'élève. Il est conditionné et l'élève aussi. Qu'il le reconnaisse ou non, c'est un fait. Et dans sa relation avec l'étudiant, il aide à la fois l'élève et lui-même à libérer la conscience de ses limitations.

Une relation est un processus d'apprentissage. Une relation n'est pas quelque chose de statique, mais un mouvement vivant et, par conséquent, elle n'est jamais la même. Elle n'est pas aujourd'hui ce qu'elle était hier. Quand le passé domine la relation, celle-ci est ce qu'elle était, ce n'est pas quelque chose de vivant. L'amour n'est pas ce qui était. Quand la relation entre l'élève et l'enseignant possède cette qualité de camaraderie, de mutuel déconditionnement et d'humilité, la sensibilité et l'affection sont naturelles. Un enseignant peut dire que tout cela est impossible. Quand les autorités scolaires imposent cinquante élèves dans une classe où sont enseignées toutes sortes d'idioties, que peut faire un enseignant ? De toute évidence, il ne peut rien faire. Mais nous parlons ici d'écoles où cela ne se passe pas ainsi. Là, l'enseignant peut établir cette relation et, là, il est profondément soucieux de l'épanouissement des êtres humains.

46. La vulnérabilité

La vulnérabilité n'a pas de centre,
elle a une beauté et une force extraordinaires

1er décembre 1982

Apparemment, très peu de professeurs sont conscients de leur énorme responsabilité, non seulement vis-à-vis des parents, mais aussi dans leurs relations avec les élèves. Qu'est-ce que cette relation ? Comment l'envisage-t-on ? Est-ce une transmission d'informations ? Cela consiste-t-il à parler de certains faits ? Cette relation est-elle superficielle et passagère ? Le professeur est-il un exemple ? En tant que professeur, suis-je une autorité ? Si je suis un exemple pour certains de mes élèves, je deviens alors un tyran et la discipline devient du conformisme. Ils m'imitent, ils imitent mes manières, mes gestes, etc. Mais je ne veux pas qu'ils me suivent, je ne veux pas les influencer. Je veux qu'ils comprennent que nous sommes tous influencés, conditionnés à nous conformer à un modèle. Je ressens que je veux aider mes élèves à se libérer de toutes sortes d'influences, bonnes ou mauvaises, pour qu'ils voient eux-mêmes ce qu'est l'action juste. Il ne s'agit pas de leur dire ce qu'est l'action juste, mais qu'ils aient la capacité et l'énergie de discerner le vrai du faux. En d'autres termes, je veux, avant tout, cultiver leur intelligence afin qu'ils puissent affronter intelligemment la vie avec toutes ses complexités. Je ne considère pas cela comme un but, mais comme une réalité immédiate. Je sais qu'ils sont influencés par leurs parents, par leurs camarades de classe et par le monde qui les entoure. Les jeunes sont facilement influençables. Ils peuvent se rebeller contre ces influences mais, consciemment ou inconsciemment, il y a pression et cette pression pèse sur eux. En tant que professeur et être humain, je me demande donc comment je puis faire naître la force et l'énergie de cette intelligence.

Je commence à me rendre compte que je dois être, tout à la fois, introverti et extraverti, dans le domaine de l'action, et qu'intérieurement, je ne dois pas être égocentrique mais regarder et être à l'écoute des subtilités de la vie. Ce qui signifie que je dois être capable de protéger et, en même temps, de cultiver la générosité, être à la fois celui qui reçoit et celui qui donne. Je ressens tout cela, si je suis un enseignant sérieux, dans le vrai sens du terme. Pour moi, ce n'est pas une profession, c'est quelque chose qu'il faut faire impérativement. Je deviens donc bien plus conscient du monde, de ce qui s'y passe et, intérieurement, je comprends la nécessité de dépasser tout intérêt égocentrique. Pour moi, c'est un seul mouvement, l'intérieur et l'extérieur, ils sont inséparables comme les vagues de la mer qui viennent et se retirent. Je me pose maintenant cette question : « Comment puis-je aider l'élève à en être conscient ? »

La sensibilité implique que l'on soit vulnérable. On est sensible à ses propres réactions, à ses blessures, à son existence tourmentée, c'est-à-dire que l'on est sensible à soi et cet état de vulnérabilité n'est, en réalité, que de l'égoïsme, et par conséquent, il renferme la possibilité d'être blessé et de devenir névrosé. C'est une sorte de résistance qui se focalise essentiellement sur le moi. La force de la vulnérabilité n'est pas égocentrique. Elle est comme une jeune feuille printanière qui peut résister à des vents forts et s'épanouir. Cette vulnérabilité ne peut pas être blessée, quelles que soient les circonstances. À l'encontre du moi, elle n'a pas de centre. Elle a une force, une vitalité et une beauté extraordinaires.

En tant qu'être humain, en moi-même et aussi parce que je suis enseignant, je vois tout cela le plus clairement possible. Mais comme enseignant, il n'en va pas de même. Je l'étudie, j'apprends. Comme professeur, je suis en relation avec mes élèves et, dans cette relation, j'apprends. De quelle façon vais-je faire comprendre tout cela à mes élèves qui sont conditionnés, insouciants, joueurs, espiègles comme tous les enfants ? J'enseigne des matières scolaires et je demande si je peux transmettre tout cela par le biais des mathématiques, de la biologie ou de la physique. Ou bien ces matières sont-elles d'un autre type, ne faisant appel qu'à la mémoire ? Je vois que l'intelligence n'est pas liée à la mémoire. Par conséquent, je suis devant ce problème : d'une part, faire appel à la mémoire en histoire, etc., pour passer des examens qui débouchent sur un métier et, d'autre part, j'entrevois que cette intelligence n'est pas mécanique, qu'elle n'est pas liée à la mémoire. Voici mon problème : je me demande si ces deux choses sont séparées ou bien si l'intelligence, quand elle est éveillée dès le début de la vie, peut inclure la mémoire sans pour autant en être esclave. Ce qui est grand contient ce qui est petit. L'univers contient l'élémentaire. Mais l'élémentaire ne peut demeurer dans sa sphère étroite.

Je commence à comprendre ce facteur important car je me consacre à l'enseignement et je l'utilise comme tremplin vers autre chose. Je me demande donc que faire avec les enfants qui sont devant moi. Rien de tout cela ne les intéresse. Ils sont prêts à se battre, à entrer en compétition, à se jalouser, etc. Mais vous, qui êtes extérieur à cela, comprenez-vous mon problème ? Il le faut parce que, vous aussi, êtes enseignant à votre façon – à la maison, sur le terrain de sport ou au travail. Nous sommes tous enseignants d'une façon ou d'une autre, donc ne me laissez pas seul avec mon problème. C'est également le vôtre, parlons-en.

Nous réalisons tous deux, je l'espère, que nous sommes devant une tâche difficile. Il faut avant tout faire naître cette intelligence chez tous les enfants et les élèves dont nous sommes responsables. Ne me laissez pas résoudre ce problème tout seul, parlons-en. Tout d'abord, je veux que vous et moi comprenions bien ce problème. Laissons de côté, pour le moment, les enfants et les élèves. Est-ce que nous réalisons bien que l'élève doit, plus tard, exercer un métier et que, par conséquent, il doit comprendre le monde et ses exigences, son désordre total, sa destruction croissante et sa décadence ? Il doit affronter ce monde, sans le considérer comme une chose à part, ce qui l'empêcherait d'y faire face. Tout cela implique qu'il lui faut acquérir du savoir et l'utiliser judicieusement. Tant que le monde demeure ce qu'il est, l'élève doit agir dans une certaine direction et, la plupart du temps, il se consacre à ses études, environ huit à dix heures par jour. Il doit aussi apprendre, étudier tout le domaine psychologique que personne n'a jamais exploré. Ceux qui l'ont quelque peu exploré disent ce qu'ils ont découvert, cela devient du savoir et l'élève ne fait que suivre. Ce n'est pas là une bonne exploration de soi-même.

Donc, nous sommes, vous et moi, devant ce problème. Votre intérêt est peut-être superficiel mais, en tant qu'enseignant, je m'y intéresse vraiment. Moi aussi, je suis conditionné. Je ne suis pas complètement vulnérable selon la définition qui en a été donnée ici. J'ai mes problèmes familiaux, etc., mais mon engagement l'emporte sur tout le reste. Que dois-je faire ou ne pas faire ? Faut-il ne pas agir mais créer, avec d'autres enseignants, un climat d'intention ? Il ne s'agit pas d'un but à atteindre. L'intention, c'est une activité toujours présente où le temps n'a pas sa place.

47. L'intention

L'intention essentielle,
c'est donner naissance à un homme libre

15 décembre 1982

L'intention a plus d'importance que d'arriver à un résultat, à une fin. L'intention n'est pas une simple conclusion intellectuelle et idéologique mais plutôt un présent actif et vivant. C'est la mèche qui brûle dans une coupe d'huile. Elle est inaltérable. Aucun souffle ne peut l'éteindre. La mèche est épaisse et l'huile n'est alimentée par aucun élément extérieur, par aucune source. L'intention n'a pas de cause et c'est pourquoi la flamme, la mèche et l'huile durent sans fin. Telle est mon intention en tant qu'enseignant et ce devrait aussi être la vôtre en tant que parents et celle de toute l'humanité car nous sommes tous concernés. La flamme vitale de l'intention, c'est donner naissance à un être humain bon, intelligent, extrêmement capable et libre. Vous ne pouvez pas y échapper. Vous y êtes impliqué autant que moi. Cela peut vous déplaire, vous pouvez n'en tenir aucun compte ou vous en désintéresser, mais vous êtes aussi responsable que moi. Nous sommes responsables de l'avenir, c'est donc notre problème immédiat. Mon problème et le vôtre, c'est cultiver une intelligence profonde d'où tout découle. De mon point de vue, je vois que c'est là le facteur essentiel, car une personne intelligente, dans le sens où nous utilisons ce mot, ne blessera jamais quelqu'un d'autre intentionnellement. Cette personne se conduira avec les autres comme elle le ferait avec elle-même, sans cette division terrible et destructrice. Je ressens aussi vaguement et sans aucune sentimentalité que cette intelligence est totalement impersonnelle. Ce n'est ni la vôtre ni la mienne. Je ressens sa formidable attirance et sa vérité.

Maintenant, de quelle façon puis-je cultiver cela chez mes élèves et en moi-même ? Mais cultiver n'est pas le bon mot. Cultiver implique l'activité de la pensée, une réalisation, un travail. Je commence donc à percevoir que l'intelligence est complètement différente de l'activité de la pensée. La pensée n'a aucun lien avec elle. Elle ne peut être issue de la pensée car la pensée est toujours limitée.

Une fois posée cette affirmation, qui n'exprime pas une compréhension vague mais une intention ardente, je me demande s'il est possible de communiquer à l'élève la qualité de cette intention. Puis-je le faire par le biais des mathématiques, de la biologie ou de tout autre sujet ? Sachant que le cerveau des étudiants est conditionné, limité, conformiste, supposons que je sois professeur de mathématiques. Les mathématiques sont ordre, ordre infini. L'ordre, c'est l'univers, c'est l'intelligence. L'ordre n'est pas statique, c'est un mouvement vivant. Notre vie est mouvement mais nous y avons introduit le désordre. Donc, quand je parle aux élèves, je ne me limite pas aux mathématiques mais je leur parle aussi de l'ordre dans leur vie et dans la mienne. Le refus du désordre, c'est l'ordre. Un être humain désordonné et incertain ne fait qu'accroître le désordre en essayant d'établir l'ordre. Je vois ce fait très très clairement. Je vais donc les aider et, en les aidant, je m'aide moi-même. Cet ordre ne peut pas être étudié pas à pas comme vous le faites pour les mathématiques. Donc, la première chose à réaliser, c'est que la pensée ne peut jamais générer l'ordre, qu'elle utilise la loi, l'administration ou la contrainte. Les mathématiques ne sont pas désordre. Les mathématiques en elles-mêmes sont fondamentalement ordre. L'ordre est indépendant de la pensée. La pensée ne peut pas créer l'ordre. Plus elle s'y efforce, plus la confusion est grande. La pensée peut voir l'ordre des mathématiques, mais cet ordre n'est pas le produit de la pensée. On peut voir la grande majesté et la grande beauté d'une montagne, mais l'homme qui la contemple peut n'avoir aucune dignité, aucune majesté et aucune beauté.

Par conséquent, je dois maintenant étudier moi-même cet ordre et ce désordre avant de pouvoir le transmettre à mes élèves. L'étude d'un livre, quel qu'en soit le sujet, est très différente de l'étude de moi-même qui suis désordonné et confus. Le livre expose son contenu, phrase par phrase, chapitre après chapitre, pour aboutir à une conclusion ou une autre. Le livre est quelque chose de tangible et on peut passer des années, peut-être, à étudier le sujet d'un livre mais je n'étudie pas un livre, ou plutôt, j'étudie un livre sans texte qui ne peut être lu par les yeux d'un autre. Je dois donc découvrir comment l'étudier. Restez attentifs, car nous sommes ensemble dans cette recherche. Je l'étudie dans mon propre intérêt et aussi pour le transmettre à l'élève. Je n'étudie pas pour moi seul. Le livre et son sujet sont concrets, tangibles. Les mots expriment quelque chose de défini mais étudier ce sujet fragile, vivant, changeant (le fonctionnement de mon cerveau qui a vécu et vit toujours dans le désordre, la confusion et la peur) est bien plus difficile que de lire un livre. Cela requiert de la vivacité, de la subtilité et de la mobilité, sans laisser de trace. Ai-je cette qualité ? En me posant cette question, je ne me contente pas d'étudier celui qui pose la question mais aussi l'intention qui se cache derrière celle-ci.

J'étudie donc tout le phénomène très prudemment, sans jamais tirer de conclusion définitive. Cette vigilance constante, grâce à laquelle le moindre détail est l'objet d'une observation attentive, calme le cerveau, toute l'activité de la pensée, sans qu'il s'abêtisse pour autant. Je me repose et reprends ensuite mon observation. Le repos est aussi important que la reprise. Je capte le parfum de cette intelligence, son extraordinaire subtilité et, ainsi, tout l'organisme devient plus vivant, plus conscient et commence à acquérir un rythme différent. Il crée sa propre ambiance. Alors, je peux faire classe sous un arbre ou dans une salle où je suis censé enseigner les mathématiques car je sais que les élèves doivent réussir leur examen et, pendant les cinq ou les dix premières minutes, je leur explique très clairement ce que j'ai étudié et comment ils peuvent le faire eux aussi. Je leur enseigne l'art d'étudier. Je tiens vraiment à leur communiquer mon intention profonde et ils sont entourés de ma ferveur. Je leur explique comment, pas à pas, j'aborde cette question de l'intelligence. Je leur fais remarquer l'ordre et la beauté d'un arbre, qui n'est pas créé par la pensée. J'insiste pour qu'ils voient cela clairement – que cette nature, le ciel et la faune de la forêt ne sont pas le produit de la pensée bien qu'elle puisse les utiliser comme elle le désire ou les détruire. La pensée, par son activité, a engendré beaucoup de destruction ainsi que de la splendeur éphémère.

À chaque occasion, sans ennuyer mes élèves ou moi-même, je leur parle de ces choses avec humour et sérieux. Voilà ma vie car cette intelligence est sans égale. L'ordre n'a pas de cause, il est donc éternel. Mais le désordre a une cause et ce qui a une cause peut prendre fin.

48. L'engagement

Comment la minorité doit-elle s'y prendre avec la majorité ?

1er janvier 1983

Le mécontentement ne conduit pas nécessairement à l'intelligence. La plupart d'entre nous connaissent l'insatisfaction et sont insatisfaits à l'égard de presque tout. Que nous ayons de l'argent, une situation, un certain prestige dans le monde, ce mécontentement ne cesse pas de nous ronger. Plus on en a, plus on en veut. La satisfaction n'est jamais satisfaite. Le mécontentement est comme une flamme, plus vous l'alimentez, plus il dévore. Il est curieux de constater avec quelle facilité la satisfaction peut trouver un objet qui la comble temporairement et s'y accrocher, mais cela disparaît rapidement et le désir d'en avoir plus revient. Apparemment, c'est passer continuellement d'un objet de satisfaction à l'autre, tant matériellement qu'intérieurement. Le « plus » est la racine du mécontentement. La flamme du mécontentement conduit soit à la satiété, l'indifférence et l'inattention, soit à une exploration plus vaste et plus profonde.

Dans l'exploration, la satisfaction n'est pas le but. L'exploration est sa propre source, laquelle n'est jamais tarie. Aucune satisfaction ne peut lui faire perdre le contact avec elle-même. Aucune réalisation extérieure ou intérieure ne peut étouffer cette flamme. La plupart d'entre nous ont cette toute petite flamme qui est généralement étouffée par une sorte d'avidité, mais pour permettre à cette toute petite flamme de brûler ardemment, la recherche du « plus » doit cesser totalement. Alors, et alors seulement, la flamme consumera toute envie de rechercher la satisfaction.

En tant qu'éducateur, je me trouve devant un autre problème. Je ne peux pas avoir une école à moi tout seul. Dans une école, j'ai beaucoup de collègues. Certains sont extrêmement brillants – je le dis sans condescendance –, d'autres sont plus ou moins médiocres bien que tous aient ce qu'on appelle une bonne instruction, avec des diplômes universitaires, etc. Il y en a peut-être un ou deux parmi nous qui essaient d'aider les élèves à comprendre la nature de l'intelligence mais je pense que, si nous ne coopérons pas pour aider l'élève dans ce sens, les professeurs qui ne se sentent pas concernés par ce sujet vont forcément y faire obstacle. C'est le problème de quelques-uns d'entre nous et c'est ce qui se passe la plupart du temps dans les écoles. Donc, mon problème est le suivant – et permettez-moi de vous répéter que tout cela est dit sans aucune condescendance – comment, nous qui sommes la minorité, allons-nous nous y prendre avec la majorité ? Comment réagissons-nous vis-à-vis d'elle ? C'est là un défi que nous devons affronter dans toutes les activités de notre vie. Tous les gouvernements se divisent en minorité et majorité. Il peut se trouver que la minorité soit concernée par toute la population et la majorité par ses petits intérêts particuliers. C'est ce qui se passe dans le monde entier et aussi dans le domaine de l'éducation. Comment allons-nous donc établir une relation avec ceux d'entre nous qui ne s'investissent pas totalement dans l'épanouissement de l'intelligence et de la bonté ? Ou bien tout cela n'est-il qu'un seul et même problème : éveiller la flamme dans toute l'école ?

Une attitude autoritaire, c'est évident, détruit toute intelligence. L'obéissance n'engendre que la peur qui, inévitablement, écarte toute compréhension de la vraie nature de l'intelligence. Quelle est alors la place de l'autorité dans une école ? Nous devons étudier l'autorité au lieu d'affirmer simplement qu'il ne doit y avoir aucune autorité mais seulement la liberté, etc. Nous devons l'étudier comme nous étudions l'atome. La structure de l'atome est ordonnée. Obéir, suivre, accepter l'autorité, que ce soit aveuglément ou lucidement, doit inévitablement engendrer le désordre.

Quelle est la racine de l'obéissance qui crée l'autorité ? Quand on est dans le désordre, la confusion, la société devient totalement chaotique. C'est ce désordre même qui crée l'autorité, comme cela a été si souvent le cas dans l'Histoire. La peur est-elle la racine de l'acceptation de l'autorité, parce qu'à l'intérieur de soi, on est incertain et pas clair ? Alors, chaque être humain contribue à créer l'autorité qui nous dira ce qu'il faut faire, comme cela se passe dans toutes les religions, toutes les sectes et toutes les communautés : l'éternel problème du gourou et du disciple, chacun détruisant l'autre. Le suiveur devient alors le leader. C'est un cycle sans fin.

Nous étudions ensemble, dans le vrai sens du mot, pour trouver la cause de l'autorité. Si chacun de nous voit que c'est la peur, les idées confuses ou un élément plus profond, alors cette étude mutuelle, verbale ou non, a un sens. Quand nous étudions, il peut y avoir un échange de pensées et l'observation silencieuse de la cause de l'autorité. Alors, cette étude même révèle la lumière de l'intelligence, car l'intelligence n'a pas d'autorité, ce n'est pas votre intelligence ou la mienne. Peut-être que certains d'entre nous voient cela profondément, réellement, sans illusion et c'est à nous qu'il revient de propager cette flamme, où que nous soyons, à l'école, à la maison ou dans un gouvernement bureaucratique. Elle n'a pas de place attitrée, elle est là où vous êtes.

49. La vision

L'idéal engendre le conflit

15 janvier 1983

Notre cerveau est très vieux. Il a évolué en passant par d'innombrables expériences, accidents, morts et il continue à s'épanouir depuis des millénaires. Il possède une grande variété d'aptitudes. Il est toujours actif, en mouvement et vit toujours dans ses souvenirs et ses angoisses, plein de peur, d'incertitude et de chagrin. C'est le cycle sans fin qu'il a toujours connu – les plaisirs fugitifs et une constante activité. Dans ce long processus, il se conditionne, façonnant son mode de vie, s'adaptant à son environnement comme peu d'espèces l'ont fait, alliant la haine et l'affection, tuant les autres tout en essayant de trouver une vie paisible. Il est modelé par l'activité infinie du passé, il se modifie sans cesse mais le mécanisme fondamental de récompense et de souffrance reste quasiment le même. Ce conditionnement essaie de modeler le monde extérieur mais, intérieurement, il suit le même modèle, séparant toujours le moi et le vous, nous et eux. Il est blessé et essaie de blesser. Voilà le modèle où l'affection et le plaisir passagers sont notre mode de vie.

Pour observer tout cela indépendamment de tout jugement de valeur, il devient nécessaire, s'il doit y avoir un changement profond et vivant, de percevoir la complexité de notre vie sans choix, simplement voir exactement « ce qui est ». « Ce qui est » est bien plus important que « ce qui devrait être ». Or, on a seulement « ce qui est » et jamais « ce qui devrait être ». « Ce qui est » est voué à finir, et ne peut devenir autre chose. Le fait de finir est bien plus important que ce qui se trouve au-delà de la fin. Rechercher ce qui est au-delà, c'est cultiver la peur, c'est éviter, fuir « ce qui est ». Nous courons toujours après ce qui n'est pas, après autre chose que la réalité. Si nous pouvions le voir et rester avec « ce qui est », aussi désagréable, effrayant ou aussi agréable soit-il, l'observation, qui est attention pure, dissiperait alors « ce qui est ». Une de nos difficultés, c'est que nous voulons continuer et l'on se dit : « Je comprends cela et puis après ? » Le « après » s'éloigne de « ce qui est ». « Ce qui est » est le mouvement de la pensée. Si c'est douloureux, la pensée essaie de l'éviter mais si c'est agréable, elle le retient et le prolonge, c'est là un des aspects du conflit.

Il n'y a pas de contraire mais seulement « ce qui est réellement ». Comme il n'y a pas de contraire dans le domaine psychologique, l'observation de « ce qui est » n'entraîne pas de conflit. Mais nos cerveaux sont conditionnés à croire à l'illusion du contraire. Bien sûr, il y a des opposés : la lumière et l'obscurité, l'homme et la femme, le noir et le blanc, le grand et le petit, etc.

Mais nous essayons d'étudier ici le domaine psychologique du conflit. L'idéal engendre le conflit. Mais nous sommes conditionnés par des siècles d'idéalisme, l'état idéal, l'homme idéal, le modèle, le dieu. C'est cette séparation entre le modèle et la réalité qui engendre le conflit. Voir que c'est vrai n'est pas un jugement de valeur.

J'ai étudié attentivement ce qui a été dit dans cette lettre. J'en comprends la logique, le bon sens, mais le poids du passé est si lourd que l'intrusion persistante, constante, d'une illusion soigneusement cultivée de ce qui devrait être idéalement interfère toujours. Je me demande si cette illusion peut être totalement dissipée ou si je dois l'accepter comme une illusion et la laisser disparaître. Je vois que plus je la combats, plus je lui donne de la force et il est très difficile de demeurer avec « ce qui est ».

Mais, en tant qu'éducateur, à la fois comme parent et enseignant, puis-je faire comprendre ce problème subtil et complexe du conflit chez les êtres humains ? Quelle vie merveilleuse ce serait s'il n'y avait pas de conflits, s'il n'y avait pas de problèmes ! Ou plutôt, quand les problèmes surgissent, ce qui semble inévitable, les résoudre immédiatement et ne pas vivre en continuant à les porter. Jusqu'à présent, l'éducation a cultivé la compétition, entretenant ainsi le conflit. Du fait de ma responsabilité envers l'élève, je vois donc les problèmes s'amonceler. Les difficultés me submergent et la vision de ce qu'est un homme bon commence à m'échapper. J'entends le mot « vision », non comme un idéal ou un objectif futur, mais comme la vraie et profonde réalité de la bonté et de la beauté. Ce n'est pas un rêve fantaisiste, quelque chose à réaliser, mais sa vérité même est un élément libérateur. Cette perception est logique, raisonnable et tout à fait sensée. Elle n'a aucune connotation de sentimentalité ou de fadaise romantique.

Me voici donc face à l'acceptation totale de « ce qui est » et je vois que mes élèves sont tombés dans ce piège de la fuite de la réalité. Il y a donc là une contradiction et, si je ne suis pas attentif et vigilant dans ma relation avec eux, je créerai un conflit, un combat entre eux et moi. Je vois, mais pas eux, et c'est un fait. Je veux les aider à voir. Il ne s'agit pas de « ma » perception de la vérité mais, pour chacun d'entre eux, de voir la vérité qui n'appartient à personne. Toute forme de pression est un facteur déformant comme être un exemple ou donner un exemple. Je dois donc aborder les choses très doucement et les intéresser en examinant comment le conflit prend fin – si c'est possible ou non. Il m'a peut-être fallu une semaine ou plus pour comprendre cela, pour en saisir la signification. Je ne vis peut-être pas vraiment cette situation mais j'en ai saisi le mécanisme délicat et il ne doit pas m'échapper. S'ils en saisissent, ne serait-ce que le parfum, c'est comme une graine vivante.

Je découvre que la patience n'a rien à voir avec le temps alors que l'impatience est dans la nature du temps. Je n'essaie pas d'arriver à un résultat ou de tirer une conclusion. Je ne suis pas prisonnier de tout cela car il y a un élément régénérateur.

50. Le choix

La liberté n'a pas de contraire

1er février 1983

Dans notre vie, la liberté est indispensable. La liberté, ce n'est pas, bien sûr, faire ce que l'on veut, même si c'est ainsi qu'on l'entend et qu'on la vit. Nous sommes contrariés, entravés quand nos désirs sont contrecarrés. De là naissent notre ressentiment, l'impression d'être brimés et il en découle une révolte perpétuelle. Nous avons fait nôtre cette façon de vivre et nous pouvons voir, si nous sommes tant soit peu attentifs, ce que cela a engendré dans le monde : le chaos le plus complet. Certains psychologues nous ont encouragés à obéir à nos impulsions sans aucune retenue, à faire immédiatement ce qui nous plaît. Ils justifient ce comportement en disant qu'il est nécessaire à la croissance de chacun. En fait, c'est ce qu'ont revendiqué de nombreuses générations en dépit des contraintes extérieures ; et maintenant, on appelle liberté le fait de laisser l'enfant faire ce qu'il veut et cela se poursuit tout au long de sa vie. Telle est la société. Il y aura peut-être maintenant un retour du balancier avec contrôle, inhibition, discipline et contrainte psychologique. Telle est, apparemment, l'histoire de l'humanité.

Ajoutez à cela l'ordinateur, le robot et toute la technologie qui se développe dans ce domaine. Elle espère produire (et elle y arrivera probablement) un ordinateur avec un cerveau calqué sur celui de l'homme qui pourra penser plus vite et plus exactement, libérant ainsi l'homme de longues heures de travail. Peu à peu, l'ordinateur s'empare aussi de l'éducation de nos enfants. Des enseignants de haut niveau, chacun dans sa matière, peuvent informer l'étudiant sans la présence effective du professeur. Cela aussi nous donnera une certaine liberté. Sauf dans les États totalitaires, l'homme jouira d'une liberté plus grande, ce qui lui permettra peut-être de faire ce qui lui plaît, avec peut-être pour résultat plus de conflits, de malheurs et de guerres. Quand la technologie et les ordinateurs avec les robots domineront et feront partie de notre quotidien, qu'arrivera-t-il alors au cerveau humain qui, jusqu'à présent, a été actif en se battant avec ce qui l'entoure ? Le cerveau va-t-il alors s'atrophier en travaillant seulement deux heures ou plus ? Quand la relation se situera entre les machines, qu'arrivera-t-il aux facultés et à la vitalité du cerveau ? Va-t-il rechercher des distractions, religieuses ou autres, ou bien se mettra-t-il à explorer les multiples recoins de son être ? L'industrie des loisirs gagne de plus en plus de terrain et très peu d'énergie et de capacités humaines sont tournées vers l'intérieur. Donc, si nous ne sommes pas vigilants, le monde des divertissements va nous conquérir.

C'est pourquoi nous devons nous demander ce qu'est

la liberté. On dit souvent que la liberté s'obtient par une discipline draconienne et culturelle – j'entends par là un apprentissage culturel : la littérature, les arts, les musées et la gastronomie. Ce n'est que le vernis extérieur d'un être humain dans la confusion et la décadence. La liberté consiste-t-elle à choisir une distraction ? En fait, la liberté est-elle un choix ? Nous envisageons toujours la liberté par rapport à quelque chose : l'esclavage, l'anxiété, la solitude, le désespoir, etc. Cette façon de voir ne mène qu'à des états de détresse et de malheur plus nombreux – et peut-être plus raffinés – et à la laideur de la haine. La liberté, ce n'est pas choisir de suivre un leader politique ou religieux, ce qui est manifestement la négation de la liberté. La liberté n'est pas le contraire de l'esclavage. La liberté, c'est finir, ne pas perpétuer ce qui a été. La liberté en soi n'a pas de contraire.

Après avoir lu ces lignes et les avoir étudiées, quelle est ma relation, non pas avec l'élève, avec ma femme ou avec mes enfants, mais avec le monde ? Pour vraiment comprendre la profondeur de la liberté, il faut beaucoup d'intelligence et peut-être beaucoup d'amour. Mais le comportement du monde n'est pas intelligent, celui de mon groupe d'enfants non plus. Je passe le plus clair de mon temps avec eux : ai-je cette qualité de liberté avec son intelligence et son amour ? Si je l'ai, mon problème est très simple : cette qualité agira d'elle-même et ce que je m'imagine être un problème cessera de l'être. Mais, en réalité, je n'ai pas cette qualité. Je peux jouer le jeu de l'amitié, mais cela reste très superficiel. Ma responsabilité est immédiate et je ne peux pas me dire que j'attendrai d'avoir cette liberté, cette affection et cet amour. Je n'en ai vraiment pas le temps parce que mes élèves sont en face de moi. Inutile de devenir ermite, cela ne résoudra aucun problème, ni les miens ni ceux du monde. J'ai besoin d'une lumière venant des cieux pour sortir de cette ornière, de ce conditionnement, pour avoir cette liberté et cet amour. Mais il n'y a ni éclair, ni cieux. Je peux aboutir à une impasse et en être déprimé, mais c'est fuir le problème. Je peux me replier sur moi-même et être ainsi incapable d'affronter la réalité. Mais lorsque je vois réellement cette vérité, à savoir qu'il n'y a pas d'agent extérieur pour m'aider dans ce dilemme, pas d'influence extérieure, ni grâce ni prière pour m'aider dans cette circonstance, alors, peut-être, aurai-je une énergie non contaminée. Alors, il est possible que cette énergie soit liberté et amour.

Mais est-ce que je possède cette énergie de l'intelligence qui me permettrait de démanteler les constructions psychologiques que, partout dans le monde, les êtres humains dont je fais partie ont bâties autour d'eux ? Ai-je la persévérance de mener à bien tout cela ? Je me pose ces questions et je les pose à mes élèves avec plus de douceur et de bienveillance. Je vois très clairement les implications de tout cela, je dois avancer sur la pointe des pieds. La vraie réponse se trouve dans l'intelligence et l'amour. Si vous avez ces qualités, vous saurez ce qu'il faut faire. Nous devons réaliser cette vérité très profondément sinon nous perpétuons, d'une façon ou d'une autre, le désordre qui règne entre les hommes.

51. Les limites du savoir

Les guerres ne nous apprennent rien : nous persistons dans la brutalité et la bestialité

15 février 1983

L'intelligence n'est pas le fruit de la discipline. Ce n'est pas un sous-produit de la pensée. La pensée est le résultat du savoir et de l'ignorance. Il n'y a pas de discipline sans amour. La discipline de la pensée, même si elle a son importance, mène au conformisme. Le conformisme, c'est le sens que l'on donne habituellement au mot discipline, c'est imiter et se conformer à un modèle. En fait, le mot « discipline » signifie apprendre et non pas se plier à une norme. Depuis l'enfance, on nous dit de nous conformer à une structure religieuse ou sociale, de nous contrôler, d'obéir. Cette discipline se fonde sur la récompense et la punition. La discipline se retrouve dans toutes les matières. Si vous voulez devenir un bon joueur de golf ou de tennis, il faut que vous fassiez attention à chaque coup, en réagissant rapidement et élégamment. Même le jeu a son ordre naturel et intrinsèque. Cet ordre qui pourrait nous instruire a disparu de notre vie qui est devenue chaotique, impitoyable, compétitive, avec sa quête du pouvoir et de tous ses plaisirs.

La discipline implique que l'on apprenne tout le mouvement complexe de la vie (sociale, individuelle et au-delà de l'individuel). Notre vie est fragmentée et nous essayons de comprendre chaque fragment ou de les rassembler tous. Cela étant admis, imposer une discipline et certains concepts n'a alors aucun sens. Mais sans une certaine forme de contrôle, la plupart d'entre nous deviendraient fous. Il est évident que des inhibitions nous retiennent et nous forcent à suivre la tradition.

Nous nous rendons compte qu'il doit y avoir un certain ordre dans notre vie mais peut-il y avoir un ordre sans contrainte ni tension et surtout sans récompense ou sans punition ? L'ordre social est bouleversé, il y a de l'injustice, les riches et les pauvres, etc. Chaque réformateur essaie d'instaurer l'égalité sociale et, apparemment, aucun d'entre eux n'a réussi. Les gouvernements essaient d'imposer l'ordre par la force, par la loi et par une propagande subtile. Même si nous mettons un couvercle là-dessus, la marmite continue à bouillir.

Nous devons donc aborder le problème différemment. De mille manières, nous avons essayé de civiliser, de dompter l'homme, et cela non plus n'a pas très bien réussi. Qu'elle soit sainte ou politique, toute guerre n'est que barbarie. Il nous faut donc revenir à cette question : « Peut-il exister un ordre qui ne soit pas le résultat d'une pensée contraignante ? »

La discipline signifie l'art d'apprendre. Pour la plupart d'entre nous, apprendre veut dire emmagasiner des souvenirs, lire beaucoup de livres, être capable de citer différents auteurs, collectionner des mots pour écrire, parler ou communiquer les idées des autres et les siennes propres. C'est agir efficacement en tant qu'ingénieur, scientifique, musicien ou bon mécanicien. On peut exceller dans ces domaines et devenir de plus en plus apte à gagner de l'argent, acquérir du pouvoir et un statut social. Voilà ce que l'on entend généralement par apprendre : accumuler du savoir et s'en servir pour agir, ou encore accumuler du savoir par l'action, ce qui revient au même. Telle est notre tradition, notre habitude et, ainsi, nous vivons et apprenons toujours dans le domaine du connu. Nous ne voulons pas dire qu'il existe quelque chose d'inconnu mais nous suggérons plutôt d'explorer lucidement les activités du connu, de voir leurs limitations, leurs dangers et le fait qu'elles ne cessent jamais. Telle est l'histoire de l'homme. Nous n'apprenons rien avec les guerres : nous en faisons sans cesse de nouvelles, et la brutalité, la bestialité continuent avec leur lot de corruption.

C'est seulement si nous percevons vraiment les limites du savoir (plus nous en accumulons, plus nous devenons barbares) que nous pouvons explorer ce qu'est l'ordre quand il n'est pas imposé de l'extérieur ou de l'intérieur car les deux impliquent le conformisme et donc un conflit perpétuel. Le conflit, c'est le désordre. La compréhension de tout cela, c'est l'attention, pas la concentration, et l'attention est l'essence de l'intelligence et de l'amour. Tout cela amène, naturellement, un ordre qui n'est pas mécanique.

Mais, en tant qu'éducateurs ou parents – ce qui revient au même –, ne pouvons-nous pas faire comprendre tout cela à nos élèves et à nos enfants ? Ils sont peut-être trop jeunes pour comprendre tout ce que nous venons de lire. Nous voyons ces difficultés et ce sont elles qui nous empêchent de comprendre la question la plus importante. Donc, je ne vais pas en faire un problème, je suis simplement très conscient de ce qu'est le chaos et de ce qu'est l'ordre. Ils n'ont aucun lien entre eux. L'un ne découle pas de l'autre. Je ne rejette pas l'un et je n'accepte pas l'autre non plus. Mais la perception, en germant et en s'épanouissant, générera l'action correcte.

52. L'humilité

L'humilité est l'essence de l'amour et de l'intelligence ; elle n'est pas un accomplissement

1er octobre 1983

Toutes les civilisations ont connu un petit nombre d'individus dont la préoccupation et le désir étaient de créer des hommes bons, des individus qui, dans le domaine religieux, n'étaient pas impliqués dans des structures ou des réformes mais qui, en revanche, ne faisaient pas de mal à leurs semblables, des individus qui étaient soucieux de la totalité de la vie humaine, désireux d'être gentils, sans agressivité et qui étaient ainsi de véritables êtres religieux. Dans le monde moderne, la recherche du bien a pratiquement disparu de la planète. Le monde devient plus brutal, agressif, plein de violence et de mensonge. Assurément, c'est à nous, éducateurs, qu'il incombe de créer une qualité d'esprit qui soit fondamentalement religieuse. Ce qui ne veut pas dire qu'il faille appartenir à une religion établie avec toutes ses croyances invraisemblables et ses rituels répétitifs. L'homme a toujours essayé de trouver quelque chose au-delà de ce monde d'anxiété, de souffrance et d'éternels conflits. En recherchant cette chose qui n'est pas de ce monde, il a inventé, probablement inconsciemment, Dieu et de nombreuses divinités, et s'est créé des interprètes entre lui-même et ses propres projections. Il y a eu de nombreux interprètes, extrêmement raffinés, talentueux et érudits. Historiquement, depuis les temps les plus reculés, ce cycle continue : Dieu, l'interprète et l'homme. C'est là la véritable trinité qui a abusé de la crédulité humaine. Le monde est trop rude et chaque être humain veut du réconfort, de la sécurité et la paix. C'est pourquoi les hommes ont projeté l'essence de tout cela sous la forme d'un agent extérieur et nous découvrons que, là aussi, c'est une illusion. Étant incapables de dépasser et de surmonter toutes les limites du conflit dans lequel l'homme se débat, nous retournons à la barbarie, en nous détruisant mutuellement, intérieurement et extérieurement.

Le petit groupe que nous sommes peut-il réfléchir à ces choses et, en nous libérant de tout ce que l'on a créé comme superstitions religieuses, découvrir ce qu'est une vie religieuse et préparer ainsi le terrain où fleurira la bonté ? Sans esprit religieux, il n'y a pas de bonté. Trois éléments interviennent pour comprendre la nature de la religion : l'austérité, l'humilité et l'attention.

L'austérité ne veut pas dire réduire à néant toute la vie par une discipline sévère, en supprimant tout instinct, tout désir et même toute beauté. En Orient, la robe safran et le pagne en sont les signes extérieurs. En Occident, ce sont les vœux de célibat, d'obéissance absolue et la robe du moine. La simplicité de la vie s'exprimait extérieurement par les vêtements et une vie spartiate confinée dans une cellule, mais intérieurement, la flamme du désir avec son conflit continuait à brûler. Cette flamme était censée s'éteindre par l'adhésion étroite à un concept, à une image. Le livre et l'image devinrent les symboles d'une vie simple. L'austérité n'est pas une façon d'exprimer extérieurement une conclusion fondée sur la foi mais c'est comprendre la complexité intérieure, la confusion et les tourments de la vie. Cette compréhension, ni verbale ni intellectuelle, nécessite une perception très attentive, vigilante qui n'est pas la complexité de la pensée mais qui est clarté. Cette clarté engendre sa propre austérité.

L'humilité n'est pas le contraire de la vanité. Ce n'est pas s'incliner devant une autorité abstraite ou devant le grand prêtre. Ce n'est pas un acte de soumission envers un gourou ou une image, ce qui revient au même. Ce n'est pas l'oubli total de soi, un sacrifice à un être imaginaire ou réel. L'humilité n'a aucun lien avec l'arrogance. L'humilité, ce n'est pas une chose que l'on possède intérieurement. L'humilité est l'essence de l'amour et de l'intelligence. Ce n'est pas un accomplissement.

Le dernier élément, c'est l'attention. Il s'agit, pour la pensée, d'être consciente de son activité, de ses mensonges et de ses illusions. C'est discerner le vrai du faux quand le réel est transformé en « ce qui devrait être ». C'est être conscient de ses réactions vis-à-vis du monde extérieur et, intérieurement, vis-à-vis de nos réactions insidieuses. Il ne s'agit pas d'une observation égocentrique mais d'être sensible à toute relation. Au-dessus et au-delà de tout cela, il y a l'intelligence et l'amour.

Quand ils existent, toutes les autres qualités suivent. C'est comme si l'on ouvrait la porte à la beauté.

Mais, en tant qu'enseignant et parent, je reviens à cette question fondamentale. Mes étudiants et mes enfants doivent affronter le monde qui est tout sauf intelligence et amour. Ce n'est pas un jugement cynique mais c'est ainsi, c'est manifeste et évident. Ils doivent affronter la corruption, la brutalité et une totale insensibilité. Ils ont peur. Étant quelqu'un de responsable (j'utilise ce mot avec beaucoup de précaution et après mûre réflexion), je me demande comment nous allons les aider à affronter tout cela. Cette question, je ne la pose à personne mais je me la pose à moi-même afin qu'en m'interrogeant, je voie les choses clairement. Tout cela me préoccupe profondément et je ne veux pas, c'est certain, d'une réponse réconfortante. En m'interrogeant, la sensibilité et la clarté se font jour. Je suis extrêmement soucieux de l'avenir de ces étudiants et de ces enfants et, en les aidant à utiliser les mots « intelligence » et « amour », je gagne de la force. Aider un garçon ou une fille à être ainsi me suffit car la rivière commence en haute montagne par un tout petit ruisseau solitaire et perdu, mais il prend de la vigueur pour se transformer en un fleuve immense. Il faut donc commencer avec très peu de gens.

53. La médiocrité

Quelle énergie nous fera sortir de l'ordinaire ?

15 octobre 1983

Le monde est ce que nous sommes. Dans la famille, dans la société, nous avons créé ce monde avec sa brutalité, sa cruauté, sa rudesse, sa vulgarité et des individus se détruisant entre eux. Nous nous détruisons les uns les autres psychologiquement, nous exploitant réciproquement pour satisfaire nos désirs et nos plaisirs. Nous ne semblons jamais nous rendre compte que, si chacun d'entre nous ne change pas radicalement, le monde continuera comme il le fait depuis des milliers d'années, les hommes continueront à se mutiler les uns les autres, à s'entre-tuer et à piller la terre. Si notre maison n'est pas en ordre, nous ne pouvons pas espérer que la société et nos relations mutuelles le soient. Tout cela est tellement évident que nous n'en tenons aucun compte. Nous le rejetons parce que c'est non seulement trop simple, mais aussi trop ardu et nous acceptons donc les choses telles qu'elles sont, nous prenons l'habitude de nous soumettre et nous gardons le même comportement. C'est là l'essence de la médiocrité. On peut être doué pour l'écriture, être reconnu par une élite et chercher à devenir célèbre. On peut être peintre, poète ou grand musicien et, dans l'existence quotidienne, ne pas se soucier de la totalité de la vie. Peut-être même contribue-t-on encore davantage à la grande confusion et à la grande détresse de l'homme. Chacun veut exprimer son petit talent personnel, et s'en satisfaire, en oubliant complètement la complexité des problèmes et des souffrances de l'homme. Une fois de plus, nous acceptons la situation et c'est devenu notre façon normale de vivre. Nous ne sommes et ne restons jamais à l'écart. Nous nous sentons incapables de rester en dehors ou nous avons peur d'être à contre-courant.

En tant que parents et éducateurs, nous créons la famille et l'école à partir de ce que nous sommes. Le vrai sens du mot « médiocrité », c'est n'escalader la montagne qu'à mi-hauteur sans jamais en atteindre le sommet. Nous voulons être comme tout le monde et, bien sûr, si nous souhaitons être légèrement différents, nous le tenons soigneusement caché. Nous ne parlons pas ici d'excentricité, qui est une autre forme d'expression de soi que nous pratiquons tous à notre manière. L'excentricité n'est admise que si vous avez du bien ou du talent, mais si vous êtes pauvre et que vous agissez de façon bizarre, on vous rejette ou on vous ignore. Mais très peu d'entre nous ont du talent, nous ne sommes que des travailleurs qui exerçons notre métier.

Le monde devient de plus en plus médiocre. Notre éducation, notre travail, notre soumission superficielle aux religions traditionnelles nous rendent médiocres et quelque peu passifs. Ici, nous nous intéressons à notre vie quotidienne et non à l'expression d'un talent ou d'une compétence particulière. En tant qu'éducateurs, ce qui englobe aussi les parents, pouvons-nous rompre avec cette façon de vivre mécanique et laborieuse ? Est-ce la peur inconsciente de la solitude qui nous fait contracter des habitudes : habitudes de travail, de pensée, l'habitude générale d'accepter les choses telles qu'elles sont ? Nous nous fabriquons une routine et nous nous y conformons le plus possible, de sorte que le cerveau devient mécanique et cette façon de vivre, c'est la médiocrité. Les pays qui vivent selon des traditions établies sont généralement médiocres. C'est pourquoi nous nous demandons de quelle façon cette médiocrité mécanique peut prendre fin sans pour autant créer un autre modèle qui, à son tour, deviendra progressivement médiocre. L'utilisation mécanique de la pensée est le problème, la question n'est pas : « Comment sortir de la médiocrité ? » mais « Comment l'homme a-t-il pu donner une place si prépondérante à la pensée ? » Toutes nos activités, nos aspirations, nos relations et nos désirs se fondent sur la pensée. La pensée est commune à toute l'humanité, qu'il s'agisse de gens très doués ou bien de villageois sans aucune éducation. La pensée est commune à nous tous. Elle n'appartient pas à l'Orient ou à l'Occident, aux plaines ou aux montagnes. Ce n'est ni la vôtre ni la mienne. Il est important de le comprendre. Nous en avons fait quelque chose de personnel, ce qui limite encore davantage la nature de la pensée. La pensée est limitée, mais quand nous nous l'approprions, nous la rendons encore plus superficielle. Quand nous percevrons cette vérité, il n'y aura plus de rivalité entre la pensée idéale et la pensée de tous les jours. L'idéal est devenu le plus important et non la pensée agissante. C'est cette division qui engendre le conflit et accepter le conflit est médiocre. Ce sont les politiciens et les gourous qui nourrissent et entretiennent ce conflit et, par là même, la médiocrité.

Nous revenons au problème de fond : quelle est la relation de l'enseignant et des parents (ce qui nous concerne tous) vis-à-vis de la génération suivante ? Nous percevons peut-être la logique et le bon sens de ce qui est dit dans ces lettres, mais les comprendre intellectuellement ne semble pas nous donner l'énergie vitale qui nous pousserait à sortir de notre médiocrité. Quelle est cette énergie qui nous ferait sortir sur-le-champ et pas – à la longue – de l'ordinaire ? Ce n'est sûrement pas l'enthousiasme ou l'interprétation sentimentale d'une vague perception mais une énergie qui s'alimente elle-même dans n'importe quelle circonstance. Quelle est cette énergie qui doit demeurer libre de toute influence extérieure ? C'est une question sérieuse que chacun se pose : « Une telle énergie complètement dégagée de toute causalité existe-t-elle ? »

Examinons-le ensemble. Toute dimension a une fin. La pensée est le résultat d'une cause, laquelle est le savoir. Ce qui a une dimension a une fin. Quand nous disons que nous comprenons, il s'agit généralement d'une compréhension intellectuelle ou verbale, mais comprendre c'est percevoir avec sensibilité « ce qui est » et cette perception même est la destruction de « ce qui est ». La perception est cette attention qui concentre toute l'énergie pour observer le mouvement de « ce qui est ». Cette énergie de la perception n'a pas de cause, comme l'intelligence et l'amour n'en ont pas non plus.

54. L'harmonie avec la nature

Si vous maltraitez la nature, c'est vous-même que vous maltraitez

1er novembre 1983

L'orateur est tout à fait certain que les éducateurs sont conscients de ce qui se passe actuellement dans le monde. Les races, les religions, la politique, l'économie divisent les gens et cette division est une fragmentation. Elle provoque un grand chaos dans le monde – les guerres, toutes sortes de mensonges politiques, etc. Il y a une progression de la violence que l'homme inflige à l'homme. Voilà véritablement l'état de confusion du monde, de la société où nous vivons. Et cette société est créée par tous les êtres humains avec leurs cultures, leurs divisions linguistiques, leurs séparations régionales. Tout cela engendre non seulement la confusion, mais aussi la haine, beaucoup d'antagonisme et des différences linguistiques encore plus marquées. Voilà ce qui se passe ; et la responsabilité de l'éducateur est vraiment très grande. Il lui tient à cœur, dans toutes ces écoles, de créer un homme bon qui ait le sens de la relation universelle, qui ne soit pas nationaliste, régionaliste ou séparé et qui, dans le domaine religieux, ne soit pas accroché à de vieilles traditions mortes et sans aucune valeur. Sa responsabilité en tant qu'éducateur devient de plus en plus sérieuse, de plus en plus engagée, de plus en plus investie dans l'éducation de ses élèves.

En fait, que fait l'éducation ? Aide-t-elle vraiment l'homme, aide-t-elle ses enfants à devenir de plus en plus concernés, plus gentils, plus généreux et à ne pas revenir aux anciens modèles, à la vieille laideur et méchanceté de ce monde ? S'il est vraiment concerné, comme il faut l'être, l'enseignant doit aider l'élève à découvrir quelle est sa relation au monde, pas le monde de l'imagination ou de la sentimentalité romantique, mais le monde réel avec tout ce qui s'y passe. Quelle est aussi sa relation au monde de la nature, au désert, à la jungle ou aux quelques arbres qui l'entourent ainsi qu'aux animaux de la terre ? (Heureusement, les animaux ne sont pas nationalistes. Ils chassent uniquement pour survivre.) Si l'éducateur et l'élève n'ont plus de relation avec la nature, avec les arbres, avec la mer houleuse, ils n'en auront sûrement pas avec l'homme.

Qu'est-ce que la nature ? Il y a beaucoup de discussions et de tentatives pour sauvegarder la nature, les animaux, les oiseaux, les baleines et les dauphins, pour nettoyer les rivières polluées, les lacs, les vertes prairies, etc. La nature n'est pas un produit de la pensée comme la religion ou les croyances. La nature, c'est le tigre, cet animal extraordinaire avec l'énergie et la grande puissance qu'il dégage. La nature, c'est l'arbre solitaire dans le champ, les prairies et les bosquets, c'est cet écureuil qui se cache craintivement derrière une branche. La nature, c'est la fourmi et l'abeille et tout ce qui vit sur terre. La nature, c'est le fleuve, pas un fleuve en particulier comme le Gange, la Tamise ou le Mississippi. La nature, ce sont toutes ces montagnes couvertes de neige, avec des vallées d'un bleu profond et cette succession de collines qui rejoignent la mer. L'univers fait partie de ce monde. Nous devons être sensibles à tout cela, ne pas détruire, ne pas tuer par plaisir ni abattre des animaux pour notre table. Il est vrai que nous tuons les choux, les légumes que nous mangeons, mais il faut bien établir une limite quelque part. Si vous ne mangez pas de légumes, comment vivrez-vous ? Il nous faut faire la part des choses intelligemment.

La nature fait partie de notre vie. Nous sommes issus de la graine et de la terre et nous faisons partie de tout cela, mais nous oublions vite que nous sommes des animaux comme les autres. Pouvez-vous être sensible à cet arbre, le regarder, en voir la beauté, écouter le son qu'il produit, être sensible à la moindre petite plante, à la moindre mauvaise herbe, à cette vigne vierge qui monte le long du mur, aux jeux de lumière et d'ombre sur les feuilles ? Il faut être conscient de tout cela et éprouver un sentiment de communion avec la nature qui nous entoure. Vous vivez peut-être dans une ville mais vous pouvez trouver des arbres ici et là. Une fleur, dans le jardin voisin, est peut-être négligée, étouffée par les mauvaises herbes, mais regardez-la. Sentez que vous faites partie de tout cela et de tout ce qui vit. Si vous maltraitez la nature, c'est vous-mêmes que vous maltraitez.

L'orateur sait bien que tout cela a déjà été dit de différentes façons mais, apparemment, nous n'en faisons pas grand cas. Est-ce parce que nous sommes tellement prisonniers de notre propre réseau de problèmes, de désirs, de notre soif de plaisirs et de souffrances que nous ne regardons jamais autour de nous, que nous ne regardons jamais la lune ? Observez-la, observez avec vos yeux et vos oreilles, avec votre odorat. Observez, regardez comme si c'était la première fois. Si vous pouvez le faire, alors c'est la première fois que vous voyez cet arbre, ce buisson, ce brin d'herbe. Alors, vous pouvez voir votre professeur, votre père, votre mère, votre frère et votre sœur pour la première fois. C'est là une sensation extraordinaire, l'émerveillement, la fraîcheur, le miracle d'un nouveau matin qui n'a jamais existé auparavant et n'existera jamais plus.

Soyez vraiment en communion avec la nature, non pas prisonnier des mots qui la décrivent mais faites partie d'elle, soyez conscients, sentez que vous appartenez à tout cela. Soyez capables d'avoir de l'amour pour tout cela, d'admirer une biche, le lézard sur le mur, cette branche brisée sur le sol. Regardez l'étoile du berger ou la nouvelle lune sans le mot, au lieu de dire : « Comme elle est belle ! », pour ensuite lui tourner le dos, attiré par autre chose : observez cette étoile et cette nouvelle lune délicate, comme si c'était la première fois. S'il existe une telle communion entre vous et la nature, alors vous pouvez communier avec l'homme, avec le garçon assis près de vous, avec votre professeur ou avec vos parents. Nous avons totalement perdu ce sens de la relation, d'une relation qui ne soit pas seulement faite d'une déclaration d'affection et de proximité mais qui contienne aussi ce sentiment de communion qui n'est pas exprimé par des mots. C'est le sentiment que nous sommes tous ensemble, que nous sommes tous des êtres humains, que nous ne sommes pas divisés, fragmentés, que nous n'appartenons à aucun groupe ni à aucune race en particulier, que nous n'adhérons à aucun idéal, mais que nous sommes tous des êtres humains et que nous vivons tous sur cette terre merveilleusement belle.

Vous est-il déjà arrivé de vous réveiller le matin et de regarder par la fenêtre ou de sortir sur la terrasse et de regarder les arbres et l'aube printanière ? Vivez avec cette nature, écoutez tous les sons, les chuchotements, la brise légère parmi les feuilles. Voyez la lumière sur cette feuille et regardez le soleil apparaître et illuminer la colline et la prairie. Cette rivière asséchée, cet animal qui broute, ces moutons sur la colline, observez-les. Regardez-les avec un sentiment d'affection, de responsabilité, avec le désir de ne rien abîmer. Quand vous avez une telle communion avec la nature, alors votre relation à autrui devient simple, claire, sans conflit.

C'est une des responsabilités de l'éducateur. Elle ne se limite pas à enseigner les mathématiques ou à se servir d'un ordinateur. Il est encore plus important d'être en communion avec d'autres êtres humains qui souffrent, luttent, connaissent une grande détresse ou les tourments de la pauvreté, et d'être aussi en communion avec ces gens qui circulent dans une voiture luxueuse. Si tout cela le concerne, l'éducateur aide l'élève à devenir sensible, sensible aux souffrances des autres, à leurs luttes, leurs angoisses et leurs tracas, ainsi qu'aux querelles familiales. C'est au professeur qu'il incombe d'apprendre aux enfants et aux étudiants à être ainsi en communion avec le monde. Le monde est peut-être trop vaste mais le monde est là où l'élève se trouve. C'est son monde à lui. Et cela engendre une considération et une affection naturelles pour les autres, une courtoisie et un comportement qui n'est pas dur, cruel ou vulgaire. L'éducateur devrait parler de toutes ces choses. Pour que cela ne se limite pas à un échange verbal, il doit lui-même percevoir le monde – le monde de la nature et le monde de l'homme. Ils sont étroitement liés. L'homme ne peut y échapper. Quand il détruit la nature, il se détruit lui-même. Quand il assassine quelqu'un d'autre, c'est lui-même qu'il assassine. L'ennemi, ce n'est pas l'autre mais c'est vous-même. Vivre dans une telle harmonie avec la nature, avec le monde, engendre tout naturellement un monde différent.

55. L'essentiel est d'apprendre

Apprendre introduit l'égalité entre les hommes

15 novembre 1983

On apprend sans doute plus en observant que dans des livres. Nous avons besoin de livres pour apprendre une matière : les mathématiques, la géographie, l'histoire, la physique ou la chimie. Les livres renferment dans leurs pages l'ensemble du savoir amassé par les scientifiques, les philosophes, les archéologues, etc. Cet ensemble de connaissances, que l'on apprend à l'école puis à l'université (si l'on a la chance d'y aller), s'est accumulé au cours des siècles depuis les temps les plus reculés. Il existe une somme de savoir immense qui nous vient d'Inde, d'ancienne Égypte, de Mésopotamie, des Grecs, des Romains et, bien sûr, des Perses. En Occident comme en Orient, ce savoir est indispensable pour avoir un métier, pour faire un travail, qu'il soit mécanique, théorique, pratique ou qu'il s'agisse d'une chose à laquelle vous devez réfléchir, qu'il vous faut inventer. Ce savoir a produit beaucoup de technologie, surtout au cours de ce siècle. Il existe aussi le savoir des livres soi-disant sacrés, les Védas, les Upanishads, la Bible, le Coran et les Écritures hébraïques. Il y a donc, d'une part, les livres religieux et, d'autre part, les livres pratiques qui, eux, vous aideront à acquérir des connaissances, à agir avec compétence, que vous soyez ingénieur, biologiste ou menuisier.

La plupart d'entre nous, dans n'importe quelle école en général, et dans ces écoles en particulier, accumulent du savoir, des informations et jusqu'à présent cela a toujours été la raison d'être des écoles : rassembler un grand nombre d'informations sur le monde extérieur, sur le ciel, pourquoi la mer est salée, pourquoi les arbres poussent, ou sur les êtres humains, leur anatomie, la structure du cerveau, etc. Des informations aussi sur le monde qui vous entoure, la nature, l'environnement social, l'économie et bien d'autres choses encore. Ce savoir est absolument indispensable, mais le savoir est toujours limité. Il peut s'accroître énormément mais l'accumulation du savoir est toujours limitée. Apprendre fait partie de l'acquisition du savoir sur les différentes matières qui vous permettront d'avoir un métier, un travail qui vous plaise ou au contraire un travail que les circonstances, les exigences sociales vous auront forcé d'accepter, même s'il ne vous plaît guère.

Mais, comme nous le disions précédemment, vous apprenez beaucoup en observant, en observant les choses qui vous entourent, les oiseaux, l'arbre, le ciel, les étoiles, la constellation d'Orion, la Grande Ourse, l'Étoile du berger. Vous apprenez non seulement en observant les choses qui vous entourent, mais aussi en observant les gens, leur façon de marcher, leurs gestes, les mots qu'ils emploient, leur façon de s'habiller. Vous n'observez pas seulement ce qui est autour de vous, mais vous vous observez aussi, la raison pour laquelle vous pensez telle ou telle chose, votre comportement, comment vous vous conduisez dans votre vie quotidienne, pourquoi vos parents désirent que vous fassiez ceci ou cela. Vous observez, vous ne résistez pas. Si vous résistez, vous n'apprenez pas. Ou, si vous tirez une conclusion, si vous avez une conclusion que vous pensez juste et à laquelle vous vous accrochez, alors, naturellement, vous n'apprendrez jamais. Pour apprendre, la liberté est nécessaire, la curiosité aussi, ainsi que le désir de savoir pourquoi, vous et les autres, vous vous comportez d'une certaine façon, pourquoi les gens sont en colère, pourquoi vous vous irritez.

Il est extrêmement important d'apprendre car apprendre n'a pas de fin. Apprendre, par exemple, pourquoi les êtres humains s'entre-tuent. Bien sûr, les livres nous donnent des explications, toutes les raisons psychologiques qui conduisent les êtres humains à se comporter de telle ou telle façon, pourquoi les êtres humains sont violents. Tout cela a été expliqué dans toutes sortes de livres par des auteurs éminents, des psychologues, etc. Mais ce que vous lisez n'est pas ce que vous êtes – comment vous vous comportez, pourquoi vous vous mettez en colère, êtes envieux ou déprimé. Si vous vous observez, vous en apprenez beaucoup plus que dans un livre qui vous dit ce que vous êtes. Mais, voyez-vous, il est plus facile de lire un livre qui parle de soi que de s'observer. Le cerveau a l'habitude de rassembler des informations à partir d'actions extérieures et de réactions. Ne trouvez-vous pas plus réconfortant d'être dirigé et que d'autres vous disent ce que vous devez faire ? Vos parents, surtout en Orient, vous disent qui vous devez épouser et organisent le mariage. Ils vous disent aussi quel devra être votre métier. C'est ainsi que le cerveau accepte le chemin de la facilité et le chemin de la facilité n'est pas toujours le bon chemin. Je me demande si vous avez remarqué qu'aujourd'hui personne n'aime plus son travail, à l'exception peut-être de quelques scientifiques, artistes ou archéologues. Mais l'homme ordinaire, l'homme moyen aime rarement ce qu'il fait. Il est contraint par la société, ses parents ou l'appât du gain. Donc, apprenez en observant très très attentivement le monde extérieur, le monde qui vous entoure et le monde intérieur, c'est-à-dire votre monde à vous.

Il semble y avoir deux façons d'apprendre : l'une consiste à acquérir une grande somme de connaissances, d'abord en étudiant et ensuite en agissant à partir de ce savoir. C'est ce que font la plupart d'entre nous. La seconde, c'est agir, faire quelque chose et apprendre en faisant, ce qui aboutit aussi à accumuler du savoir. À vrai dire, toutes deux sont identiques : apprendre avec un livre ou acquérir des connaissances en agissant. Toutes deux se fondent sur le savoir, l'expérience et, comme nous l'avons déjà dit : l'expérience et le savoir sont toujours limités.

C'est pourquoi l'éducateur comme l'élève doivent découvrir ce que c'est véritablement qu'apprendre. Vous apprenez, par exemple, avec un gourou, si du moins c'est un bon gourou et non un de ces gourous qui font de l'argent, désirent devenir célèbres et courent de pays en pays pour amasser une fortune avec des théories plutôt farfelues. Découvrez ce que c'est qu'apprendre. Aujourd'hui, apprendre devient de plus en plus une forme de divertissement. En Occident, dans certaines écoles, à la sortie du lycée ou du secondaire, les élèves ne savent même pas lire et écrire. Mais même quand vous savez vraiment lire et écrire et apprenez différentes matières, vous êtes tous des gens très médiocres. Savez-vous ce que signifie le mot « médiocrité » ? Étymologiquement, c'est s'arrêter à mi-côte sans jamais atteindre le sommet. C'est cela la médiocrité : ne jamais exiger la perfection, le meilleur de vous-même. Apprendre n'a pas de limite, cela n'a vraiment pas de fin. Donc, avec qui apprenez-vous ? Dans les livres ? Avec l'éducateur ? Peut-être, si votre esprit est vif, en observant ? Jusqu'à présent, il semble que vous appreniez grâce à une source extérieure : apprendre, accumuler des connaissances et, à partir d'elles, agir, assurer sa carrière, etc. Si vous apprenez avec vous-même, ou plutôt si vous apprenez en vous observant, en observant vos préjugés, vos conclusions catégoriques, vos croyances, si vous observez les subtilités de votre pensée, votre vulgarité, votre sensibilité, alors vous devenez à la fois l'enseignant et l'enseigné. Intérieurement, vous ne dépendez alors de personne, d'aucun livre, d'aucun spécialiste – bien entendu, si vous êtes malade et souffrez d'un mal quelconque, vous devrez aller voir un spécialiste, ce qui est naturel et nécessaire. Autrement, dépendre de quelqu'un, si compétent soit-il, vous empêche d'apprendre sur vous-même et sur ce que vous êtes. Et il est très très important d'apprendre ce que vous êtes, car ce que vous êtes crée cette société si corrompue et immorale avec cette énorme progression de la violence, cette société si agressive où chacun recherche sa propre réussite, sa propre réalisation. Découvrez ce que vous êtes, sans l'aide de quelqu'un d'autre mais en vous observant, sans vous condamner ou dire : « d'accord je suis comme cela mais je ne peux pas changer » et alors vous continuez. Quand vous vous observez sans aucune réaction ou résistance, cette observation même agit et, comme une flamme, elle consume vos sottises et vos illusions.

C'est pourquoi apprendre devient important. Un cerveau qui cesse d'apprendre devient mécanique. C'est comme un animal attaché à un piquet : ses mouvements sont conditionnés par la longueur de la corde, par la longe qui est fixée au piquet. La plupart d'entre nous sont attachés à leur poteau personnel, un poteau et une corde invisibles. Vous vous promenez toujours dans les limites imposées par cette corde, ce qui est très restreint. C'est comme un homme qui pense à lui-même toute la journée, à ses problèmes, ses désirs, ses plaisirs et à ce qu'il aimerait faire. Vous connaissez cette façon d'être constamment préoccupé de soi. C'est très, très limité. Et cette limite même engendre diverses formes de conflits et de malheurs.

Les grands poètes, les grands peintres, les grands compositeurs ne sont jamais satisfaits de ce qu'ils ont fait. Ils ne cessent d'apprendre. Ce n'est pas parce que vous avez réussi vos examens et que vous avez commencé à travailler qu'il faut cesser d'apprendre. Apprendre et surtout apprendre sur soi procure une grande force et une grande vitalité. Apprenez, observez, de sorte que rien en vous ne demeure caché et n'échappe à votre regard. C'est cela, être vraiment libéré de son conditionnement. Le monde est divisé par ses conditionnements. Vous en tant qu'Indien, vous en tant qu'Américain, vous en tant qu'Anglais, Russe, Chinois, etc. Ces conditionnements engendrent les guerres, le massacre de milliers de gens, le malheur et la brutalité.

Ainsi, l'éducateur et l'élève apprennent tous deux, au sens le plus profond du terme. Quand les deux apprennent, alors il n'y a plus ni éducateur ni élève, il y a seulement l' « apprendre ». Apprendre libère le cerveau et la pensée du prestige et de la position sociale. Apprendre introduit l'égalité entre les hommes.

II
Lettres inédites
(1968-1973)

Traduites de l'anglais par Colette Joyeux

56. La tradition

La révolte contre le passé ne fait que susciter un nouveau conformisme

Il est capital pour nous tous de comprendre le poids immense de la tradition, tout particulièrement ici en Inde où elle est sacralisée. Le terme de « tradition » est synonyme de capitulation, de reddition. Lorsqu'on s'en remet au passé, l'esprit est façonné ou conditionné par les événements antérieurs. Le passé revêt alors, par contraste et en opposition avec le présent, une importance extrême.

C'est à travers les rituels, les livres prétendument sacrés, la propagande religieuse que se cultive le passé. L'esprit se trouve ainsi conditionné, et donc limité. Le traditionaliste cherche la liberté dans le cadre même de ces limites : tel un prisonnier voulant élargir les murs de sa prison, il n'en demeure pas moins captif, quelles que soient les dimensions de sa cour de promenade. Ces coutumes, si soigneusement cultivées par les générations passées, se transmettent par l'intermédiaire de la famille, de la littérature, de l'influence du milieu ambiant, l'essentiel n'étant pas de cultiver l'esprit, mais plutôt de le contrôler selon des schémas ancrés dans le passé, et ce dans l'espoir d'instaurer l'ordre. Tels sont les objectifs de la tradition.

Toutes les jeunes générations, de Socrate à nos jours, se sont rebellées contre ce poids des traditions – hippies, beatniks et autres, avec leurs uniformes, leurs cheveux longs, leurs barbes... Cette révolte à l'encontre du passé ne fait qu'engendrer un nouveau conformisme et elle est le signe – n'est-il pas vrai ? – d'une immense protestation contre l'ordre établi et contre la génération précédente, responsable de guerres, de désordres sociaux et du clivage de l'humanité en nationalités et en groupes religieux.

Se libérer du passé n'est pas se révolter contre lui, mais comprendre comment, sous forme de coutumes et de traditions, le passé nous a façonné le cœur et l'esprit. C'est en étudiant ce conditionnement, c'est par une prise de conscience critique de soi-même, c'est en se voyant en tant que prisonnier dans cet univers d'immense souffrance que l'on a créé – c'est ainsi qu'advient la liberté. Sans cette liberté, il vous est impossible d'agir au présent. Il n'est d'action vraie que dans le présent mis en actes.

De deux choses l'une : soit vous allez répudier totalement le passé, soit vous allez vous laisser engloutir par la société, c'est-à-dire y céder, vous livrer à elle, à ses traditions, à ses guerres, et tout ce qui s'ensuit. En d'autres termes, vous deviendrez l'ordre établi pour *vos* propres enfants, qui se révolteront contre vous pour peu qu'ils soient intelligents. La révolte de la jeunesse dure depuis des millénaires. Chaque génération détruit sa jeunesse par le biais d'une éducation erronée et d'idéologies dénuées de valeur. Le but majeur de l'éducation est de briser ce cercle vicieux, et pas seulement de cultiver une mémoire solide dont le bon fonctionnement permettra de gagner sa vie. L'éducation juste consiste à aider l'élève, non seulement à réussir aux examens dans des domaines techniques, mais aussi à appréhender tout ce champ de l'existence qui constitue notre vie. L'éducateur comme l'élève se doivent d'exiger ce type d'éducation ; et grâce aux questionnements, aux discussions, aux débats dans l'assemblée générale d'une école au sein de laquelle les relations de maître à élève ne sont pas des rapports d'autorité, tous doivent veiller au maintien de cette éducation-là.

Rien de bien ne peut s'épanouir dans la tradition, et perpétuer les traditions n'amène rien de bon ni de juste.

57. La culture

La culture est un mouvement ancré dans la liberté

La culture, comme l'indique le terme même, est un processus de croissance et de changement perpétuels, un mouvement sans finalité particulière. Cultiver une plante ou une fleur exige des soins attentifs, mais cultiver l'esprit est chose beaucoup plus ardue. L'esprit est très complexe, très subtil, il est doté de potentialités immenses, véritablement incommensurables. Nous le négligeons dans sa globalité, et nous nous efforçons d'en cultiver une petite parcelle par le biais de l'éducation, par l'apprentissage d'une technique qui nous donnera la capacité de gagner notre vie. Or, cette modeste formation spécifique, acquise grâce à l'éducation, aux contacts sociaux, aux relations nouées avec d'autres êtres humains, est source de contradictions qui s'expriment dans la vie quotidienne sous forme de conflits, de haines, d'antagonismes et de cet esprit de compétition agressive devenu si essentiel à la simple survie. Et parce qu'on est incapable de mettre fin à ces contradictions, en soi-même comme au sein de la société ou de la communauté environnantes, on fuit vers les temples, les églises ou les mosquées, ou dans l'abus d'alcool ou de sexe, pour ne citer que ces exemples. Toutes ces formes d'échappatoire sont essentiellement identiques, qu'elles s'orientent vers un soi-disant Dieu ou qu'elles donnent la primauté au sexe.

Cultiver un fragment isolé – que ce fragment soit la Nation, une croyance particulière, la famille ou une idée – mène inéluctablement à la destruction et à la souffrance. Cultiver la gloire et le succès de ce fragment ne peut que diviser, séparer et engendrer ainsi le chaos dans le monde. Jusqu'ici, cette culture du fragment a été le souci majeur de l'éducation, de la société. Cette culture fragmentaire alimente fatalement la peur, d'où cette quête permanente de sécurité, tant intérieure qu'extérieure. Telle est la société dans laquelle nous vivons, avec ses guerres, sa violence, sa brutalité, son agressivité et une souffrance qui ne cesse de s'amplifier.

Au sein de l'école, si nous donnons la priorité à l'acquisition de connaissances techniques, et négligeons totalement l'immensité de l'esprit humain qui nous anime, nous deviendrons des êtres mécanisés, dénués d'intérêt pour la vie, et essentiellement paresseux. Telle est la situation actuelle. Vous pouvez cultiver le fragment, mais pas l'intégralité du champ, parce que vous ne disposez pas de l'outil donnant accès à cet immense espace. Nous n'avons pas conscience de cela et c'est l'intellect qui prend le pas ; ou bien nous nous lançons avec passion et enthousiasme dans le culte d'une idéologie spécifique – liée à l'État, à notre propre image, ou à ce concept d'infini que l'on nomme religion.

Une notion cultivée par l'homme sous l'emprise de ses peurs devient alors une tradition.

Notre problème n'est donc pas seulement de disposer d'une formation de tout premier ordre dans le domaine du savoir technologique, mais aussi d'explorer cet esprit extraordinaire, dans toute son immensité. Vous allez forcément demander comment il faut faire. Le « comment » devient une méthode, un système et, si vous suivez le système ou la méthode – peu importe ce qu'ils sont et qui en est à l'origine –, vous retombez une fois de plus dans la culture du fragment. Quand vous aurez compris cela, vous ne demanderez plus comment il faut faire.

Vous avez donc, d'ores et déjà, plongé au cœur d'un tout autre genre d'investigation. Cette investigation-là exige une liberté totale. Cette liberté n'est pas le désordre ; ce n'est pas du *laisser-aller*[1]. Si vous avez déjà eu, vis-à-vis de vous-même, cette exigence de liberté, vous vous êtes, par la même occasion, forgé une image, un concept, une idée de ce qu'est la liberté ; or, de toute évidence, ce n'est pas cela, la liberté. La liberté ne se trouve pas dans quelque paradis, mais dans notre vie de tous les jours, dans le fait de se libérer de toute brutalité, de toute violence, de toute avidité... Sans ce fondement de liberté, l'ampleur que prend le fragment n'engendre que chaos, souffrances et malheurs secrets.

La véritable culture est un mouvement ancré dans la liberté, et non dans les schémas étroits d'une idéologie qui se transforme en tradition.

---

1. En français dans le texte.

58. L'obéissance

La peur engendre l'autorité

L'une des choses de la vie les plus importantes – sinon la plus importante – est la liberté. Ce mot a été utilisé abusivement par des gouvernements tyranniques aussi bien que démocratiques, et les religions partout dans le monde l'ont galvaudé. La liberté, l'indépendance, n'existe pas à titre individuel, sauf, peut-être, dans l'univers scientifique. Elle n'existe ni dans le monde des affaires ni au sein des structures religieuses que l'homme a mises en place sous l'emprise de la peur et de la croyance ; elle n'existe ni au sein des gouvernements ni dans aucun champ d'activité humaine. Mais l'homme n'a cessé d'affirmer qu'il était libre et s'est toujours plaint d'être asservi par son environnement. La liberté, qui est cette aptitude à penser par soi-même de manière lucide en toute indépendance, et non en fonction des diktats de la société, ou de nos propres inclinations personnelles, est une chose extrêmement ardue. Mais sans la liberté, on ne peut en aucun cas découvrir ou vivre une vie qui se démarque totalement de cette souffrance qui est notre lot commun au quotidien.

La liberté ne consiste pas simplement à se « libérer de » quelque chose, elle existe de manière intrinsèque. Cela ne veut pas dire qu'on agit à sa guise, il faut donc comprendre, non seulement au niveau verbal, mais dans la réalité des faits, les implications de ce terme. Nous ne cherchons pas à définir ce qu'est la liberté : chacun l'interpréterait à sa façon, en fonction de ses propres penchants ou de son éducation, certains nieraient même catégoriquement son existence. Ce n'est pas en la cherchant qu'on trouve la liberté, mais en comprenant ce qui emprisonne l'esprit. Lorsque les murs de la prison se brisent, la liberté naît spontanément, nul besoin alors d'aller à sa recherche. L'essentiel n'est donc pas de savoir comment accéder à la liberté ou comment savoir ce qu'elle est, mais de se demander pourquoi l'esprit – qui est le fruit du temps et de l'environnement, et qui a donc vécu l'expérience de tant de malheurs et de conflits – n'est pas libre.

L'important est d'enquêter sur les raisons qui font que l'esprit, après tant de millions d'années, reste toujours aussi lourdement conditionné. Telle est la prison dans laquelle il vit : l'esprit est conditionné par la société, avec ses cultures, ses lois, ses sanctions religieuses, ses contraintes économiques, et ainsi de suite. L'esprit est, en définitive, l'aboutissement du passé et ce passé n'est autre que la tradition. L'esprit vit dans cette tradition, avec son cortège de luttes, de guerres et d'atrocités. Il faut impérativement se demander s'il est susceptible de se libérer de son propre conditionnement.

Certains ont affirmé que l'esprit était définitivement voué au conditionnement et à tout jamais incapable de s'en libérer, d'autres ont affirmé que cette libération de tout conditionnement ne saurait intervenir ici-bas, mais seulement dans quelque paradis futur, ou à l'issue d'un sacrifice prolongé, d'une longue discipline, d'un nouveau programme conformiste axé sur les codes de la pratique soi-disant religieuse. Si elle ne se libère pas du conditionnement, l'humanité restera à jamais prisonnière et la vie sera un champ de bataille sans fin.

La première chose à comprendre dans cette investigation est la nature de l'autorité. Dans toute communauté, il faut une loi et il faut un gendarme. Mais nous avons aussi laissé s'immiscer le gendarme dans l'univers intérieur de la pensée et du sentiment. C'est grâce à la tradition, à l'expérience et à l'habitude que l'obéissance a infiltré notre univers – obéissance envers les parents, la société, le prêtre. Mais l'obéissance naît de la peur – peur de mal tourner, ou d'agir en toute indépendance, peur de l'insécurité, ou d'être à l'écart de la communauté, peur de la solitude ou de l'erreur. C'est donc la peur qui est à l'origine de l'autorité : on veut vivre selon des formes convenues et respectées, instaurées par la société. C'est cette peur même qui a conditionné l'esprit : c'est la peur qui a bâti la société dont l'esprit est devenu l'esclave. L'esprit a créé cette société sur la base de sa peur, de son avidité, de son ambition, de son envie – ou que sais-je encore.

La discipline spontanée, dépourvue de tout conformisme, consiste à observer simplement toutes ces peurs, toutes ces angoisses et ces envies : il s'agit de voir vos propres peurs, vos propres ambitions comme si vous regardiez un arbre. L'acte même de voir constitue cette discipline. Le mot « discipline » désigne l'acte d'apprendre, et non le conformisme, l'interdit ou l'obéissance. Apprendre à connaître la nature et la structure du conditionnement suscite l'ordre – mais pas l'ordre propre à la société qui, lui, n'est que désordre.

Voir ce qu'est le monde, avec ses guerres, sa haine, ses dissensions, ses confusions, c'est donc vous voir tel que vous êtes. Et vous voir tel que vous êtes, c'est voir le monde que vous avez créé à partir de ce que vous êtes. La liberté n'est autre que ce regard lucide. Voir un danger, c'est l'éviter. Voir le danger de ce lourd conditionnement de l'homme, c'est éviter tout conditionnement. L'important ici est de voir non seulement à travers le regard de l'intellect, mais aussi véritablement de ses propres yeux.

59. Le conflit

La séparation mène au conflit

Fuir le monde, c'est encore être concerné par lui. Nous avons tant de façons de l'éviter. L'évitement est la résistance à « ce qui est ». L'idéaliste et l'intellectuel, l'émotif, le religieux et le mondain résistent tous à « ce qui est », chacun à leur manière. Voilà pourquoi aucun changement radical, aucune révolution n'ont jamais lieu. Cette résistance, ou cet évitement, est cultivé depuis l'enfance et jusqu'au jour de notre mort. Telle est, depuis toujours, la tradition, non seulement en Orient mais aussi en Occident ; cette résistance n'appartient ni à l'Est ni à l'Ouest, car l'humanité n'est pas plus européenne qu'asiatique ou américaine. La question fondamentale est de savoir s'il est possible de vivre la vie de tous les jours sans la moindre résistance, c'est-à-dire sans la moindre forme de défense. Sommes-nous capables d'être vulnérables, et donc extrêmement sensibles, tout en continuant de vaquer à nos occupations quotidiennes ?

Comme tel n'est pas le cas, la conséquence inévitable est un processus de séparation que l'on cultive grâce à des mécanismes de défense, et ce processus débouche fatalement sur le conflit au sein de toutes les relations. Ce conflit intérieur devient extérieur et mène à des divisions nationales, religieuses, morales, etc. Est-il possible d'avoir au sein de la société une vie sans conflits, sans la moindre forme de fuite face à « ce qui est » ? « Ce qui est » se situe toujours dans un présent en pleine action. La résistance à cette activité vivante se fonde sur le souvenir d'un passé révolu et sur l'espoir en un hypothétique futur. La remémoration du passé et l'espoir dans l'avenir sont une fuite face à « ce qui est ». Car nous résistons au réel. Le réel, c'est la colère ou bien la souffrance, c'est le désespoir ou un moment de joie. Peut-on faire face à la souffrance sans la moindre résistance, sans le moindre recul ? Peut-on la regarder, non seulement en faisant usage de nos sens, mais en bannissant tout apitoiement sur soi, sans fuir cette souffrance, sans la condamner ni l'accepter – ce qui reviendrait, une fois de plus, à éluder « ce qui est » ? « Ce qui est » étant cette souffrance ou cette douleur.

L'acte de regarder se situe toujours au présent. Si vous dites : « J'ai regardé », et que votre regard porte en lui le bagage acquis, le souvenir du regard antérieur, alors votre regard actuel reste embrumé de souvenirs anciens, et vous ne regardez pas du tout. Regarder véritablement cette souffrance qui accompagne l'humanité depuis nos origines, c'est la regarder en faisant abstraction du temps. Lorsqu'il n'y a pas de résistance, alors cette souffrance perd de son acuité. Mais accepter la souffrance, la vénérer, ou la noyer sous des explications, c'est ne jamais entrer en contact direct avec elle.

Le réseau d'échappatoires que nous avons tissé en recourant à l'alcool, au sexe, aux croyances organisées que l'on appelle religion, ou en nous assujettissant à l'État ou à une quelconque idéologie est, en réalité, une résistance, une fuite face à « ce qui est », tant sur le plan intérieur qu'extérieur. Cultiver une tradition de résistance est un déni de liberté. Le souvenir des actions passées n'est autre que de l'inaction, car l'action vraie est un mouvement dans le présent, cette action-là émane de « ce qui est » et non du souvenir de « ce qui fut ».

60. Travailler ensemble

L'éducation doit briser les schémas établis

Coopération et agressivité ne font pas bon ménage. La coopération est une nécessité absolue dans un monde à ce point écartelé entre convictions nationales et religieuses, disparités économiques, sur et sous-développement intellectuel. Une certaine forme de coopération existe dans les relations très proches – la famille, par exemple – mais, au-delà, persistent toujours des différences d'opinions, de tendances et de savoirs. L'ambition et la jalousie renforcent encore ces différences, ce qui fait évidemment obstacle à la coopération.

La coopération consistait traditionnellement à œuvrer ensemble en faveur d'une idéologie, ou autour d'un individu dominant, ou pour un idéal utopique, mais ce type de coopération cesse ou se désintègre à la disparition de cet individu ou de cet idéal. Tels sont les schémas que l'homme a suivis, dans l'espoir de modifier les conditions de vie dans le monde, ou pour son profit personnel. Travailler ensemble en vue d'un objectif, alors que chacun a ses propres motivations quant à sa mise en œuvre, est inévitablement source de conflits. Ce genre de coopération vaut sur le plan des concepts, mais pas sur celui des nécessités d'ordre factuel. Travailler ensemble cesse d'être une simple formule dès lors que coexistent cette compréhension de la nécessité et cette relation qui naît de l'amour – relation à laquelle l'agressivité fait obstacle. L'homme est agressif par nature, il tient cela de l'animal. Cette agressivité, cette violence est encouragée dans la famille, dans l'éducation, dans le monde des affaires et au sein des structures religieuses.

L'agressivité se manifeste sous forme d'ambition qui, elle aussi, est encouragée et respectée. L'agressivité, c'est la violence, et pour contrecarrer cette violence si prééminente dans le monde, diverses formes d'idéologies se sont développées, mais cela ne fait que contribuer à éluder la réalité factuelle de cette violence. La violence n'est pas là que sur le champ de bataille : la colère, la haine, la jalousie, c'est encore elle. C'est la jalousie qui nous pousse à la compétition, si hautement respectée au sein de la société, elle-même fondée sur la violence.

Nous sommes pour la plupart capables de percevoir ces schémas de fonctionnement, au moins intellectuellement. Mais ce qui nous fait *agir* n'est pas une perception intellectuelle, mais la vision directe de la vérité des choses. Voir la vérité est l'unique facteur de libération, à l'inverse des arguments intellectuels, des accommodements émotionnels ou des simples rationalisations. Voir et agir alors ne font qu'un, et cette action n'est pas le fruit d'une argumentation abstraite.

La coopération est indispensable, mais elle ne peut exister quand chaque individu est en compétition avec autrui et à la poursuite de son accomplissement personnel. Pour pouvoir coopérer, il ne peut y avoir de notion d'individu, de famille ou d'accomplissement national, car cet accomplissement ne fait qu'accentuer les clivages, rendant impossible toute coopération. Lorsque vous voyez tout cela, non comme un concept descriptif mais comme un danger pour le bien-être global de l'humanité, cette perception même suscite une action qui sera non agressive et donc coopérative. Voir, c'est aimer, et celui qui aime est en état de coopération. Et en comprenant ce qu'est la coopération, il verra aussi quand il convient de ne pas coopérer.

Dans la plénitude de la coopération, la bonté, qui n'est pas de la sentimentalité, peut fleurir. C'est l'autorité qui détruit la coopération, car l'amour ne peut en aucun cas coexister avec l'autorité. Nous vivons depuis si longtemps sous le joug des schémas établis que notre existence s'est coulée dans la tradition, et la liberté, l'amour, la coopération ont perdu leur signification fondamentale. L'éducation doit briser ces schémas. Briser ces schémas, c'est percevoir le neuf dans toute sa vérité.

61. L'ordre

La soumission au passé est le désordre

Sauf peut-être dans la nature, vous constatez, en regardant autour de vous, une grande misère, une grande confusion, une grande violence. Si l'homme avait délibérément entrepris de semer le chaos dans le monde, il n'y serait certainement pas mieux parvenu que n'en témoigne aujourd'hui l'état de destruction, de haine et d'anarchie régnantes. Tel est l'héritage des générations passées : les vies, les attitudes, les valeurs et les superstitions des générations passées sont responsables de ce chaos.

On entend souvent dire que l'avenir est entre les mains de la jeunesse. Mais est-ce vraiment le cas ? Les jeunes générations ne sont-elles pas, elles aussi, plutôt conditionnées par le passé – sans en avoir la moindre conscience – à un point tel qu'elles ne se révoltent que superficiellement contre l'ordre établi ? Cette révolte superficielle leur insuffle une certaine vitalité et une certaine fraîcheur que l'on prend à tort pour un nouveau départ. Les générations successives se sont toutes plus ou moins révoltées contre le passé, mais, tôt ou tard, elles se laissent piéger par le passé, par la société, la culture dans laquelle elles ont vécu. Tout cela est assez évident et ne nécessite pas une analyse en profondeur.

L'urgence est ailleurs : chacun d'entre nous, en tant qu'être humain, doit penser, agir et vivre d'une tout autre manière, qui ne soit pas fondée sur l'agressivité, l'appât du gain et l'instinct de prédateur dont l'homme est l'héritier. Cette révolution ne se situe pas dans le champ social ou économique, mais à un niveau beaucoup plus profond : celui des structures mêmes de la conscience humaine. La crise n'est donc pas une opposition entre la jeunesse et les générations précédentes, ou entre une formule religieuse et une autre, entre un pays et un autre : elle touche aux racines mêmes de notre être. La décision est de savoir si nous continuons dans le fil du passé ou si nous découvrons un mode de vie d'où toute forme de conflit serait absente.

L'ordre est nécessaire à cette découverte d'un nouveau mode de vie. L'ordre, ce n'est ni l'imitation ni l'acceptation d'un mode de vie tout tracé. Ce n'est pas non plus l'obéissance à une autorité supérieure – que celle-ci soit intérieure ou extérieure. L'ordre ne consiste pas à suivre un mode de vie instauré par la tradition ni un mode de vie cultivé par soi-même et pour soi-même, car ce type d'ordre est une soumission à un conformisme. Quand la peur est là, l'ordre ne saurait exister : la peur et le désordre vont de pair. Les structures sociales dans lesquelles nous vivons suscitent ce désordre, de par leur nature même. C'est ce désordre qui nous fait peur, et si nous cultivons une morale, c'est pour surmonter cette peur. Notre soi-disant morale n'est donc rien d'autre qu'une adaptation au désordre.

Lorsque nous parlons d'ordre, nous désignons par là un état d'esprit découlant naturellement de notre compréhension du désordre dans sa véritable nature. L'ordre ne consiste pas à cultiver de nouveaux modèles – ou de nouveaux systèmes – à suivre, mais à voir la nature même du désordre et ses dangers. Si vous vous accrochez à d'anciens modes de vie, vous ne verrez évidemment pas le danger de ce désordre. Le fait même de percevoir ce désordre : voilà ce qu'est la discipline. La discipline est la perception du désordre, et pas l'inverse. La liberté ne naît pas de la discipline telle qu'on l'entend en général – assimilée au conformisme, au refoulement, à l'obéissance, etc. La discipline consiste à apprendre. Vous devez donc devenir un disciple de la liberté, mais il n'y a ni gourou ni maître pour vous dire en quoi consiste la liberté. L'ordre n'est donc possible qu'en apprenant ce qu'est la liberté. La liberté est commuée en action par cette démarche d'apprendre.

Ainsi prend fin l'autorité. Bien entendu, l'autorité du policier et de la loi est nécessaire, mais il n'en est point d'autre. Car la liberté, qui est l'ordre, ne peut exister si l'autorité lui fait ombre, qu'il s'agisse de l'autorité de la tradition ou de celle que l'on tire de l'expérience ou du savoir. L'autorité, c'est toujours le passé, et la soumission au passé, c'est le désordre.

62. La morale

Le conformisme est la négation de la vertu

Des gouvernements tyranniques et des parents tyranniques ont tenté d'imposer l'ordre par le biais de la peur et du châtiment. Ils s'arrogent l'autorité de la « Providence » elle-même afin de dominer et de façonner les esprits en fonction de leur propre conception de ce que devrait être l'ordre, et en fonction de leurs traditions à ce sujet. La tradition peut remonter à dix mille ans, ou dater d'hier. Dans la famille, cette autorité est dévolue aux parents ; les gouvernements tyranniques la mettent en œuvre à l'aide de diverses formes de persuasion, et en recourant au meurtre et à l'intimidation. Une fois leur pouvoir établi, il est très facile à ces gouvernements d'édifier, grâce à la propagande, une tradition qui est peu à peu acceptée, afin d'assurer la continuité de leur autorité. La famille, l'Église et les gouvernements tyranniques ont agi de la sorte depuis la nuit des temps. La loi de base en ce domaine est l'acceptation, l'obéissance et le conformisme, conformisme qui, aux yeux du parent comme du tyran, instaurera l'ordre. Pour eux, l'ordre sous-entend de se plier à ce qu'ils considèrent comme étant le bien suprême pour la communauté comme pour l'individu.

Cet ordre supposé vise à codifier la relation entre individus et entre l'individu et la communauté. Cette relation est conditionnée, mais étant donné que toute existence est faite de relations, vouloir la faire entrer de force dans un moule ne peut être que source de conflit. Ce conflit est une révolte contre le modèle établi, révolte qui engendre le désordre ; pour venir à bout de ce désordre, l'autorité est, une fois de plus, mise à contribution pour instaurer ce semblant d'ordre. On voit les manifestations flagrantes de ce système dans l'activité quotidienne des gouvernements, des organisations religieuses et de tout pouvoir établi. Pourtant cela n'a rien à voir avec l'ordre.

L'ordre est forcément issu de la liberté ; l'ordre ne vient pas en premier, puis la liberté ensuite. La liberté ne peut exister sans une discipline ; mais la discipline n'en est pas vraiment une si elle est soumise aux schémas mis en place par le pouvoir, par une tradition établie ou par la soumission à des impératifs de nécessité. Comme nous l'avons dit, la discipline consiste à apprendre. Apprendre suppose d'avoir un esprit actif, pas un esprit qui, ayant engrangé des connaissances, les accroît par ce qu'il nomme « l'acte d'apprendre ». Apprendre exige de l'attention ; or, c'est l'inattention qui est encouragée par l'accumulation des connaissances et par l'habitude. L'habitude et le savoir sont contraires à la vertu. C'est la vertu qui suscite l'ordre. La morale est pétrie de coutumes et d'habitudes, contrairement à la vertu. Lorsque nous comprenons les mécanismes de l'habitude et de la coutume, pas de façon intellectuelle, mais par un contact direct avec elles, cette perception même est le facteur qui nous libère de la coutume et de l'habitude – socles de cette tradition solide que l'homme a protégée avec persévérance et qui est l'acceptation de la tyrannie et de la morale, de l'ordre établi, de la société.

Il y a donc, chez tous les êtres humains, un besoin irrépressible de suivre, de se conformer, ce qui est la négation même de la vertu. La vertu, en tant que comportement ou mode de conduite, ne peut s'épanouir sous forme de bonté que si la morale cesse d'être l'expression d'une coutume. L'ordre n'est donc pas la coutume imposée par une autorité intérieure ou extérieure, mais la pleine expression d'une attitude de vie qui n'est pas formatée par le milieu ambiant. Cette attitude est la seule qui soit juste et vertueuse. Sans cette juste attitude, il n'est pas d'ordre possible. Nous sommes si habitués au désordre, dont le signe manifeste est le conflit, que sortir de ce moule suscite la peur. La peur n'engendre que la résistance et l'agressivité, jamais l'ordre.

L'amour n'est pas l'évocation de l'image du plaisir ou du désir, car cela n'amène que contradictions et conflits, ce qui est l'une des causes du désordre. L'amour, ce n'est pas la photo sur la cheminée, ni l'image trônant dans l'église, ni les souvenirs d'ordre sexuel, ni aucune de ces choses qui engendrent l'habitude, la coutume et donc le désordre. L'amour, c'est la vertu, la droiture mise en actes au présent – et l'ordre, c'est cela.

63. L'action

Vivre, c'est agir au cœur même de la relation

Nous sommes évidemment tous à la recherche d'un mode de vie où il n'y aurait pas de place pour le conflit. L'homme a poursuivi cette quête tantôt au sein d'un monastère, tantôt en devenant moine errant, ou en se retirant du monde au fond d'une caverne, d'une tour d'ivoire, dans l'espoir d'accéder à un mode de vie où souffrance et chagrin n'existeraient plus. Mais l'humanité a fait de la guerre intérieure et extérieure un mode de vie acceptable. Le moine lui-même n'échappe pas aux conflits d'ordre divers, au chaos, aux angoisses. Nous avons accepté que l'existence soit un champ de bataille dans lequel, non contents de nous dresser les uns contre les autres, nous sommes aussi divisés jusque dans l'étroit enclos de notre conscience limitée. Le seul mode de vie que nous connaissions n'est qu'une incessante tourmente où l'action suscite toujours plus d'angoisse et de désespoir.

On peut donc se demander s'il existe un type d'action qui ne soit pas source de conflit. L'action n'est pas la conception abstraite, idéologique de ce qu'agir devrait être. L'action consiste à « faire » dans l'instant. Elle ne procède ni du passé ni du futur. Le passé est le souvenir d'une action, et le futur une projection du passé au travers du présent. Nous concevons une action et nous l'exécutons dans le présent, en la modifiant si besoin est. L'action est une chose que la pensée a élaborée pour nous dans le passé. Elle n'est donc jamais dans le présent, mais toujours dans l'ombre du passé. Cette ombre n'est autre que la mémoire, l'expérience et le savoir, une idéologie ou un concept quant à ce que l'action devrait être. Il n'y a donc jamais d'action digne de ce nom.

Cette diffraction de l'action en forme de passé s'infiltrant dans le présent en vue de produire un résultat futur est l'œuvre de la pensée. La pensée est le fruit du passé : elle est donc toujours caduque. Il n'y a rien de neuf dans la pensée. Ainsi, lorsque la pensée domine l'action, cette action n'en est plus véritablement une, elle n'est plus qu'un résultat, un effet. Mais la vie, le sentiment, la relation existent toujours au présent, le présent étant le mouvement agissant. Il y a donc toujours une contradiction entre « ce qui est » et « ce qui a été », et cette action-là est toujours source de conflit.

Lorsqu'on voit dans sa globalité la structure de ce que nous appelons l'action, avec les conflits qui en résultent, on se demande s'il peut exister une action qui ne soit pas le fruit de la pensée, mais d'un état où l'esprit reste tout à fait calme et silencieux. C'est l'unique instant où l'action cesse d'être un résultat et une source de souffrance et de chagrin.

Vider l'esprit de tout contenu passé : c'est cela, la méditation ; alors, action et méditation ne font qu'un. En définitive, vivre c'est agir au cœur de la relation. L'esprit qui se vide de toute image du passé est dans un état de méditation agissante.

64. Les préjugés

La vraie relation n'est pas d'ordre intellectuel

La violence et le nihilisme sont actuellement en expansion dans le monde. Plus le niveau d'organisation de la société est élevé, plus grande est la potentialité de violence, d'où le développement inévitable d'un sentiment d'absence de coopération réciproque, autrement dit de nihilisme. La loi est impuissante à résoudre ce problème, car nous sommes tous dépendants les uns des autres. Si un groupe extrêmement spécialisé s'attaque à un autre, et que cette attaque soit légale, il n'y a pas d'issue à ce désordre. Les États tyranniques ont interdit les grèves, mais ce n'est pas non plus la solution. Chaque segment spécialisé de la communauté s'oppose à un autre, et les pauvres, au spectacle de la richesse, veulent en avoir leur part.

La société est donc en proie à de formidables conflits qui mènent à la violence sous toutes ses formes. La loi et l'ordre policier ne sont pas en mesure d'instaurer la paix dans le monde ; or, nous avons besoin de paix si nous voulons ne serait-ce que survivre. La paix, ce ne sont pas les hommes politiques qui l'instaurent ; leur paix à eux n'est qu'une paix intermittente, entre deux conflits. La paix, c'est la relation tissée entre les êtres humains, qu'ils soient noirs, blancs ou roses, communistes, catholiques ou autres. La relation ne se situe pas au niveau intellectuel. Une relation située à ce niveau-là n'en est pas vraiment une. La vraie relation se situe au niveau humain – celui de la compréhension et de l'affection –, ce qui est exclu quand l'action se conforme ou s'adapte à une image façonnée par l'intellect. Mais les idées abstraites sont pour nous beaucoup plus importantes que cette relation humaine faite d'affection et de considération.

Pourquoi les idées ont-elles pris une telle importance ? Est-ce parce que, ne sachant pas comment agir, nous nous réfugions dans des abstractions, des formules toutes faites grâce auxquelles nous espérons résoudre les problèmes ? Tuer un animal ou un être humain est la forme ultime de la violence. Tout au fond de nos cœurs, nous le reconnaissons, pourtant, nous trouvons des raisons, logiques ou illogiques, pour justifier cet acte. Tuer devient donc le moyen traditionnel de régler les problèmes suscités par l'existence même de la vie. On ne tue pas seulement avec des baïonnettes ou des bombes, mais aussi avec des attitudes, des opinions, des jugements et des gestes auxquels nous recourons pour détruire les autres. On nous apprend la haine dès la plus tendre enfance : un parent dit à ses enfants : « Tu ne dois pas fréquenter untel, ce n'est pas quelqu'un de bien » ou « Celle-là n'est pas des nôtres » ; ainsi se sèment les graines de la haine. Le malheur dans tout cela, c'est l'importance accordée aux préjugés, aux valeurs établies et à des notions dangereuses comme le nationalisme et les antagonismes entre les divers dieux, toutes choses auxquelles on s'est accoutumé. Le ramassage des ordures ou la propagation d'une image de Dieu, par exemple, sont des fonctions spécialisées que certains organisent puis transforment en monopoles, et ce sont ceux-là mêmes qui deviennent source de violence.

Nous sommes généralement au courant de cet état de choses, certains en ont une approche plus intellectuelle, d'autres plus émotionnelle, mais l'humanité semble incapable de prendre un nouveau départ, de voir tous ces problèmes d'un œil neuf. Ceux qui se révoltent contre le passé ne font que tomber dans un nouveau piège. Les nouveaux dieux sont devenus vieux du jour au lendemain : ainsi va l'histoire.

En observant cette situation sans émotion, et certainement pas sous un angle intellectuel, nous voyons qu'une autre forme d'action – issue non pas d'idées abstraites, mais d'un état d'esprit très différent – devient une nécessité urgente. Après tout, l'amour n'est le monopole d'aucun État, d'aucune religion, on ne peut ni le domestiquer ni le dresser pour l'enfermer dans le cadre d'une famille. Il est sauvage et passionné, et loin des cendres mortes du passé. L'action née de là est la vraie relation – et c'est la seule issue possible.

65. Une autre éducation

L'essence de la culture est l'harmonie totale

Bien que le mot « éducation » soit souvent détourné de son sens, il doit être employé pour désigner tout ce qui se passe en général dans le monde. Ce terme, que ce soit en Orient ou en Occident, sous-entend que l'on assiste à des cours de l'enfance jusqu'à l'université, que l'on passe des diplômes, que l'on accumule quantité d'informations sur des sujets divers, allant de la physique théorique à la culture des légumes, de la musique à la médecine, et ainsi de suite. Cette culture de la mémoire est devenue une nécessité dans le cadre des structures sociales et économiques actuelles. Il est considéré comme essentiel d'avoir un bon poste, que ce soit dans le domaine de l'éducation, de la politique ou des affaires, et d'avoir un diplôme. Pour acquérir ce diplôme il faut se conformer aux structures du savoir et à l'ordre en vigueur dans une société ou dans un État donné – qu'il soit socialiste, communiste ou capitaliste. Lors de l'acquisition de cet éventail de connaissances, le cerveau mémorise forcément quantité de faits, d'expériences et de savoir. L'acquisition et la mise en pratique de ces informations conditionnent fatalement, au fil des ans, le cerveau qui se mécanise, tout en gardant une liberté d'action dans le cadre de son périmètre limité. Le but essentiel de l'existence est de gagner sa vie, de se conformer à un modèle et de vivre dans le cadre du connu.

L'activité du cerveau se réduit au champ du savoir, du connu. Le connu, c'est le passé, c'est aussi le savoir, et c'est à partir de cette source que se construisent le futur ou le présent. Si complexe et subtil que soit le savoir, il s'inscrit toujours dans le périmètre du temps, du connu. Et les racines de la pensée sont ancrées dans le passé. La pensée peut aller très loin, explorer de nombreux domaines liés au passé et à l'avenir, aux sciences abstraites ou à l'anthropologie ; elle peut explorer l'espace.

Dès l'enfance, le cerveau est entraîné à être compétitif, ambitieux, à vénérer le succès, d'où l'importance donnée au « moi », à l'ego ; le sens de la coopération est ainsi détruit dans son essence même. C'est tout cela que l'on appelle généralement l'éducation, y compris sous ses formes les plus élevées, qui donnent accès au statut social, devenu aujourd'hui plus important que la fonction occupée. Partout dans le monde, le terme d'éducation recouvre tout cela, et l'on finit donc par s'interroger et par avoir des doutes sur ce terme même.

La culture, en revanche, c'est tout autre chose. Ce terme ne sous-entend pas seulement que l'on cultive le savoir, mais il concerne l'essence même de l'homme, sur le plan intérieur comme extérieur. Tout ce qui divise est artificiel ; le réel, c'est cette harmonie totale d'où toute division est absente. Les cultures actuelles existant dans le monde subissent un rapide déclin, et parce qu'elles sont en voie de disparition, elles se retrouvent peu à peu remplacées par le savoir et non par la sagesse. Or l'essence de la culture est l'harmonie totale. Cette harmonie est le noyau même de l'esprit religieux. Sans religion, point de culture ; mais la religion en question n'a rien d'une propagande organisée – ce qui est le cas de toutes les religions – ni d'une quête individuelle de quelque expérience immense. L'esprit religieux ne s'appuie sur aucune croyance, aucune foi, aucune autorité : il consiste dans l'absence totale d'ego. Lorsque, dans le sillage de la désintégration d'une culture, surgissent – tels des champignons dans le terreau humide et pourri d'un sous-bois – le sexe, les gourous, l'autorité et leur cohorte de disciples, alors la tradition et les écritures deviennent prééminentes. Tels sont les réflexes de base au plus profond de l'esprit humain, dès lors qu'on est à la recherche d'un mysticisme imaginatif, d'agréables visions, de dieux et de sauveurs qui ne sont que la projection de soi-même. Lorsque le savoir, le connu, ont pris une importance suprême, l'esprit cherche à déchiffrer des mystères, court après l'expérience d'autrui, et instaure de nouveaux dieux.

La culture est la porte ouverte sur la réalité, qui ne réside ni dans les philosophies ni dans la psychologie ni dans l'analyse. Sans la beauté de la religion, la culture n'a pas de sens. Elle est comme une belle fleur sans parfum, et nous déchirons la fleur en mille morceaux pour en découvrir la senteur.

L'amour, c'est l'harmonie, et elle ne se cultive pas, contrairement au savoir, et il se creuse un fossé grandissant entre le connu et l'harmonie de la perception directe. Voir, c'est faire, mais le savoir, en raison de sa nature temporelle, empêche toute action instantanée. L'esprit religieux, lui, a cette faculté d'action immédiate.

Une autre forme d'éducation est indispensable, non pas basée sur une simple culture de la mémoire, privilégiant l'obligation, le conformisme, l'imitation, et menant à la violence, mais fondée sur une culture globale de l'homme dans laquelle le « vous » et le « moi » disparaissent, sans être pour autant remplacés par l'État ou par une nouvelle figure de sainteté. Cette éducation différente se préoccupe du savoir, de la sagesse, de « ce qui est », et aussi d'aller au-delà de « ce qui est ».

La sagesse n'est dans aucun livre, elle n'est pas non plus dans la perfection du savoir. Elle est dans le mouvement de liberté lié à l'acte d'apprendre. Apprendre est un geste qui n'a pas de fin. Et la sagesse est la fin de toute souffrance.

66. La liberté fondamentale

Point de liberté sans responsabilité

La liberté est l'un des facteurs les plus importants de la vie. Partout dans le monde, l'homme a mené des combats politiques afin de la conquérir. Les religions ont promis la liberté, pas dans ce monde, mais dans l'autre. Dans les pays capitalistes, la liberté individuelle existe jusqu'à un certain point, mais elle est bafouée dans le monde communiste. Depuis les temps les plus reculés, l'homme a accordé un grand prix à la liberté ; des opposants non seulement politiques mais religieux sont apparus et ont eu recours, sous l'Inquisition, par exemple, à l'excommunication, à la torture, au bannissement, et au déni total de cette quête de liberté engagée par l'homme. Il y a eu des guerres, puis des contre-offensives, au nom de la liberté. Tel a été le modèle suivi par l'homme dans ses élans vers la liberté au fil de l'histoire.

La liberté d'expression et la liberté de parole existent dans certaines parties du monde, et dans d'autres pas. Ceux qui ont été conditionnés se révoltent contre leur milieu, et réagissent de façon immature. Cette révolte, qui se manifeste sous différents aspects, est souvent appelée « liberté ». La réaction face à un contexte politique consiste souvent à fuir tout ce qui relève de la politique. Une réaction de type économique consistera, par exemple, à former de petites communautés fondées sur une certaine idéologie ou guidées par un leader, au sein desquelles toute autorité est bannie, et où l'on vise à l'autosuffisance mais, en général, ces communautés ne tardent pas à se désintégrer. La réaction de type religieux contre les croyances organisées en institutions consiste à se révolter, soit en rejoignant une autre organisation religieuse, soit en suivant un gourou ou un leader, soit en adhérant à un autre culte. Ou encore en récusant totalement toute démarche religieuse. Toutes ces réactions n'indiquent-elles pas que ces mouvements vers la liberté restent superficiels ?

La liberté est conçue uniquement comme une liberté de mouvement, soit physique, soit mentale. De toute évidence, nous sommes toujours en quête d'une liberté superficielle – le droit d'aller où bon nous semble, de penser à notre guise, de choisir, de chercher à élargir notre champ d'expérience. C'est assurément une liberté assez limitée, impliquant énormément de conflits, de guerres et de violence. La liberté intérieure, c'est tout autre chose. Lorsque règne en soi une liberté profonde, fondamentale, dont la source n'est pas l'idée que l'on se fait de la liberté, mais sa réalité même, alors cette liberté imprègne chaque mouvement, chaque élan de l'homme. Sans cette liberté-là, la vie se bornera toujours à une activité réduite au cercle limité du temps et des conflits.

Lorsque nous parlons de liberté, c'est donc d'un problème fondamental dont nous parlons. Il ne s'agit pas de se libérer de quelque chose, il s'agit de la qualité d'un esprit et d'un cœur qui sont libres, et pour qui la notion de direction n'existe pas. Se libérer de quelque chose n'est qu'une forme modifiée de continuité du passé, ce n'est donc pas la liberté. Lorsque intervient la notion de direction, et donc de choix, la liberté ne peut exister, car qui dit direction dit division, et donc, forcément, choix et conflit.

Il n'existe pas de liberté individuelle, il n'y a que la liberté tout court. Le terme même d'« individu » sous-entend une indivisibilité et non une entité distincte opposée à l'entité collective. Mais nous avons élaboré un concept d'individualité, avec ses caractéristiques, ses tendances propres, qui ne sont rien d'autre qu'une réponse inspirée par le conditionnement, et nous opposons ce concept à l'entité collective. Ce conditionnement fait partie intégrante de la culture – économique, sociale ou autre – dans laquelle l'esprit est éduqué. La liberté se situe au-delà de ce conditionnement, et pas dans le périmètre de la conscience et du contenu dont elle est faite. La responsabilité propre à cet au-delà du conditionnement est différente de la responsabilité liée à la soi-disant liberté.

La responsabilité d'un esprit conditionné n'est, en fait, que de l'irresponsabilité, très perceptible dans les cultures en vigueur actuellement dans nos sociétés occidentales ou orientales. Cette irresponsabilité se manifeste de façon flagrante dans l'éducation, dans l'injustice sociale, dans les divisions nationales, où différentes idéologies conduisent à la compétition, à la guerre, à la famine, à la richesse et à la pauvreté. L'irresponsabilité des religions organisées s'illustre dans le soutien qu'elles apportent au maintien de ces cultures. Ces religions prêchent la morale, mais soutiennent la corruption. Et elles se font la guerre, chacune affirmant qu'elle seule détient la vérité, et que seuls ses dieux et ses sauveurs ont une réalité vraie. Cette irresponsabilité s'illustre dès lors qu'un intermédiaire s'interpose entre le réel et l'humain, elle s'illustre lorsque les églises, les mosquées, les temples deviennent détenteurs du pouvoir temporel.

La responsabilité a un tout autre sens quand la vraie liberté est là. La responsabilité n'interdit pas la liberté : les deux vont de pair. Lorsque la liberté est là dans toute sa réalité fondamentale, la responsabilité ne s'intéresse pas à un simple fragment de l'existence, mais à la globalité de la vie : elle s'attache non pas à un mouvement en particulier, mais à l'ensemble du mouvement. Elle se préoccupe de l'activité de l'esprit et du cœur dans sa totalité, et non d'une activité ou d'une orientation particulière. La liberté est une harmonie totale dans laquelle la responsabilité est aussi naturelle que la fleur dans le pré. Cette réaction n'est ni induite ni imposée : c'est le résultat spontané de la liberté. Sans responsabilité, il n'est point de liberté. La responsabilité consiste à ce que la réponse à tous les défis vienne de la liberté elle-même. L'irresponsabilité n'est autre qu'une réponse inadéquate. L'esprit soumis à la dépendance de l'attachement devient irresponsable vis-à-vis de tout.

La liberté est donc identique à l'amour qui, dans sa véritable nature, est responsable – envers la fleur au bord de la route, comme envers le voisin, que ce voisin soit là, tout près, ou à des milliers de kilomètres.

La compassion est l'essence même de la liberté.

67. La relation

Relation et société ne font qu'un

La liberté n'est pas un objet de quête. Elle ne se cultive pas. Elle naît spontanément du rejet de ce qui est contraire à sa nature. La liberté n'est pas une réaction : cette notion de base doit être bien comprise. La réaction à « ce qui est » n'est autre que la continuation de « ce qui est », sous une forme différente. Cette réaction peut être modifiée, structurée différemment, rationalisée et rendue efficace, mais ce n'est pas cela, la liberté. La réaction peut prendre la forme d'une opinion, d'une évaluation, d'un jugement, mais ce n'est pas cela, la liberté. Réagir à un ordre établi de longue date, réagir à la tradition ou à diverses formes d'autorité, n'est pas la liberté. La réaction face à nos propres penchants, à nos caractéristiques propres, à nos particularités – qui sont l'écho de notre conditionnement – n'est pas la liberté. La réaction que l'on oppose aux injonctions de retenue, de maîtrise de soi, d'obéissance, et qui nous incite à fuir dans une autre direction, agréable ou non, névrotique ou rationnelle, n'est pas la liberté. Passer d'une orthodoxie à une autre, d'une croyance à une autre, d'une autorité à une autre, si plaisant que cela puisse être, n'est pas la liberté ; échanger une idéologie contre une autre n'est en aucune manière la liberté. Agir à sa guise est une liberté illusoire. Vouloir affirmer sa propre identité, et identifier ses propres désirs à quelque notion d'immensité à la fois romantique et mystique n'est pas la liberté.

La liberté consiste à comprendre toutes ces réactions, non seulement au niveau verbal, mais en les transcendant véritablement. Voilà pourquoi il est si important d'observer lucidement ces réactions répétitives qui portent le masque de la liberté et de l'expérience. C'est en niant ces réactions et en les transcendant que l'on se trouve confronté au réel – à « ce qui est ». La relation et « ce qui est » sont une seule et même chose.

La relation, c'est la société, cette société que l'humanité a bâtie. Cette société ayant été bâtie par vous et moi, nous en sommes donc responsables. C'est notre société, pas « leur société à eux ». Elle n'a pas seulement été créée par vos parents, vous aussi en êtes responsable. Vous, en tant qu'être humain, êtes en train de créer cette société, et vous en faites partie. Par conséquent, vous êtes la société, et le monde c'est vous.

Votre relation à autrui, votre comportement, vos conflits, vos ambitions, votre esprit de compétition – c'est tout cela qui a abouti à ces structures sociales dans lesquelles nous vivons. Je le répète, il est capital de comprendre cela. Cette compréhension, ce n'est pas au niveau intellectuel ou verbal qu'elle a lieu : en fait, comprendre, c'est agir. Il ne s'agit pas de comprendre d'abord, et d'agir ensuite : les deux sont simultanés, les deux vont de pair. Cette relation ne concerne pas seulement votre ami intime ou votre proche voisin, mais des gens que vous ne voyez jamais, et qui peuvent être à des milliers de kilomètres de distance. Toute relation se double d'une responsabilité immense. Il n'est pas d'existence possible sans relation : la vie même est relation. On a beau vouloir s'isoler pour des raisons névrotiques, ou en vertu d'une spécialisation donnée, on est toujours en situation de relation.

La relation a donc une importance capitale. Il n'y a pas de relation si votre activité quotidienne est axée égoïstement sur vos propres centres d'intérêt. Il n'y a pas de relation si vous vous abritez derrière une muraille parce qu'on vous a blessé, parce que vous n'arrivez pas à obtenir ce que vous désirez, ou parce que vous cherchez à vous réaliser dans une activité particulière. Il n'y a pas de relation si vous êtes prisonnier d'une croyance vivace ou attaché à des conclusions instillées par d'autres ou forgées par vous-même. Il n'y a pas de relation si vous appartenez à un groupe qui s'oppose à un autre, ou si vous vous impliquez dans une forme d'action fondée sur des conclusions, rationnelles ou irrationnelles. Il n'y a pas de relation si vous vous forgez une image de vous-même ou d'un autre que vous. Cette image peut être fondée sur votre savoir, votre expérience, et de telles images, qu'elles soient issues de la tradition ou de vous-même, vous séparent de cet autre. Là où il y a séparation, sur quelque plan que ce soit, national, religieux, économique ou social, il y a forcément conflit en vous, et par là même dans le monde. Là où il y a conflit, il n'y a pas de relation.

L'amour est étranger au conflit. C'est lorsque l'amour devient plaisir que le conflit commence. Le désir n'est pas l'amour et l'accomplissement du désir va de pair avec une négation de l'amour.

La relation ne se réduit pas à un rapport avec les autres, mais s'étend à la nature, à l'arbre et à l'animal. Quand nous perdons contact avec la nature, nous perdons contact avec nos semblables. Quand vous perdez contact avec les oiseaux, avec la caille farouche et timide, alors vous perdez contact avec vos enfants, avec votre voisin d'en face. Quand vous tuez un animal pour le manger, vous cultivez aussi l'insensibilité qui tuera un jour cet homme de l'autre côté de la frontière. Quand vous perdez contact avec l'immense mouvement de la vie, vous perdez toute relation. Alors, vous – c'est-à-dire l'ego avec toutes ses exigences fantasques, ses besoins et ses quêtes – devenez prééminent, et le gouffre entre vous et le monde s'élargit en des conflits sans fin.

Relation et liberté vont donc de pair. C'est en refusant ce qui n'a rien d'une relation, et en reniant ce qui n'a rien à voir avec la liberté que naît une action où la responsabilité est totale. L'amour, c'est cela même.

68. L'autorité

La liberté et l'autorité sont incompatibles

La liberté va de pair avec la créativité. Celle-ci n'a rien à voir avec la forme de création qui naît du conflit. Nulle liberté n'existe si l'esprit est conditionné. Le conditionnement est le fruit des divers aspects de la culture – social, économique ou religieux. Lorsque l'esprit est conditionné, il fonctionne dans un périmètre spécialisé et limité. En général, on nomme créativité ce type de fonctionnement, qu'il relève de la haute technologie ou qu'il soit un mouvement relevant du conditionnement. Ce mouvement conditionné génère sa propre énergie, et cette énergie s'exprime dans la littérature, la science, la musique et les diverses branches des humanités.

Mais tout cela reste confiné au champ du conditionnement, qu'il soit plus ou moins large ou plus ou moins étroit. Cette activité trace une voie qui est acceptée et suivie, mais on ne sort pas du cadre restreint du conditionnement. L'homme cherche la liberté à l'intérieur de ces limites et l'exercice de cette liberté est ce qu'on appelle liberté de choix ou de décision, mais elle est toujours orientée et façonnée par le conditionnement.

C'est comme un prisonnier qui cherche la liberté au sein des murs de sa prison – la cellule peut être large ou étroite, mais ce n'est pas cela, la liberté.

La liberté est d'une tout autre nature. C'est la compréhension, à la fois de manière verbale et non verbale, du conditionnement, de sorte que l'esprit transcende celui-ci. Cette liberté ne se trouve pas dans les livres, nul ne peut vous la transmettre, et ce n'est pas un idéal. Elle ne s'achète pas à grand renfort de discipline ou de pratique, car toutes deux sous-entendent la sanction et l'autorité. Or, dans cette liberté, toute notion d'orientation ou d'autorité est exclue. Cette liberté est l'intelligence même, et elle assume ses responsabilités. Elle n'est pas dictée par les circonstances ou les événements. Cette liberté est le refus total de cette structure d'enfermement construite par la pensée et devenue sa prison. Ce rejet même constitue l'action positive de la liberté. Cette liberté est incompatible avec le désordre. C'est le désordre intérieur et extérieur qui rend nécessaires l'autorité, le dictateur, le chef.

La liberté est étrangère à l'autorité. Elle ne la connaît pas. Il ne s'agit pas d'un rejet de l'autorité : pour elle l'autorité est dénuée d'existence. L'autorité et la loi, sur le plan intérieur comme extérieur, sont des élaborations de la pensée. L'autorité extérieure, parfois rationnelle, parfois non, a sa place et sa responsabilité propres ; on ne peut pas l'écarter d'un geste, et l'intelligence qui va de pair avec la liberté en connaît les limites et la nécessité. L'autorité intérieure, bien plus subtile et profonde, est beaucoup plus complexe. Les lignes de conduite censées nous conférer de l'assurance et du cran se transforment en modèle à suivre, deviennent la norme qui à son tour devient l'autorité. Cette autorité peut être traditionnelle, elle peut être une personne, un symbole ou une idée. L'esprit, percevant consciemment ou inconsciemment son propre désordre et ses propres perturbations, génère lui-même cette double forme d'autorité intérieure et extérieure. Tout groupe en proie au désordre a tôt fait de se trouver un leader qui, dès lors, dirige et contrôle. Réagir à cette situation n'a rien à voir avec la liberté. Comprendre la nature de ce désordre et de ces perturbations, et les transcender, c'est cela, la liberté.

L'acceptation de l'autorité a pour cause le désordre et la perturbation. Il en résulte l'autorité, et la réaction face à celle-ci est la soumission ou le refus, ce refus même prenant l'aspect d'une nouvelle forme d'autorité. Là où il n'y a pas de liberté, l'autorité est forcément présente. C'est la voie ouverte au refoulement, à la contrainte ou à la fuite en avant, et c'est leur mise en mouvement même qui culmine sous forme de principe, de croyance ou de norme qui deviennent alors la force dominante. La cause n'est jamais permanente, elle peut passer du statut de cause à celui d'effet, ce dernier devenant, à son tour, la cause suivante. Lorsque ce processus est lucidement compris, pas de façon intellectuelle mais dans la réalité des faits, alors le refus de cet enchaînement de causes et d'effets n'est autre que la liberté. Le savoir a son autorité propre : l'expérience et la mémoire. Mais tant qu'on reste confiné dans ce périmètre, ce mouvement créatif propre à la liberté ne peut exister. Qui dit liberté dit espace, et l'espace, c'est l'ordre.

69. La coercition

Apprendre sans contrainte

Il n'est pas de liberté possible quand le désordre est là. Le désordre engendre l'autorité, et l'autorité sous toutes ses formes n'est autre que le mal – si l'on peut oser ce terme. Là où règne la liberté, le désordre ou l'absence d'ordre ne peuvent exister, pourtant l'esprit désordonné est perpétuellement à la recherche de la liberté. Un tel esprit définira toujours la liberté en des termes dictés par sa propre confusion. Le fait qu'un esprit en désordre soit en quête de liberté, ou revendique cette liberté, est dénué de sens. L'esprit désordonné accueille favorablement la discipline imposée par l'autorité sous diverses formes – politique, religieuse, sociale, etc. – de même que la tyrannie politique et le dogme religieux.

Quelle est la finalité de notre éducation ? Est-ce d'inciter l'esprit à se plier aux schémas établis par les générations précédentes, ou est-ce de comprendre et de transcender l'ensemble des structures qui régissent notre existence désordonnée, tant sur le plan intérieur qu'extérieur ? Le but est-il d'acquérir un savoir ou de nous libérer du désordre et de faire émerger ainsi une nouvelle société ?

Si l'on se penche sérieusement sur la question, il va de soi que l'éducation a pour but d'apporter à l'esprit la liberté totale, afin qu'il soit capable, non seulement de mettre de l'ordre dans sa propre vie, mais aussi, par ce processus même, de faire émerger des structures sociales différentes. L'action en question n'est pas celle d'un esprit engagé dans une voie précise, une croyance ou un idéal spécifique, ou une démarche influencée par le milieu ambiant.

Ce qui nous préoccupe, c'est l'éducation et la question de savoir comment instaurer l'ordre sans coercition. La contrainte, partout où elle s'exerce, sous quelque forme que ce soit, subtile ou évidente, engendre non seulement le conformisme et l'imitation, mais aussi la peur. Notre problème, dans ces écoles, est de savoir comment éduquer sans autoritarisme ni contrainte. Sachant quelles sont les racines de l'autorité, et les effets de la coercition, comment un esprit désordonné va-t-il se libérer de sa confusion, naturellement et sans effort ? Les élèves sont issus de familles et d'une société en proie au désordre. Ils sont eux-mêmes dans la confusion, l'incertitude. Ils réagissent en fonction de leur conditionnement. Leur révolte, qu'ils nomment liberté, n'est que l'écho de leur propre confusion. Tel est l'état de ces élèves. Ils ont besoin de sécurité, d'affection, ce qui est impossible s'il y a contrainte. Dans leur révolte angoissée, ils rejettent non seulement le terme de « discipline », et l'autorité qu'elle implique, mais aussi toute forme de coercition. Plus ils sont sensibles, plus fortes sont leurs réactions, et leur révolte s'exprime malheureusement sous une diversité de formes superficielles.

« Éducation » n'est pas le mot adéquat, mais nous n'avons guère d'autre choix pour faire comprendre ce qu'est la manière vraie de cultiver l'esprit humain dans toutes ses relations et toutes ses activités. C'est à nous qu'incombe la responsabilité de cultiver l'esprit et le cœur.

L'élève nous arrive déjà conditionné, et de ses réactions, dictées par ce conditionnement, découlent son tempérament, sa singularité, son désir d'accomplissement. L'éducateur, lui-même conditionné et doté de sa singularité propre, doit donc, au sein de cette relation tissée en toute responsabilité avec l'élève, avoir conscience de ses limites et de celles de l'élève : ils s'éduquent eux-mêmes en s'éduquant ensemble. Si l'éducateur mène une vie désordonnée, et affiche extérieurement une vie bien rangée, sa parole est sans valeur. Lorsqu'il dit à l'étudiant de se comporter de manière ordonnée, il devient hypocrite. L'éducateur a donc besoin d'éducation au même titre que l'élève. Tous deux doivent apprendre ensemble : l'action essentielle est là ; et tout esprit d'autorité doit être exclu de cette relation. Lorsque ces données sont comprises clairement et en profondeur, il faut alors instaurer une relation d'où toute coercition et tout conformisme seront totalement bannis.

Comment l'élève, en proie à la confusion et au désordre, peut-il apprendre sans que l'ordre lui soit imposé de force ? Car l'ordre est nécessaire. Il s'exprime à travers notre comportement. L'ordre est dans la nature même de l'univers. Il est présent dans la nature. Ce n'est que lorsque l'homme s'ingère dans la nature que le désordre se manifeste, parce que l'homme lui-même est en désordre. L'ordre, c'est la vertu mise en actes. L'ordre, c'est l'amour. Il n'y a pas d'ordre s'il y a effort ou contradiction. L'ordre est la plus haute forme d'intelligence qui soit. L'intelligence n'est pas une aptitude intellectuelle, ce n'est pas l'opposition d'opinions et de conclusions ; ce n'est pas la simple capacité de raisonner, quelle qu'en soit la logique. L'intelligence est la plus haute forme de sensibilité sur le plan intérieur et extérieur, à l'égard des autres comme de soi-même.

Comment faire pour éveiller cette intelligence ? Évidemment pas au moyen d'une méthode ou d'un système. Cet éveil n'est possible que lorsque jeunes et vieux ont conscience du monde qui les entoure, de la nature environnante et de leurs propres activités, lorsqu'ils ont conscience des événements qui se déroulent dans le monde, et de leurs propres réactions intérieures. Cette prise de conscience ne peut faire l'objet d'aucun entraînement, car cela la rendrait mécanique. On prend conscience de l'ensemble des activités de son esprit et de son corps, de la manière dont on s'assoit, dont on se tient, dont on marche. On est attentif à sa voix, au sens des mots, à ses opinions, à ses attitudes, au langage du regard et du geste, au langage du comportement et à son effet sur autrui. Tout cela sous-entend d'avoir pleinement conscience de ses motivations et de ses activités égocentriques.

Nous nous sommes dissociés du monde, en raison d'une certaine logique. Mais cette séparation est plus une question de mots que de faits. La réalité des faits, c'est que nous sommes le monde et que le monde ne fait qu'un avec nous, mais nous n'en avons pas pleinement conscience. Nous pouvons admettre l'idée d'un point de vue intellectuel, mais ce n'est pas une vraie réalité pour nous. De la même manière, il y a en nous ce clivage entre corps et esprit, entre sentiment et émotion. Jamais nous ne nous percevons comme un tout. Cette fragmentation est due à la pensée, et cette prise de conscience ne peut passer par la pensée. En devenant pleinement conscients, toute identification avec nos propres désirs, nos propres choix, disparaît, de sorte que les jeunes comme les vieux apprennent à « être ». Cette attention lucide n'est pas réservée à la salle de classe, elle s'exerce à table ou dans la cour de récréation. Elle s'apprend aussi lorsqu'on marche seul à travers champs, ou lorsqu'on est tranquillement assis dans sa chambre. C'est de cette attention consciente et sensible que vient l'intelligence.

Comment la transmettre et la maintenir ? De toute évidence, en en parlant, en observant ce qui se passe autour de soi, ainsi que ses propres réactions. C'est cette intelligence qui apportera l'ordre. Lorsque cette conscience lucide est à l'œuvre, la ponctualité, la bonne conduite, la politesse, le respect, tout cela devient naturel, au lieu d'être une obligation qu'on s'impose à soi-même, ou qui vous est imposée. Le maître et l'élève ne font qu'un. Et donc, l'observateur est l'observé. Quand cette relation s'instaure – et elle ne peut avoir lieu que lorsque cette qualité d'intelligence est là – l'émergence d'un être humain psychologiquement différent devient possible.

C'est pour cela que ces écoles existent, et il est de notre responsabilité de faire en sorte que naisse cette mutation.

70. La discipline

Apprendre est une discipline

Lorsque vous regardez autour de vous, dans la nature ou dans les cieux, plutôt que dans l'environnement humain, vous percevez une qualité extraordinaire d'ordre, d'équilibre et d'harmonie. Chaque arbre et chaque fleur ont leur ordre propre, leur propre beauté ; chaque colline et chaque vallée ressentent leur propre rythme et leur stabilité. Bien que l'homme s'efforce de maîtriser les fleuves dont il pollue les eaux, ces eaux ont un cours, une ampleur de mouvement qui leur sont propres. Exception faite de l'homme, ce qui prévaut partout, au sein des mers, dans l'air et dans l'immensité du ciel, c'est une existence ordonnée, et une extraordinaire pureté. Même si le renard tue les poules, même si les grands animaux vivent aux dépens des plus petits, ce qui semble être un signe de cruauté répond à un ordre dans cet univers, excepté pour l'homme. Quand l'homme n'intervient pas, c'est la grande beauté de l'équilibre et de l'harmonie qui prévaut. Cette harmonie ne peut exister que dans la liberté, et pas dans la restriction ni dans le conflit.

Dans la nature, toute chose suit le cours de son cycle, de sa mort et de sa renaissance. Seul l'homme vit dans la confusion, le conflit, le désordre. Dans un bois, si l'on observe bien, tout ce qui est vivant a ses propres habitudes, son propre mode de vie, de toute éternité et pour l'éternité. L'homme, lui, est façonné par son égoïsme ; et sa soi-disant spontanéité se limite à servir ses propres intérêts. Il est façonné et contrôlé par la culture, l'environnement dans lesquels il baigne. La société lui dicte sa conduite ; les aînés essaient d'inciter l'esprit des jeunes à se conformer, à obéir, et à vivre dans un espace restreint sur le plan extérieur comme intérieur. La réforme consiste à détruire un modèle pour mieux se soumettre à un autre. Notre existence est très brève, et nous la vivons dans le conflit, dans la peur et la souffrance. Ce n'est que dans la prime jeunesse que nous semblons être parfaitement heureux et sans souci. Mais tout cela ne tarde pas à s'évanouir, et alors commence l'épuisant conflit de l'existence.

Dans tout ce climat d'agitation, pas de place pour la liberté ni pour l'ordre propre à la spontanéité, car la liberté suppose un grand sens de la spontanéité. Dans la société, dans la famille, à l'école, s'il n'y a pas d'ordre il n'y a pas de relation. Pourtant, ce que nous désirons, c'est une relation qui n'est en réalité qu'une forme d'attachement envers l'autre, dénuée de ce sentiment intime d'harmonie, de plénitude, d'intégrité. Si vous croisez une parade militaire, vous voyez le pauvre soldat qui a appris, à force d'entraînement, jour après jour, à obéir, à se conformer, à suivre le son du tambour et la voix du sergent. Il est transformé en machine à tuer et à se protéger. De manière similaire, nous sommes dressés dès l'enfance à nous protéger en nous conformant à des schémas anciens ou nouveaux. Ce dressage se poursuit au bureau, dans l'atelier, à l'église, à l'école. C'est ce qu'on appelle l'ordre, et c'est une préoccupation pour la plupart des parents. Le processus se perpétue depuis des générations, et le fossé entre deux générations n'est qu'un entracte au cours duquel un nouveau schéma prend forme.

L'ordre ne peut-il donc exister sans effort, sans cette lutte entre ceux qui voient que l'ordre est nécessaire et ceux qui se rebellent contre toute forme de contrainte ? Existe-t-il un ordre dénué de conformisme ? Existe-t-il une action qui n'aboutisse pas à la routine et à l'ennui ? Tel est l'un des problèmes qui se posent dans l'univers de la relation. Tout être intelligent, jeune ou vieux, voit que l'ordre est indispensable : pour se lever le matin, pour apprendre, pour jouer, etc., il faut de l'ordre. Si vous voulez être un bon joueur de golf, vous devez manier le club d'une certaine manière. Pour être un bon nageur, vous devez apprendre les mouvements. Pour devenir un bon joueur de golf ou de tennis, vous devez apprendre la frappe. Cet apprentissage déclenche son propre mouvement naturel de contrôle. Ce contrôle n'est imposé par personne, mais le mouvement même de la main, du bras et du corps est infiniment ordonné et subtil. Chaque métier a sa propre discipline, et apprendre est en soi une discipline.

« Discipline » est un mot malheureux, qui sous-entend dressage, pratique, conformisme, assujettissement, contrainte – et le conflit que suscite l'indolence.

Étymologiquement, « discipline » signifie apprendre – seulement cela : apprendre et rien d'autre. Si vous n'avez pas envie d'apprendre, alors les parents, l'école, la société vous forcent à vous soumettre, que vous le vouliez ou non. La société, si neuve soit-elle, vous force à vous adapter. Les religions ont prospéré sur ces bases-là, en tablant sur la peur et sur la récompense. Soit vous apprenez sous l'impulsion d'un intérêt spontané, soit on vous pousse, on vous force à apprendre. Lorsque vous apprenez contraint et forcé, votre savoir est mécanique et vous l'utilisez de façon mécanique. Alors, vous vous plaignez du manque de sens de l'existence, et vous essayez de fuir en vous réfugiant dans diverses formes d'illusion et de rêve éveillé, ou dans des mondes imaginaires. Les boîtes de nuit, les distractions du week-end, les vacances sont autant d'échappatoires futiles. Vous avez rétréci votre vie aux dimensions de la famille et des responsabilités qu'elle implique, du travail sans fin, et de l'inévitable.

Apprendre sans attendre ni récompense ni punition est une tout autre affaire. Si vous voyez et comprenez ce fait en toute lucidité, lorsque vous êtes en train de jouer au football, au cricket, ou en train d'étudier une matière scolaire, vous découvrirez que le fait d'apprendre, plutôt que de formater l'esprit, libère celui-ci. Le savoir en tant que tel façonne l'esprit, c'est ainsi que l'esprit devient vieux. Les écoles et les universités font vieillir les esprits. Elles conditionnent au conformisme, car le savoir a pris une place prépondérante – pas l'acte d'apprendre, mais le fait d'acquérir des connaissances. L'esprit qui se conforme est un esprit vieux, contrairement à celui qui apprend sans cesse. Cette façon d'apprendre implique une liberté dans laquelle le savoir peut être mis à contribution si besoin est. Ne faites pas de votre esprit un simple lieu de stockage du passé : les encyclopédies et les ordinateurs sont là pour ça.

QUESTION : *Voulez-vous dire que je n'ai besoin d'acquérir des connaissances dans aucun domaine, que je ne suis pas obligé d'étudier ?*

KRISHNAMURTI : Pas du tout. Lorsque vous posez cette question, qu'est-ce qui se cache derrière ? Cela veut-il dire que vous n'avez pas envie d'étudier parce que cela vous ennuie ? Ou voulez-vous savoir comment apprendre, c'est-à-dire comment être attentif ? Lorsque vous n'avez pas envie d'être attentif..., eh bien, ne le soyez pas ! L'important, c'est d'avoir un esprit qui n'ait jamais été façonné par le conflit, par le désir et l'absence de désir d'être attentif. Car le conflit est précisément là. Si vous voulez regarder par la fenêtre, regardez par la fenêtre, sans réticence et sans conflit face à la voix qui vous dit de regarder le livre. Regardez par la fenêtre de tout votre être – avec vos yeux, vos oreilles, votre esprit et votre cœur. Ensuite, lorsque vous regarderez le livre qui est devant vous, quel qu'en soit le sujet, regardez-le de la même façon que lorsque vous regardiez par la fenêtre. Vous y arriverez, s'il n'y a en vous aucun conflit. C'est la toute première chose à apprendre : ne pas être en proie au conflit quelles que soient les circonstances. Parce que vous avez regardé par la fenêtre en toute liberté, sans aucune contrainte ni obligation, vous regarderez le livre de la même manière, parce que c'est cela, apprendre. On apprend dans les deux cas : en regardant par la fenêtre et en regardant le livre. Apprendre à se libérer du conflit n'est pas de l'indifférence, ce n'est pas non plus s'autoriser à ne rien faire.

— *Si je me débarrasse du conflit, alors je ne ferai plus que ce qui me plaît.*

— Pouvez-vous vraiment faire tout ce que vous voulez ? Faire ce que vous voulez, n'est-ce pas une réaction contre ce qu'on vous a ordonné de faire ?

« Ce que vous voulez » est-il dissocié de la structure de la société dans laquelle vous vivez ? « Ce que vous voulez », c'est la quête de votre plaisir particulier. Vous allez désormais mener une double vie. Vous serez secrètement à la poursuite du plaisir, et en façade vous serez forcé par la culture ambiante à vous soumettre aux critères de la respectabilité. Vous entretenez ainsi le conflit, en étant déchiré entre l'envie et l'impossibilité de satisfaire vos désirs, ou entre leur satisfaction et le prix à payer. Tout cela ne fait qu'entretenir le conflit. Apprendre ce qu'est le conflit consiste à comprendre l'ensemble de ces schémas de comportement par rapport au plaisir.

— *M'interdisez-vous le droit au plaisir ?*

— Au contraire. Si je vous interdisais le plaisir, vous vous rebifferiez, vous deviendriez violent. Vous trouveriez un moyen de vous livrer à votre plaisir, et vous retomberiez dans le conflit. Nous sommes toujours tenaillés entre punition et récompense, ce qui engendre la peur ; apprendre ce qu'il en est, c'est se libérer du conflit.

— *Voulez-vous dire que la discipline, c'est mal ?*

— Non, ce n'est pas ce que nous disons.

— *Alors pourquoi sommes-nous soumis à des règles ?*

— Avez-vous écouté ce qui a été dit sur cette question de la discipline ? Ou n'avez-vous écouté que la partie qui vous plaît ? Si vous n'avez écouté qu'à moitié, vous vous êtes forgé une certaine conclusion, une certaine idée, à partir de laquelle vous allez agir ou non, en fonction de ce que vous dicte le plaisir. Nous avons dit que l'ordre était nécessaire. Tout l'univers, à l'exception de l'homme, fonctionne dans l'ordre. L'homme s'est donné le droit de vivre dans cette situation contradictoire, et tous ses malheurs viennent de là. Je vous invite vraiment à regarder les choses en d'autres termes que ceux du plaisir et du châtiment, et à envisager un mode de vie où toute forme de conflit cesse définitivement d'exister. Voilà ce qu'il vous faut apprendre, et cette démarche d'apprendre engendre son ordre propre.

71. Une vie saine

La liberté, c'est « vivre sain » au quotidien

La liberté est un mot dont l'usage est si flou qu'il n'a plus véritablement de sens. Nous avons beau parler d'elle sans cesse, en matière politique ou religieuse, à l'école, à l'université, nous n'en voulons pas vraiment. Ce que nous voulons, ce n'est pas la liberté, mais la sécurité absolue dans tous les aspects de notre existence. Nous nous révoltons contre l'autorité, mais notre rébellion est en fait l'expression d'un besoin urgent d'identité et d'action. La liberté est vraiment une chose dangereuse. C'est être libéré de tout malheur, de toute confusion, en nous ou en dehors de nous. La liberté n'est autre que le déni total de la structure des idées ainsi que de l'action basée sur ces idées. Elle n'est pas l'expression d'un débordement d'égoïsme individuel. Mais rejeter cet égoïsme, non pas de façon purement verbale, mais dans la réalité des actes, c'est aussi cela, la liberté. Faire face aux événements tout seul, sans pour autant s'isoler : voilà ce qu'est une vie saine. Ce « vivre sain » concerne la santé, la globalité de l'être, et aussi la sainteté. Dans cet état, pas de déséquilibre. C'est cela, la liberté.

Cette liberté n'est pas une idée, une abstraction, c'est un mode de vie sain au quotidien. L'action insensée est une chose, mais l'action dont il est question ici est d'un tout autre ordre, elle mène à l'épanouissement de ce qui est bon et juste. Si vous observez le monde autour de vous, vous constatez à quel point tout n'y est que folie : on voit des mères envoyer leur fils à la guerre, pour tuer et être tué ; on voit les divisions entre religions et gouvernements, et tous les conflits et la corruption qui s'ensuivent ; on voit les discours de paix tandis qu'on prépare la guerre, les clivages omniprésents entre les êtres humains, classés par catégories, en fonction de leur tempérament, avec leurs gourous et leurs psychanalystes. Cette folie a son activité propre, qui est contradictoire, imitative et porteuse de divisions. L'éducation telle qu'elle existe à l'heure actuelle consiste à se plier à ces schémas de folie. Cette action du « moi » et du « vous » est la source de la corruption, qu'elle s'instaure au nom de la société, de la nation ou de Dieu. La véritable éducation consiste à détourner l'esprit de cette folie et des activités qu'elle suscite.

Par quels actes s'exprime cette attitude saine ? Car l'action fait partie de nos préoccupations dans la vie : vivre c'est agir dans et sur la relation. Il ne faut pas séparer votre action de la mienne. Si ce clivage existe, c'est que la folie opère en nous. L'homme a fragmenté l'action en une diversité de genres et de catégories, conçus par un esprit lui-même morcelé.

Il n'y a donc pas, d'une part, l'activité de l'artiste, de l'autre, celle de l'écrivain, ou de l'homme politique, etc. : il n'y a que l'action. Lorsque l'action est fragmentée en catégories inventées par l'homme, la corruption s'installe. Si cet état de choses est clairement compris – autrement dit si vous en percevez la vérité intime, la réalité factuelle – alors l'action est l'expression d'un tout global. Alors, vous n'êtes pas impliqué dans un type d'action particulier, mais vous vous impliquez dans la globalité de la vie, et c'est cela l'action. Lorsque vous vous engagez dans une voie particulière, cette action peut vous apporter des satisfactions et vous permettre de vous exprimer, mais vous découvrirez alors que cet acte débouche sur des contradictions internes, et entraîne une déperdition d'énergie. L'action globale est, répétons-le, dénuée de toute contradiction, et elle dégage donc une immense énergie. L'action vraie est donc une inaction totale.

Soulignons une fois de plus qu'il ne s'agit pas là de mots, d'idées ou de spéculations abstraites, mais de faits. L'action du fait – autrement dit de « ce qui est » – est très différente de l'action d'une idée. Pour la plupart des gens, l'idée compte beaucoup plus que l'action : or le concept et l'action sont deux choses différentes ; entre les deux il existe un espace, et c'est dans cet espace que se situe le temps – et la division de l'action, car l'action s'efforce de s'adapter à l'idée, ou de se conformer au concept ou à la formule : de là naît le conflit. Le conflit est cette division entre idée et action.

Lorsque l'attitude est saine, l'action a lieu – sous forme réelle et non abstraite. Nous avons tellement cultivé l'intellect qu'il a pris une importance extrême, cet intellect qui conçoit, qui formule, qui se souvient, qui calcule, qui imagine. Quand l'intellect opère, il est toujours question de regret, ou de pardon, et de dépendance liée à l'enchaînement des causes et des effets. Dans ce cas, l'action qui a une cause devient l'effet d'une cause préexistante, cause qui a elle-même un motif, qui devient à son tour la cause d'une autre action.

Quand l'attitude est saine, l'action ne se projette pas dans l'avenir. On ne dit pas : « Je vais agir » ou « Je vais essayer ». Seul existe « l'acte instantané de faire », qui est hors de toute notion de temps, qui est donc dénué de futur. Aux yeux de l'amour, demain n'existe pas. Demain n'existe que dans une action fondée sur une idée, et pour faire coïncider l'action et le concept, il faut du temps. Une telle action suppose toujours un lendemain, avec son cortège de regrets, de frustrations et d'incomplétude.

Vous commencez donc à voir ce qu'est l'action authentique – pas celle qui répond aux critères de quelqu'un qui devient l'autorité en place à laquelle il faut se soumettre. Lorsque vous voyez de vous-même la vérité de ce caractère global de l'action, elle prend un tout autre sens. La notion de demain disparaît tout à fait ; et, pourtant, demain existe dans vos projets, dans la planification de votre vie quotidienne, mais cette planification est contenue dans la globalité de l'action, et n'en est pas séparée.

On a donc, d'une part, l'action de la pensée et, de l'autre, l'action de la non-pensée. L'action de la pensée a sa place légitime, mais elle ne favorise pas l'éclosion du bon et du juste. Contrairement à l'action de la non-pensée. La pensée n'engendre pas l'amour, elle engendre la satisfaction, le plaisir, l'activité égocentrique, ce qui n'a rien à voir avec l'amour et la bonté. La globalité de l'action n'est autre que l'amour.

QUESTION : *Voulez-vous dire que nous ne devons pas agir en conformité avec les autres ? C'est agréable de faire comme les autres : ça me donne un sentiment de complicité avec eux. On se parle plus facilement, et c'est aussi amusant de s'attirer quelques ennuis. Ne devrions-nous pas examiner ce qu'on entend par « faire des bêtises » ? La plupart des gens en font. Est-il vrai qu'on n'en apprend rien ?*

KRISHNAMURTI : L'éducation doit vous rendre sensible non seulement à vos propres désirs, à vos propres fantasmes et à vos propres problèmes, mais aussi à ceux des autres. Peut-on être sensible, c'est-à-dire suprêmement intelligent, si l'on copie, si l'on imite ce que tous les autres font – même si c'est agréable sur le moment ? L'intelligence va-t-elle vous permettre de faire des bêtises, et qu'y a-t-il à apprendre de cela ? Vous pouvez voler dans un magasin, ou voler un ami. Dans ce cas, vous finirez au poste de police. Est-ce là une preuve de sensibilité, un acte intelligent ? Qu'apprend-on de ses bêtises ? Soit on apprend à ne jamais tomber dans l'engrenage, soit on éprouve de l'excitation, certaines sensations, et l'on passe de l'une à l'autre, dans l'attente de sensations toujours plus fortes. Et quelle leçon tirez-vous de tout cela ?

Comprenez-vous ce qu'implique cette soif de compagnie, sinon que vous en êtes dépendant, que vous avez besoin de la présence des autres pour pouvoir vous estimer vous-même, pour masquer vos propres insuffisances, et ce sentiment que vous avez d'être bienvenu ici, mais pas ailleurs ? Cela, l'apprenez-vous vraiment, ou vous contentez-vous d'utiliser le mot « apprendre » pour masquer votre soif d'excitation ? Bien sûr qu'il faut s'amuser, être capable de rire et de parler aux autres, mais l'élan doit venir de l'intérieur de vous. C'est cela, la jeunesse. Être obligé de sortir de soi-même pour chercher l'amusement mène à toutes sortes de problèmes, et cela fait partie de la folie du monde dans lequel nous vivons. C'est comme d'aller à l'église ou au temple afin d'y trouver Dieu : peut-être ne fréquentez-vous pas ces lieux, mais le petit frisson d'excitation auquel vous tenez tant, vous allez le chercher ailleurs – dans les deux cas, cela revient au même. Si vous apprenez vraiment, c'est ici, et pas là-bas.

— *Je ne suis pas sûr d'être assez intelligent, assez astucieux, pour comprendre tout ce que vous avez dit. Je ne peux ni vous réfuter ni vous approuver mais le sérieux de vos propos me touche à un certain niveau. Pourtant je crois que cela ne suffit pas. Comment mon esprit peut-il devenir assez vif pour saisir tout cela ?*

— La question n'est pas d'être astucieux – quel horrible mot ! Être astucieux suppose pas mal de ruse, un zeste de tromperie, une touche d'hypocrisie, une attitude de façade. Vous n'avez pas besoin d'un esprit astucieux. Ce dont vous avez besoin, et je me permets d'insister, c'est de la capacité d'observer, d'écouter, en faisant abstraction de toute cette rumeur de fond derrière l'observation, du brouhaha des opinions, des rationalisations, des condamnations. Vous pouvez observer en toute simplicité une feuille dans le vent, une mouche qui vole dans la salle de classe ; et vous pouvez aussi observer votre comportement, vous demander pourquoi vous faites ceci ou cela, pourquoi vous êtes blessé, pourquoi vous entretenez la blessure, pourquoi vous cédez, pourquoi vous êtes obstiné. Il faut juste observer et écouter, sans tendre l'oreille à ce que vous murmurent vos goûts et vos aversions.

Pour ce faire, vous devez être attentif et apprendre à observer, c'est cela l'attention vraie. Et c'est très amusant, beaucoup plus que vous ne l'imaginez. C'est un amusement qui naît spontanément et qui est bien réel. Les autres formes d'amusement ne sont que transitoires.

72. L'ordre et la liberté

L'ordre est l'entrée en action du neuf,
qui est l'intelligence

La liberté, c'est l'ordre absolu : ni la liberté ni l'ordre ne sont relatifs. Soit vous êtes libre, soit vous ne l'êtes pas. Soit c'est l'ordre absolu qui règne en vous, soit c'est le désordre. L'ordre, c'est l'harmonie. Les êtres humains aiment, semble-t-il, vivre dans le désordre, tant sur le plan intérieur qu'extérieur. On le constate dans le domaine politique : tous les gouvernements sont corrompus, certains plus, d'autres moins. Ils sont dirigés par des gens qui sont eux-mêmes désordonnés, ambitieux, fourbes, en proie à leurs vanités et à leurs antagonismes personnels. D'où la guerre économique, l'opposition entre les très riches et les très pauvres et toutes les souffrances nées des luttes liées à la misère.

On constate cette confusion dans l'éducation, qui se préoccupe surtout de cultiver la mémoire en tant que savoir, sans prendre en compte dans sa globalité la structure psychologique de l'homme. On voit l'expression de ce désordre partout où un groupe en massacre un autre, en préparant la guerre, tout en parlant de paix.

La science est devenue un outil de gouvernement. À l'heure actuelle, l'affairisme et le progrès détruisent la planète et polluent l'air, et aussi l'eau des océans.

Ainsi, dans la sphère extérieure, lorsqu'on regarde autour de soi, tout n'est que chaos, confusion et détresse immense. De même, dans la sphère intime, les êtres humains sont malheureux, mènent des existences contradictoires, sont en proie à d'interminables luttes et conflits, à la recherche d'une sécurité qu'ils ne rencontrent ni dans une croyance ni dans les choses qu'ils possèdent. La souffrance est là, dans la vie comme dans la mort. Le désordre intérieur de l'homme est à l'origine de la structure extérieure du désordre. Ce sont là des faits évidents. Bien que nous parlions de liberté, il semble que très peu d'entre nous l'aient rencontrée.

L'éducation a pour objectif premier d'instaurer l'ordre dans notre mode de vie au quotidien et de nous amener à comprendre le sens global de la vie. Comprendre l'ordre, vivre dans l'ordre requiert la plus haute forme d'intelligence, mais notre éducation actuelle ne nous enseigne pas cela. Notre préoccupation principale est l'acquisition d'un savoir en tant que moyen de survie – une survie conflictuelle dans un monde chaotique.

L'ordre est une chose extraordinaire. Il a sa beauté, sa vitalité propre qui ne dépendent pas de l'environnement ambiant. On ne peut pas s'intimer l'ordre d'agir, de penser de manière ordonnée. Si tel est le cas, on s'aperçoit bientôt que cela suscite un schéma de comportement qui devient alors mécanique. Cette habitude de pensée ou d'action mécanique – donc de comportement – participe à cette confusion. L'ordre est infiniment souple, vif et subtil. Il est impossible de l'enfermer dans un cadre et de s'efforcer de vivre en fonction de celui-ci. L'imitation elle-même est une des raisons de la confusion et du conflit. On ne peut instaurer des règles contrôlant le mouvement de l'ordre. Car alors, ces règles deviennent l'instance d'autorité qui exige l'obéissance et le conformisme. Voilà encore un exemple de ce qui a causé le malheur de l'homme.

Il y a aussi le cas de celui qui veut que tout autour de lui soit organisé ainsi et pas autrement, et que tout soit bien à sa place. Pour lui, l'ordre c'est que tout soit parfaitement aligné, et il est au bord de la crise de nerfs si cette ligne n'est plus droite, ou si cet alignement est remis en cause. Cette personne vit dans la cage de sa propre névrose. Il existe aussi dans le monde des moines et des ascètes qui ont entraîné leur esprit et leur corps à obéir : leur Dieu n'est accessible que par l'intermédiaire d'une croyance et d'une stricte soumission. La discipline est l'exercice répétitif de l'habitude au nom de l'État, au nom de Dieu, de la paix ou que sais-je encore.

Tous les jours de votre vie, en regardant autour de vous, vous êtes témoins de cet état de choses. Vous en êtes prisonniers, vous en êtes partie prenante. Certes, vous pouvez rejeter la discipline et l'ordre, et vous accrocher à l'idée que vous vous faites de la liberté, mais ce concept qui est le vôtre est la négation même de la liberté. La liberté n'est pas un concept, une idée, mais une réalité. Elle est non verbale, elle n'est pas élaborée par la pensée sous forme de réaction. La négation totale du désordre dans lequel nous vivons : voilà ce qu'est la liberté.

Qu'est-ce donc que l'ordre ? La définition du dictionnaire est une chose, celle qui correspond à votre propre raisonnement, inclination ou tempérament en est une autre. Ce qui nous intéresse, c'est la définition du dictionnaire et pas l'idée que vous avez en tête. Nous nous y intéressons de manière objective et non à partir d'une réaction personnelle. Le point de vue personnel sur quelque sujet que ce soit déforme « ce qui est ». L'important, c'est le fait, et pas votre conception de « ce qui est ». Lorsque vous observez l'ensemble du mouvement de la vie à partir d'une réaction ou d'une opinion personnelle, conditionnée, alors vous morcelez la vie, en distinguant le « moi » et le « vous » : le « vous » est l'extérieur et le « moi » l'intérieur, et ainsi commence le conflit. Cette fragmentation est la cause principale de la confusion et du conflit intérieur et extérieur. L'ordre naît au sein d'un esprit qui n'est pas fragmenté ou morcelé par la pensée.

L'ordre de la pensée est une chose, l'ordre d'un esprit non fragmenté en est une autre. L'un mène aux pires dégâts, l'autre à la floraison du bon et du bien. L'ordre de la pensée s'exprimant sous forme de loi a sa place légitime, mais dans la sphère du comportement et de la relation, cet ordre se transforme en désordre, car la pensée est l'activité de la fragmentation. La pensée a divisé les hommes en nations, en religions sectaires, en « nous » et « eux », en communistes et non communistes. La pensée n'existe pas sans le mot, sans l'image, sans le symbole. Elle est un facteur de division entre les gens. La pensée a édifié cet univers monstrueux, et nous nous efforçons d'en créer un nouveau grâce à la pensée, sans nous rendre compte que c'est la pensée elle-même qui suscite les agissements liés aux a priori, à la division et au conflit.

L'ordre qui anime l'esprit non fragmenté est une chose tout à fait différente, et c'est là que réside la difficulté : lorsque vous lisez cette phrase, vous la traduisez en un processus de pensée et cette lecture prend donc une forme abstraite. Ayant transformé la phrase en une abstraction, vous essayez de la faire coïncider avec une abstraction déjà présente dans votre mémoire. Lorsqu'il n'y a pas coïncidence, vous dites que vous ne comprenez pas le sens de la phrase. Vous dites que vous comprenez lorsque les deux notions abstraites coïncident. Soyez donc attentif à ce qui se passe dans votre esprit, notez la rapidité d'intervention de la pensée, notez que jamais vous n'écoutez ou ne lisez sans que votre esprit soit encombré par le passé. Le savoir, c'est le passé. Ce savoir a une portée utilitaire, mais lorsqu'on utilise ce savoir dans le domaine relationnel, c'est le début de la confusion, du conflit et de la souffrance.

L'ordre est donc l'entrée en action du neuf, qui est l'intelligence.

Revenons sur la question et examinons-la. Nous disions que l'ordre absolu, c'est la liberté. Cet ordre absolu ne peut exister que lorsque cesse toute forme de conflit à l'intérieur de vous. Quand cet ordre sera présent, vous ne vous interrogerez pas sur les désordres du monde. Vous poserez cette question-là seulement lorsque le monde et vous ne serez plus qu'une seule et même chose. Lorsque vous cessez d'être un fragment du monde, ce qui signifie que l'ordre absolu règne en vous, c'est signe que votre relation au monde a radicalement changé. Vous êtes dans le monde, mais vous n'en êtes pas un fragment.

Il faut donc prendre conscience du désordre du monde et du désordre en vous-même. Il n'y a plus alors de division entre vous et le monde, il ne reste que le désordre. Lorsque l'esprit, sans faire de choix privilégié, et sans aucun mouvement de la pensée, prend conscience de ce désordre, l'ordre apparaît spontanément. L'ordre ne vient pas sur invitation : votre invitation émanerait du désordre. L'ordre et le désordre n'ont aucun lien entre eux, l'un n'est pas le contraire de l'autre. L'ordre ne naît pas d'un conflit des contraires. Il est là, ou il n'est pas là, voilà tout. Toute prétention à l'ordre est le fruit du désordre.

Où il y a ordre, il y a humilité.

Table

II. LETTRES INÉDITES

Du même auteur
Aux Presses du Châtelet :

L'Impossible Question, 2010.

Le Vol de l'aigle, 2009.

Vivre dans un monde en crise,
avant-propos de David Skitt, 2008.

La Nature de la pensée,
préface de Charles Juliet, 2005.

S. 29 -> « céder sans perdre son intégrité »

Composition par MCP - *Groupe JOUVE*

Achevé d'imprimer en août 2010 en Espagne par
LITOGRAFIA ROSÉS S.A.
08850 Gavá
Dépôt légal 1re publication : septembre 2010
Librairie Générale Française
31, rue de Fleurus – 75278 Paris Cedex 06